Susanne Oswald

Tannenduft im kleinen Strickladen in den Highlands

Roman

HarperCollins

1. Auflage 2024
Originalausgabe

Umschlaggestaltung von www.buerosued.de
unter Verwendung von shutterstock
Gesetzt aus der Stempel Garamond
von GGP Media GmbH, Pößneck
Druck und Bindung von GGP Media GmbH, Pößneck
Printed in Germany
ISBN 978-3-365-00821-8
www.harpercollins.de

Druckprodukt mit finanziellem
Klimabeitrag
ClimatePartner.com/15109-2009-1001

MIX
Papier
FSC FSC® C014496

Für alle Heldinnen,
die wissen, was es bedeutet,
dem Schicksal zu trotzen.
Mögen die Maschen eures Lebens
sich zu einem wunderbaren Werk
zusammenschließen
und sich tröstend
über die Wunden legen.

Kapitel 1

Amely

Der Morgentau lag noch auf dem Gras, als Amely zusammen mit ihrem Hund Piper aus dem Haus trat und über die Wiese zum Hühnergehege ging. Sie liebte diese frühen Stunden, wenn die Welt gerade erst erwachte. Alles wirkte friedlich, und der Tag lag vor ihr wie ein Geschenk, das sie nur auspacken musste.

Als sie die Pforte öffnete, versuchte Piper, sich an ihr vorbeizudrängeln. Die Schnauze hatte er bereits in den Spalt zwischen Pfosten und Tor gedrückt. Doch diese Rechnung hatte der junge Hund ohne sein Frauchen gemacht.

»Nix da, du Schlawiner!« Amely hielt das Gatter fest, sodass Piper es nicht weiter aufstoßen konnte. »Das könnte dir so passen. Du weißt genau, dass du hier nicht reindarfst.

Sie packte ihn am Halsband und zog ihn zurück. Piper sah zu seinem Frauchen hoch und wedelte mit dem Schwanz. Er wusste ganz genau, dass er nicht zu den Hühnern durfte, schuldbewusst wirkte er trotzdem nicht. Eher sah es so aus, als würde er grinsen. Dieser Hund war ein echter Frechdachs. Zweimal hatte er sich sogar unter dem Zaun durchgebuddelt, als Amely nicht aufgepasst hatte. Sie ließ ihm viele Freiheiten, aber bei den Hühnern blieb sie streng, und das hatte auch einen guten Grund.

Die Hennen reagierten hysterisch, wenn ein Hund in ihre Nähe kam.

Obwohl Piper die Hühner weder scheuchte noch bedrängte, war er kein gern gesehener Gast im Gehege. Seine bloße Anwesenheit reichte, um die Damen in Aufruhr zu versetzen. Wenn er dann auch noch an ihren Federn schnupperte, rannten sie flügelschlagend herum und gackerten und gluckten, als wäre der böse Wolf persönlich hinter ihnen her. Dem Geschrei nach musste man glauben, dass sie jeden Moment verschlungen werden sollten. Das Resultat waren jedes Mal ein bis zwei eifreie Tage und reichlich frei fliegende Federn, die den Hennen vor Schreck ausgefallen waren.

Damit der übermütige Piper nicht doch noch seinen Kopf durchsetzte, quetschte Amely sich durch den schmalen Torspalt und schloss das Gatter sofort fest hinter sich.

Dieser Sieg ging an sie, das sah offenbar auch Piper ein. Er gab sich geschlagen und trollte sich. An Grasbüscheln schnuppernd, tat er so, als hätte er sowieso überhaupt kein Interesse an dem Gackervolk.

»So ist es brav. Lies du deine Hundezeitung, bis ich hier fertig bin. Nachher gehen wir spazieren.« Amely überließ den Rüden seiner Morgenlektüre und wandte sich um. »Kommt, putt, putt, putt. Kommt!« Mit weicher Stimme lockte sie die Hühnerbande.

Wie jeden Tag versorgte sie zuerst das Federvieh, bevor sie zu den Alpakas ging, um Heu und Wasser aufzufüllen, nach der Herde zu sehen und etwas Zeit mit ihren Lieblingen zu verbringen. Erst wenn sie wusste, dass es allen gut ging, konnte sie den Spaziergang mit Piper genießen.

Diese Zeit mit den Tieren war zu ihrem liebsten Morgenritual geworden. Früher, als sie noch in Edinburgh gelebt hatte, war sie deutlich später aufgestanden, hatte lange am Frühstückstisch gesessen, die Tageszeitung gelesen, über die Pläne für den Tag nachgedacht oder direkt vom Küchentisch aus ihre Festivalteilnahmen organisiert und Bürokram erledigt. Damals hatte sie ihre handgefärbte Wolle auf Woll-Events im gesamten Königreich präsentiert und verkauft. Das konnte sie sich heute gar nicht mehr vorstellen. Mit ihrem Umzug nach Callwell hatte ein neuer Lebensabschnitt für sie begonnen. Auf Festivals ging sie schon lange nicht mehr – außer natürlich auf das Callwell Yarn Festival –, und für ein ausgedehntes Frühstück fehlte ihr die Ruhe. Meist gab es nur einen schnellen Tee und Toast, nachdem Joel und Maggie, ihre beiden Tigerkatzen, und Piper versorgt waren, dann zog es sie nach draußen.

Seit sie in Callwell lebte und die Tiere hatte, war sie oft schon vor sechs Uhr auf den Beinen und bereit für den Tag. Ihre blonden Haare trug sie bei der Arbeit zu einem praktischen Zopf gebunden. Sie musste auch nie lange überlegen, was sie anziehen wollte, denn ihre Arbeitskleidung bestand aus einer Jeanslatzhose, einem Pullover und ihren geliebten selbst gestrickten Socken. Sie hatte eine Leidenschaft für quietschbunte Gute-Laune-Socken entwickelt.

Schuld daran war Maighread, die nicht nur den kleinen Strickladen, das *Wolle & Zeit*, führte, sondern auch einen YouTube-Kanal mit Wollpräsentationen und Stricktutorials hatte. Maighread war ein wunderbarer Mensch. Allen voran ihr verdankte Amely den Neuanfang in Callwell. Ohne ihre Hilfe wäre Amely nach dem Tod ihrer Mutter womöglich in der Schwärze ihres Schmerzes zugrunde gegangen. Doch Maighread, Joshua, Chloe, Scott, Peter und Eilidh hatten sie damals unter ihre Fittiche genommen, sie aufgepäppelt und ihr beigestanden. Eine ganze Weile hatte Amely bei Joshua und Maighread auf Callwell Castle gewohnt. Am Ende hatte sie nicht nur den Neubeginn gewagt, sondern auch die Liebe zu Peter gefunden.

Auch dass sie wieder färbte, hatte sie ihren Freunden zu verdanken. Chloe hatte ihr geholfen, das Trauma zu überwinden, und dank Maighreads Unterstützung arbeitete sie sogar mit KingCole zusammen, einem der führenden Wollunternehmen in Großbritannien, und unterstützte damit im Gedenken an ihre Mutter auch die Pink-Ribbon-Bewegung. Die Krebsfrüherkennung war so ein wichtiges Thema. Wäre ihre Mutter früher zum Arzt gegangen … Energisch stoppte Amely diesen Gedanken. All dieses *wäre, hätte, wenn* änderte nichts. Lieber dachte sie wieder an ihre bunten Socken.

Maighread hatte ein Video dazu hochgeladen und Amely mit der Idee infiziert.

Im Moment steckten ihre bunten Socken zwar gut verborgen in den Gummistiefeln, aber allein der Gedanke an die Farbenvielfalt an ihren Füßen stimmte sie fröhlich.

Abgesehen von der guten Laune, die sie schenkten, waren die Socken auch ungemein praktisch. Beim Stricken konnte Amely sämtliche Wollreste kunterbunt zusammenpacken und verwerten. Je schriller, desto besser. Außerdem musste sie nach dem Waschen keine Paare mehr zusammensuchen, da keine Socke der anderen glich. Amely legte sie einzeln in die Schublade, schnappte sich bei Bedarf wahllos zwei und schlüpfte hinein. War eine zu löchrig, als dass es sich lohnte, sie zu flicken, kam sie weg. Da es keine Paare gab, war das kein Problem. Konnte das Leben einfacher sein?

Gleiche und weniger bunte Sockenpaare strickte sie nur noch selten. Meist wenn sie welche für Peter auf den Nadeln hatte. So lustig und locker ihr Liebster auch war, was seine Kleidung anging, war er eher der konservative Typ. Als Inhaber der für die Region wichtigen Whiskydestillerie fand Amely das auch nachvollziehbar. Peter betrieb das Unternehmen in dritter Generation, und McDurmanns Whisky war weit über die Grenzen Schottlands bekannt. Die Firma hatte weltweit Kunden. Verständlich, dass es Peter wichtig war, seriös aufzutreten.

Dafür liebte er Amelys bunte Seite umso mehr. Sie waren über ein Jahr zusammen, und er wurde nicht müde, es ihr zu sagen und bei jeder Gelegenheit auch zu zeigen. Und sie liebte ihn ebenso. Seriös oder nicht, für sie war er perfekt. Peter war liebenswert, warmherzig und immer dabei, wenn es darum ging, gemeinsam zu lachen – besonders gern über sich selbst.

Bei dem Gedanken an ihn lächelte Amely versonnen. Er wollte sie am späten Vormittag abholen. Sie würden nach Callwell Castle fahren, um bei den Vorbereitungen für Maighreads und Joshuas Hochzeitsparty zu helfen. In drei Tagen war es schon so weit. Sie konnte es kaum erwarten. Das würde ein rauschendes Fest werden.

Eigentlich hatten die beiden bereits im Januar feiern wollen. Doch kurz nach Weihnachten hatte Joshua einen schweren Unfall gehabt. Er war auf der Eisfläche vor dem Pferdestall ausgerutscht und mit dem Hinterkopf auf der Mauer aufgeschlagen, die als Aufstiegshilfe diente. Bei dem Sturz hatte er sich den Arm gebrochen und ein Schädel-Hirn-Trauma zugezogen. Zu seinem Glück war Scott mit ihm beim Stall gewesen. Er hatte schnell reagiert und darauf bestanden, Joshua ins Krankenhaus zu bringen. Durch den Schock hatte der zuerst gar nichts von den Schmerzen gemerkt. Im Krankenhaus war er dann zusammengebrochen – die Kopfverletzung hatte eine Hirnblutung nach sich gezogen.

Die ersten Tage waren kritisch gewesen. Maighread war nicht von seiner Seite gewichen und fast durchgedreht vor Angst. Vier Wochen hatte Joshua im Krankenhaus gelegen. Es war ein Glück gewesen, dass er gute Männer hatte, die sich um die Tiere und Ländereien kümmerten, die zu Callwell Castle gehörten. Wieder zu Hause, hatte er das Leben langsam angehen und erst wieder zu Kräften kommen müssen. Eine rauschende Hochzeitsfeier wäre da unvorstellbar gewesen.

Also hatten die beiden das Fest verschoben. Weil sie aber nicht mehr länger hatten warten wollen, hatten sie im Januar bereits heimlich im kleinen Kreis geheiratet. Nur die engsten Freunde waren eingeweiht gewesen.

Im Rahmen der bevorstehenden großen Feier wollten sie nun ihr Ehegelübde erneuern. So würde es für die Gäste trotzdem diesen emotionalen Moment geben, der Hochzeitsfeste so besonders machte.

Wenn sie daran dachte, musste Amely jetzt schon tief durchatmen, um nicht vor Ergriffenheit zu weinen. Sie würde auf jeden Fall mehr als ein Taschentuch einstecken müssen, das war klar. Aber bis es so weit war, gab es noch viel zu tun. Schließlich sollte alles so werden, wie das junge Paar es sich erträumte.

»Putt, putt, putt!«

Den Eimer mit den Körnern hatte Amely unter den linken Arm geklemmt. Mit rechts griff sie hinein und warf das Futter in weitem Bogen vor sich. So waren die Hühner eine Weile beschäftigt. Wenn die Hennen auf den Nestern saßen, brachte sie es nie über sich, ihnen die Eier wegzunehmen. Es war albern, aber sie taten ihr leid. Deshalb war sie auf den Trick mit der Ablenkung gekommen. Während die Tiere die verstreuten Körner im Gras suchten, konnte sie in aller Ruhe die Eier einsammeln und den Stall säubern. Heute wollte sie die Ausbeute der letzten Tage mit nach Callwell Castle nehmen. Dort wurde Nachschub benötigt.

Mit der Bewirtung bei dem großen Fest hatten Maighread und Joshua eine Cateringfirma beauftragt. Für Eilidh allein wäre das nicht zu schaffen gewesen. Aber selbst mit Helfern wollten sie ihr die viele Arbeit nicht zumuten. Seit vielen Jahrzehnten war sie als Köchin und Haushälterin auf Callwell Castle angestellt und gehörte mit zur Familie. Während des Festes sollte sie nicht in der Küche stehen müssen, sondern mit ihnen feiern können. Für Joshua war es selbstverständlich, dass sie an diesem Tag freihatte.

Abgesehen davon war sie schließlich nicht mehr die Jüngste, was der Hausherr allerdings nicht wagte, ihr gegenüber auszusprechen. Egal, wie alt und erwachsen Joshua war, es hinderte Eilidh nicht daran, ihm bei Bedarf die Ohren langzuziehen.

Über seinen Wunsch, sie bei dem Fest dabeizuhaben, freute Eilidh sich und fühlte sich geehrt. Doch andere ihre Arbeit machen zu lassen, kratzte an ihrer Ehre als Köchin. Es fiel ihr schwer, den Kochlöffel aus der Hand zu geben. In diesem Punkt stand sie sich mit ihrem schottischen

Dickschädel selbst im Weg. Um zumindest einen Beitrag zu leisten, backte sie deshalb seit Tagen Kuchen, süße Pies und Shortbread. Wie es aussah, wollte sie nicht nur die Gäste auf Callwell Castle, sondern die gesamten Einwohner Callwells mit ihren Backkünsten verwöhnen. Ihrer Laune half das leider nicht wirklich auf die Sprünge. Seit Eilidh wusste, dass sie nicht für die Hochzeitsgäste kochen würde, war sie gereizt wie ein Drachen mit Zahnschmerzen. Sogar ihre Freundinnen, Maighreads Großmutter Elisabeth und Chloes Großmutter Gwendolyn, gingen bei Eilidhs Donnerwetterlaune in Deckung.

»Kommt, putt, putt!«, rief Amely erneut.

Louisa, Miss Pimpelton, Sweetie, Lexi und Charlie ließen sich Zeit. Die Hennen saßen in ihrem Haus und schienen nicht die geringste Lust zu haben herauszukommen.

Während Amely bei den Hühnern war, warf sie in Abständen einen Blick zu Piper. Der schlich mit aufmerksam gespitzten Ohren um das große Gehege und schnupperte über den Boden. Obwohl er noch jung war, nahm er seine Rolle als Wachhund ernst. Allerdings nur so lange, bis er ein Mauseloch entdeckte, dann war die wichtige Aufgabe vergessen. Piper bellte aufgeregt. Er schnüffelte, umkreiste das Loch, bellte erneut und wedelte mit dem Schwanz. Im nächsten Moment buddelte er so wild an der Stelle, dass die Erde in dicken Klumpen durch die Luft flog.

Amely ließ ihm seinen Spaß. Solange er mit dem Mauseloch beschäftigt war, machte er wenigstens keinen anderen Unsinn. Mit seinen sechs Monaten hatte er mehr Flausen im Kopf als jeder andere Hund, den sie gehabt hatte. Peter nannte ihn oft ein übermütiges Riesenbaby.

»Habt ihr denn heute keinen Hunger?«, fragte sie und warf eine weitere Ladung Körner ins Gras, das an dieser Stelle noch üppig wuchs. Da sie genug Fläche zur Verfügung hatte, steckte sie das Gehege regelmäßig um. Während die Hühner im frischen Grün scharrten, konnte sich der Rest der Weide erholen und neues Gras wachsen.

Jetzt streckte Miss Pimpelton ihren Kopf aus dem Haus. Sie neigte ihn nach links und nach rechts, um die Lage zu erfassen. Endlich trat sie ins Freie und machte ein paar Schritte auf Amely zu. Das war für die anderen das Signal. Eine nach der anderen kam heraus und folgte der Anführerin. Zu fünft staksten sie gackernd in dem typischen, etwas ruckartigen Hühnergang herbei.

Ein leises Lachen stieg in Amely auf. Sie liebte das Glucksen der Hennen. Es gab ihr ein Gefühl der Zufriedenheit. Wenn dann noch das Summen der Alpakas und das sanfte Rauschen des Windes, der über die Highlands strich, dazukamen und ihr der Duft nach Kräutern und Gras in die Nase stieg, war der Moment perfekt.

Die Hennen waren bei ihr angekommen und pickten nach den ersten Körnern.

»Na also, guten Appetit.«

Jetzt konnte sie sich ungestört um ihre Arbeit kümmern. Das Hühnerhaus war schnell gereinigt, und die Eier waren flink eingesammelt. Ihre Beute brachte sie ins Haus und legte sie in die Schüssel zu den Eiern der letzten Tage.

Kapitel 2

Amely

Nachdem Amely die Hühner versorgt hatte, führte ihr nächster Gang sie in den Schuppen. Sie belud gerade die Schubkarre mit Heu, als ihr Handy vibrierte. Neugierig tippte sie auf das Display. Es war eine Nachricht von Peter.

Fast fertig, demnächst kann ich mich hier loseisen. Ich freu mich schon auf meinen Gutenmorgenkuss.

Amely lächelte. Am Wochenende blieb Peter meist bei ihr auf der Farm, aber unter der Woche wohnte er in seiner kleinen Wohnung über der Destillerie. Das war praktisch und für sie beide für den Moment vollkommen in Ordnung. Den Rest würde die Zeit bringen. Bevor sie sich wieder um das Heu kümmerte, schrieb Amely schnell zurück:

Ich freu mich auch. Und damit du durchhältst: KUSSKUSSKUSS

Bestimmt würde Peter gleich antworten. Aber die Alpakas warteten, deshalb schaltete Amely das Handy aus und schob es in die Hosentasche zurück. Gut gelaunt machte sie sich mit einem Berg Heu auf den Weg.

Die Arbeit ging ihr gut von der Hand. Als Greenhorn hatte sie viel lernen müssen und war noch immer dabei, Erfahrungen zu sammeln. Besonders der Umgang mit der Heugabel war anfangs eine Herausforderung gewesen. Was bei anderen so leicht aussah, entpuppte sich als Knochenjob. An vielen Abenden hatte sie die Hände kaum noch heben können vor lauter Muskelkater.

Inzwischen hatte sie sich an die Abläufe gewöhnt und wusste genau, wie sie das Heu am kräftesparendsten aufgabeln konnte.

Als sie die Alpakaweide erreichte, hoben die Stuten ihre Nasen aus dem saftigen Gras. »Guten Morgen, ihr Süßen. Ist alles in Ordnung bei euch? Geht es euch gut? Ich habe frisches Heu dabei.«

Es war selbstverständlich für sie, mit den Tieren zu sprechen. Sie verstanden vielleicht nicht Wort für Wort den Inhalt des Gesagten, aber ganz sicher konnten sie die Tonlage einordnen und Stimmen auseinanderhalten.

Mary Poppins kam, um Amely zu begrüßen. Sie war immer die Erste. Vorsichtig nahm sie das Heu, das Amely ihr hinhielt, und ließ sich streicheln. Während die Alpakadame fraß, zupfte Amely ihr das Stroh aus der Wolle, das sich über Nacht dorthin verirrt hatte.

»Lass dich ein bisschen hübsch machen, meine Süße«, sagte sie leise.

Mary Poppins hatte nichts dagegen. Sie nahm derweil einen zweiten Happen Heu.

Amely fuhr über den weichen Hals. Sie liebte dieses Gefühl des warmen Fells an ihrer Haut. Als sie der Alpakadame sanft auf den Rücken klopfte, staubte es. Wenn sie noch Zeit hatte, würde sie die Stute später bürsten.

Die legte nun den Kopf auf ihre Schulter. Es knarzte und knirschte in ihrem Ohr, da Mary Poppins noch immer Heu zwischen ihren Zähnen zermalmte. Überwältigt von dem Vertrauen, schmiegte Amely ihre Wange an das Alpaka. Dabei atmete sie ein und schnupperte. Mary Poppins duftete herrlich nach Gras, Heu und Stroh.

Während sie dort stand, wanderte ihr Blick über die Weide. Sunrise lag in der Sonne und döste, während ihre Mutter Dawn zusammen mit den anderen Gras rupfte. Sunrise war das erste auf der Farm geborene Cria. Wenn sie an die Aufregung dachte, als es bei Dawn so weit gewesen war, bekam sie noch immer Gänsehaut. Zum Glück war die Geburt problemlos verlaufen. Den vorsorglich herbeigerufenen Tierarzt Sully hatten sie gar nicht gebraucht. Dawn hatte alles allein geschafft und sich sofort liebevoll um ihr Neugeborenes gekümmert.

»Jetzt lass mich erst das Heu abladen, dann habe ich Zeit«, erklärte Amely der für ein Alpaka erstaunlich verschmusten Mary Poppins.

Nachdem sie das Heu in die Raufe gefüllt hatte, hielt sie inne und sah über die Wiese bis zum Wald. Die letzten Nebelschleier, die noch über dem See hingen, lösten sich langsam auf. Dort, wo die Sonne auf die Bäume traf, leuchteten die Baumkronen. Erste bunte Verfärbungen konnte sie bereits ausmachen. Nicht mehr lang und die Blätter würden ein regelrechtes Farbenfeuer präsentieren. Von Rot über Orange zu Gelb, dazwischen Grün – alle Farben in unzähligen Schattierungen. Doch noch hatte der Spätsommer dem Herbst das Feld nicht überlassen.

Amely genoss diese Zeit des Übergangs. Jedes Jahr, wenn die Herbstfarben sich über die Wälder und Wiesen legten, beobachtete sie den Wechsel mit wachem Blick und bekam Lust, das Spektakel auf ihre Wollstränge zu bannen. Die tiefen Farben waren wärmer und voller als die klaren kühlen Sommerfarben. Von der Natur inspirierte Färbungen waren für Amely normal, so hatte sie es schon immer gehalten.

Piper kam angelaufen und blieb erwartungsvoll mit dem Schwanz wedelnd vor ihr stehen.

»Na, keine Lust mehr auf Mäusejagd?« Sie kraulte ihr Riesenbaby hinter dem Ohr. Ganz unrecht hatte Peter nicht mit der Bezeichnung. Piper war jetzt schon so groß wie eines von Joshuas ausgewachsenen Schafen. Seinen mächtigen Pranken nach zu urteilen, würde er wohl noch ein gutes Stück wachsen.

Eigentlich hatte Amely keinen so großen Hund gewollt, aber als er mit tapsigen Schritten auf sie zugewackelt war, hatte sie gar keine Wahl gehabt. Piper hatte sie ausgesucht, nicht umgekehrt.

Wie groß er werden würde, blieb eine Überraschung, denn er war ein Mischling. Sein wuscheliges Fell ließ vermuten, dass Komondor mit drinsteckte. Sully tippte zusätzlich auf Deerhound und Labrador. Pipers Mutter Kerry war Sullys Hündin. Der Tierarzt hatte Amely auch von dem Wurf erzählt und sie gefragt, ob sie nicht einen Welpen adoptieren wollte. Dass Amely eigentlich einen kleineren Hund wollte, hatte er *überhört* – und sein Plan war aufgegangen.

Für Amely zählte vor allem, dass Piper ein freundliches Wesen hatte und sich gut mit den anderen Tieren verstand, die bei ihr lebten. Mit den Katzen teilte er sich oft ein Körbchen, die Alpakas akzeptierten ihn, als wäre er Teil der Herde. Sie ließen sich von seinen übermütigen Sprüngen nicht beeindrucken. Dafür, dass die Hühner schier in Ohnmacht fielen, wenn er sich näherte, konnte er nichts. Es lag auch nicht speziell an ihm. Es war ein grundsätzliches Problem, das Miss Pimpelton mit Hunden hatte. Da sie die ranghöchste Henne war, ließ sich der Rest der Bande schnell anstecken, wenn sie in Panik geriet.

Anfangs hatte Amely versucht, die aufgeregte Henne zu beruhigen und langsam an Piper zu gewöhnen. Doch nachdem sie in der folgenden Woche ihre Eier wieder auf dem Markt hatte kaufen müssen, gab sie die Zusammenführung auf und erklärte das Hühnergehege zur hundefreien Zone. Damit war wieder Frieden eingekehrt, und sie konnte morgens ihr Frühstücksei genießen.

»Hör mal, Piper, lass mich noch nach Sunrise sehen, dann können wir unsere Runde drehen. Einverstanden?«

Sie legte die Heugabel in die Schubkarre und stellte beides zur Seite, damit die Alpakas an das Futter kamen. Gerade wollte sie zu dem Cria hinübergehen, da fuhr Maighreads gelber Mini auf den Hof.

Schon rannte Piper ihr entgegen. Er winselte vor Freude und schnüffelte aufgeregt an der Tür. Sein Schwanzwedeln galt allerdings nicht Maighread, sondern ihrer vierbeinigen Begleitung. Piper liebte Maighreads Hündin Molly. Schon begrüßten sich die beiden und jagten zusammen über die Wiese, um ihr Wiedersehen zu feiern.

Amely ging ihrer Freundin entgegen.

»Hey, Maighread. Guten Morgen. Was machst du denn hier? Ich dachte, wir wollen heute Callwell Castle dekorieren. Sollte nicht Jim mit seinen Leuten bei euch sein und den Anfang machen? Peter kommt nachher und holt mich ab.«

»Hallo, Amely. Ich sage dir, es ist zum Verrücktwerden!

Sollte ich je noch mal ein großes Fest auf Callwell Castle planen wollen, fessle und kneble mich bitte. Wenn ich geahnt hätte, wie aufwendig das wird, hätte ich mich nie darauf eingelassen.«

Maighread umarmte sie und gab ihr links und rechts einen Kuss auf die Wange. »Was ist, hast du vielleicht einen Tee für mich? Und einen Schrank, in dem ich mich verstecken kann, bis alles vorbei ist?«

Amely lachte. »Mit einem Tee kann ich dienen, Verstecken kommt allerdings nicht infrage. Na komm, wir setzen uns in die Sonne, und dann erzählst du mir in Ruhe, wo der Knoten in der Wolle ist.«

»Tut das gut, mal einen Moment Ruhe zu haben.« Maighread seufzte. Sie saßen zusammen neben dem Haus und genossen den Frieden.

Amely hatte Tee und Shortbread auf den Tisch gestellt. Die Hunde spielten ein Stück entfernt im Gras. »So wie die beiden toben, kann ich mir den Spaziergang heute sparen«, sagte sie. »Also habe ich Zeit. Was ist los? Hast du dich mit Joshua gestritten?«

Es klirrte, als Maighread die Teetasse, die sie gerade nehmen wollte, hastig zurückstellte. Sie warf Amely einen fassungslosen Blick zu. »Was? Nein! Wie kommst du denn auf so eine Idee?« Um die Worte zu untermalen, schüttelte sie kräftig den Kopf.

Statt nach der Tasse griff sie nach ihrer Tasche, kramte darin und gab ein überraschtes Keuchen von sich. »Das gibt es doch nicht«, murmelte sie fast tonlos, als hätte ihr die Überraschung die Sprache verschlagen.

Mit leicht gerecktem Hals versuchte Amely, einen Blick auf das Innenleben von Maighreads Tasche zu erhaschen, aber sie konnte nichts erkennen. »Hast du einen Goldbarren gefunden? Oder Schafmist?« Bei Maighreads Gesichtsausdruck wäre beides möglich.

»Ich habe mein Strickzeug vergessen«, hauchte die und schüttelte offensichtlich fassungslos den Kopf. »Dabei muss Eilidhs Stola unbedingt fertig werden, die soll sie doch bei unserer Hochzeitsfeier tragen.«

Oha. Das war allerdings wirklich erstaunlich. Maighread ohne ihr Strickzeug – das hatte Amely noch nie erlebt.

»So ernst?«, fragte sie. Doch noch bevor Maighread antworten konnte, war Amely aufgesprungen. Mit einem »Bin gleich wieder da« verschwand sie im Haus.

Keine fünf Minuten später kam sie zurück und hielt Maighread selbst gefärbte Sockenwolle und Stricknadeln hin. »Bitte schön. Kleine Wollkrisen behebe ich doch im Handumdrehen. Die Stola schaffst du garantiert trotzdem noch rechtzeitig. Immerhin bist du Maighread – die Herrscherin über alles, was sich stricken lässt.«

Doch als Maighread nach Wolle und Nadeln greifen wollte, zog Amely schnell die Hand zurück. »Nur wenn du mir jetzt sagst, wo auf Callwell Castle der Blitz eingeschlagen hat«, forderte sie.

»Gib schon her.« Bevor Amely sichs versah, hatte Maighread ihr die Wolle und das Nadelspiel aus der Hand gezogen. Während sie die Maschen für eine Socke anschlug, redete sie endlich. »Unser Fotograf hat abgesagt, und Eilidh treibt mich in den Wahnsinn. Ich liebe sie, aber …« Sie sprach nicht weiter.

Amely atmete erleichtert auf. »Und ich dachte schon, es wäre etwas Schlimmes passiert.«

Das kommentierte Maighread mit einem unwilligen Prusten. »Mir reicht es auch so, das kann ich dir sagen. Was glaubst du, weshalb ich zu dir komme? Eilidh schickt mich. Sie meint, du hast Eier für sie, die braucht sie dringend, weil sie die Böden für die Hochzeitstorte vorbereiten will. Wenn du mich fragst, will sie nur den Platz am Ofen nicht freigeben. Ich sage dir, es ist schlimm. Wir haben dem Caterer erlaubt, unsere Küche für die Vorbereitungen zu nutzen. Das ist viel einfacher, als wenn er später alles transportieren muss. Schließlich haben wir genug Platz und die passende Ausstattung.«

»Auweia.« Amely nickte. »Und Eilidh hat ein Problem damit, dass jemand in ihr Reich eindringt«, mutmaßte sie und sah es bildlich vor sich. Wenn es um ihre Küche ging, verstand Eilidh keinen Spaß. »Und Joshua kann sie nicht beruhigen?«

»Keine Chance. Du kennst sie ja. Er hat ihr gesagt, sie soll die Leute ihre Arbeit machen lassen und sich gar nicht darum kümmern. Aber sie hält dagegen: ›Papperlapapp, das ist immer noch meine Küche. Ich kann doch nicht untätig danebenstehen und zulassen, dass diese Bande hier Chaos verbreitet. Wie stellst du dir das denn vor?‹«

Amely hatte die Ellbogen auf den Tisch gestellt und das Kinn in die Hände gelegt. »Peter«, sagte sie nach einer Weile.

»Peter *und*?« Maighread senkte ihr Strickzeug und warf ihr einen fragenden Blick zu.

»Peter kann gut mit Eilidh. Du weißt, wie sehr sie ihn mag. Wie wäre es, wenn er sie weglocken würde?«

»Hm. Der Ansatz ist nicht schlecht. Aber da bräuchte es ein starkes Argument. So einfach wird Eilidh die Stellung nicht aufgeben – gerade jetzt. Hast du eine Idee? In meinem Kopf gibt es nur Knoten und verlorene Maschen – da ist nichts mehr zu retten.«

»Hey, na, das ist ja eine Überraschung! Gleich zwei wunderschöne Frauen warten auf mich. Womit habe ich das verdient? Habe ich da gerade meinen Namen gehört?«

Amely fuhr herum. Sie hatte Peter gar nicht kommen hören.

Maighread lachte. »Wenn man den Esel nennt …«, sagte sie mit einem breiten Grinsen, ohne den Satz zu beenden. »Wenn du erfährst, was ich von dir möchte, wirst du wahrscheinlich direkt noch einmal fragen, womit du das verdient hast. Dann allerdings mit einer anderen Betonung.«

Peter umarmte Maighread zur Begrüßung, dann küsste er Amely auf den Mund und setzte sich zu den Freundinnen an den Tisch. »Mir scheint, es war Schicksal, dass ich früher fertig geworden bin. Also, wo brennt der Whisky?«

»Eilidh«, sagten Amely und Maighread gleichzeitig.

Peter zuckte erschrocken zusammen, doch Amely legte ihre Hand beruhigend auf seine. »Sie ist okay. Aber sie dreht durch, weil die Caterer in ihrer Küche arbeiten. Wir brauchen dich als Eilidh-Flüsterer.«

»Oha. Und wie stellt ihr euch das vor? Kann Joshua nicht mit ihr …«

»Vergiss es. Wir haben alles versucht. Du bist unsere letzte Hoffnung. Wenn sie so weitermacht, verlieren wir am Ende auch noch den Caterer. Wobei, das würde ja passen. Dann kann der Nicht-Fotograf keine Fotos vom Nicht-Essen machen.«

Peters verdutzter und Maighreads schmollender Gesichtsausdruck brachten Amely dazu, laut aufzulachen. Sie schüttelte den Kopf und machte eine beschwichtigende Handbewegung. »Nicht böse sein, Maighread. Ich weiß, es ist nicht lustig. Nur der Moment gerade. Pass auf. Wir überlegen uns jetzt einen Plan, wie Peter Eilidh ablenken kann. Und für dein Fotografenproblem habe ich auch eine Idee. Aber bevor ich die verrate, muss ich kurz telefonieren. Ich möchte dir keine Hoffnung machen, wenn es dann vielleicht doch nicht klappt. Bin gleich wieder da. Ihr könnt derweil einen Plan für Eilidh schmieden.«

Kapitel 3

Amely

Amely suchte Pauls Namen im Adressbuch ihres Smartphones und tippte auf das Symbol mit dem grünen Hörer. Während sie auf die Verbindung wartete und gleich darauf dem Freizeichen lauschte, beobachtete sie Maighread und Peter durch das Küchenfenster. Die beiden hatten die Köpfe zusammengesteckt und diskutierten. Was sie sich wohl für einen Eilidh-Besänftigungsplan ausdachten? Doch egal, wie gut der wäre, es würde Peter einiges abverlangen, Eilidh von Callwell Castle wegzulocken. Die alte Lady konnte sturer sein als jedes Maultier.

Amelys Blick wanderte weiter zu Molly und Piper. Die Hunde tollten immer noch ausgelassen über die Wiese. Es tat Piper sichtlich gut, sich auszutoben. Er liebte ihre gemeinsamen Spaziergänge, aber bei seinem Energielevel waren sie nicht genug, um ihn auszupowern und richtig zufrieden zu machen. Vielleicht hatte er deshalb so viel Quatsch im Kopf. Nach dem Yarn Festival würde sie endlich einmal wieder …

Das Knacken aus dem Lautsprecher des Telefons unterbrach ihre Gedanken. Gleich darauf hörte sie die vertraute Stimme ihres Freundes. »Hallo, Amely!«

Er klang überrascht und erfreut. Sie konnte hören, dass er lächelte, und stellte sich sein Gesicht vor.

»Paul, hallo. Ich bin froh, dass ich dich erreiche. Ich hoffe, ich störe dich nicht.«

»Darling, selbst wenn du stören würdest, du darfst das, das weißt du doch«, kam es umgehend zurück. »Allerdings nur, wenn du mir jetzt nicht sagen willst, dass dir etwas dazwischengekommen ist. Tu mir das nicht an, Amely! Ich freue mich so auf unser Treffen. Es ist viel zu lange her, dass wir uns gesehen haben.«

Diese Bemerkung versetzte ihr einen unvermittelten Stich. Plötzlich fröstelnd strich sie sich mit der Hand über den Oberarm und zog das Tuch enger, das sie umgelegt hatte. Wieder einmal wurde ihr bewusst, welch tiefer Einschnitt der Tod ihrer Mutter gewesen war. Der Verlust hatte Amelys Leben komplett auf den Kopf gestellt. Sie hatte viel mehr verloren als nur ihre Mutter. Natürlich hatte sie sich hier in Callwell auch etwas Wundervolles aufgebaut und vieles gewonnen, wovon sie früher kaum zu träumen gewagt hätte. Aber sie würde es ohne zu zögern aufgeben, wenn sie dafür ihre Mutter wieder an der Seite hätte.

Amely erklärte Paul kurz ihr Anliegen, und wie sie es gehofft hatte, musste sie ihn nicht lange überreden. Gut gelaunt beendete sie das Gespräch schon nach ein paar Minuten. Sie steckte ihr Handy in die Hosentasche und dachte einen Moment über Paul und ihr Kennenlernen nach.

Er war ein äußerst attraktiver Mann mit markanten Gesichtszügen. Dazu kam seine natürliche Souveränität. Amely vermutete, dass der Erfolg diese Selbstsicherheit mit sich brachte. Es war beeindruckend, wie lässig er im Fernsehen und Radio wirkte, wenn er interviewt wurde. Selbst unangenehme Fragen außerhalb seiner Komfortzone beantwortete er mit fester Stimme und ohne erkennbare Nervosität. Paul schien in sich selbst zu ruhen, ohne dabei arrogant zu wirken. Sein sicheres Auftreten vermittelte Amely eher das Gefühl, einen Menschen vor sich zu haben, an dem man sich in stürmischen Zeiten festhalten und bei dem man Geborgenheit finden konnte.

Mit dieser ihm eigenen Nonchalance könnte er problemlos als berühmter Hollywoodschauspieler durchgehen. Kein Wunder also, dass er – wie Amely neulich in einer Klatschzeitschrift gelesen hatte – zu den einhundert begehrtesten Junggesellen des Landes gehörte.

Dass er Single war, konnte sie allerdings überhaupt nicht verstehen. An Angeboten mangelte es ihm sicher nicht. Doch Paul schien die Freiheit zu genießen. Sie vermutete, dass die Kunst die wahre Liebe seines Lebens war und ihn ausfüllte.

Trotz seines Erfolgs und all der inneren und äußeren Schönheit war Paul im Umgang mit anderen Menschen sehr natürlich geblieben. Und seine Bescheidenheit machte ihn nur noch attraktiver.

Die Freundschaft zu Paul hatte den Umbruch in Amelys Leben zwar überstanden, aber auch hier hatte es zwangsläufig Veränderungen gegeben. Sie kannten sich seit vielen Jahren. Wann immer Paul in Edinburgh gewesen war, hatten sie sich getroffen und Zeit miteinander verbracht. Sie hatten zusammen gekocht, waren ins Kino gegangen, in Konzerte, Ausstellungen oder auch einfach nur ins Pub. Mit Paul durch die Gassen Edinburghs zu schlendern, war immer ein Erlebnis gewesen.

Seine feine Art, mit Menschen umzugehen, hatte Amely schon bei ihrem Kennenlernen verzaubert. Sie hatte sich eine

Fotoausstellung zum Thema Aurora Borealis angesehen. Vor einem Bild war sie lange stehen geblieben. Die Kraft der Farben, das Zusammenspiel zwischen Violett und fast schon Neongrün und der Himmel, aus dem es Sterne auf die Erde zu regnen schien, hatten sie so berührt, dass ihr Tränen in die Augen gestiegen waren. Dieses Foto strahlte eine Kraft aus, die alle Ebenen des Seins zu berühren schien. Tiefstes Glück und zerreißendes Leid konnte sie entdecken. Beim Betrachten fuhren ihre Emotionen Achterbahn, aber sosehr es sie auch aufwühlte, in jeder Sekunde konnte sie die Hoffnung spüren, die das Foto transportierte.

»Beeindruckend, nicht wahr?«, hatte Paul gefragt, der plötzlich neben ihr stand. »Dieser Himmel ist phänomenal. Das ist eins meiner Lieblingsbilder.«

»Es ist magisch«, hatte sie ihm zugestimmt. »Der Fotograf ist ein wahrer Künstler.«

»Oh, ich denke ja eher, die Natur ist die Künstlerin. Aber vielen Dank für das Kompliment.« Er hatte sich die rechte Hand auf das Herz gelegt und eine Verbeugung angedeutet.

Es hatte ein paar Sekunden gedauert, bis sie begriffen hatte, dass nicht irgendein Ausstellungsbesucher, sondern der Künstler persönlich neben ihr stand. Vor Überraschung hatte sie nur stammeln können.

Das war der Beginn ihrer Freundschaft gewesen. Paul hatte sie zum Essen eingeladen. Er hatte ihr von seinen Reisen zu den Polarlichtern erzählt. Auf der Suche nach dem perfekten Fotomoment war er in Finnland, Island und Alaska gewesen. Amely hatte an seinen Lippen gehangen. Er konnte wunderbar erzählen. Sie fachsimpelten über Farben, und Amely verriet ihm, dass seine Fotografie sie zu einer

Northern-Lights-Wollfärbung inspiriert hatte. Während sie in dieser Vorstellung versunken war und bereits darüber nachdachte, wie sie die Farben kombinieren wollte, hatte Paul den Fotoapparat hervorgeholt.

Normalerweise ließ sie sich nicht gern fotografieren. Sobald eine Kamera auf sie gerichtet wurde, verkrampfte sie, und ihr Lächeln gefror. Paul war der Einzige, bei dem sie dieses Problem nicht hatte. Er schaffte es, dass sie ganz natürlich und locker blieb.

Erst jetzt, kurz vor ihrem Wiedersehen, wurde Amely bewusst, wie sehr Paul ihr gefehlt hatte. Nach ihrem Umzug nach Callwell im letzten Jahr hatten sie zwar unregelmäßigen Kontakt gehalten, sich aber noch nicht wieder treffen können. Videotelefonate waren nur ein mäßiger Ersatz für echte Nähe. Aber diese Veränderung lag nicht allein an Amelys Wegzug. Paul war seit ihrem Kennenlernen immer erfolgreicher geworden und dadurch natürlich sehr gefragt. Die meiste Zeit des Jahres befand er sich auf Reisen. Als gefeierter Fotograf hatte er weltweit Aufträge und Projekte und war sehr eingespannt.

Seine letzte Ausstellung in New York hatte er unter das Zeichen »Perspektivenwechsel« gestellt. Auf liebevolle und sehr respektvolle Weise übte er Gesellschaftskritik und hielt den Menschen einen Spiegel vor. Themen wie Umweltverschmutzung, Klimakrise, Krieg und Rassismus waren Paul ebenso wichtig wie Liebe, Naturschönheit und Zusammenhalt. Die Art, auf die er das Hässliche mit dem Schönen verband, ließ dem Betrachter ein ums andere Mal den Atem stocken – so hatte die *New York Times* es formuliert.

Ein paar der Bilder hatte Amely online gesehen, und sie

war hingerissen von Pauls Fähigkeit, mit Fotos Wahrheiten hinter dem vermeintlich Offensichtlichen aufblitzen zu lassen. Am liebsten wäre sie zu ihm geflogen, um seinen Erfolg mit ihm zu feiern. Aber das hatte sie sich nicht leisten können – weder finanziell noch zeitlich. Ihr Neuanfang in Callwell war richtig gewesen, sie war noch immer glücklich, sich so entschieden zu haben. Aber dieses neue Leben forderte auch ihren vollen Einsatz und in manchen Bereichen eben auch Verzicht. Einfach so zu verreisen war mit den Tieren nicht mehr möglich.

Umso mehr freute sie sich darauf, Paul schon bald bei sich zu haben.

Mit einem Lächeln auf den Lippen löste Amely sich aus der Erinnerung und ging leichten Schrittes wieder zu Maighread und Peter nach draußen.

»Es klappt«, verkündete sie, während sie sich setzte. Sie strahlte Maighread glücklich an. »Hinter dein Fotografenproblem kannst du einen dicken Haken setzen. Das ist Geschichte.«

»Wirklich?« Für zwei Sekunden standen die Nadeln in Maighreads Hand still, und sie musterte Amely überrascht. »Kannst du zaubern? Ich meine, ich habe alle Fotografen im Umkreis abtelefoniert, so kurzfristig hatte keiner Zeit.«

»Tja, du hast nicht alle angerufen, würde ich sagen. Erinnert ihr euch an Paul Connahan, meinen Freund aus Edinburgh? Er ist gerade von einer Japanreise zurückgekehrt und mit seinem Hausboot auf dem Loch Lomond unterwegs. Wir waren verabredet, er wollte mich nach dem ganzen Trubel nächste Woche besuchen. Aber so sehe ich ihn sogar früher als erwartet.

Normalerweise fotografiert er natürlich keine Hochzeiten. Für euch macht er eine Ausnahme, da er weiß, wie eng wir befreundet sind. Aber er möchte sich auf jeden Fall vorher die Location ansehen und entscheiden, ob er Zusatzausrüstung aus Edinburgh braucht.«

»Warte, warte.« Maighread legte das Strickzeug auf den Tisch und strich sich die dunkelbraunen Locken zurück. »Ich erinnere mich, dass du mal von einem Paul erzählt hast, mit dem du befreundet bist. Aber dein Freund ist Paul Connahan? Ich meine, *DER* Paul Connahan? Der weltberühmte Fotograf? Kann es sein, dass du vergessen hast, dieses kleine Detail zu erwähnen?«

»Vergessen? Nein. Bestimmt nicht. Wir haben doch sogar zusammen seine Bilder bewundert, weißt du noch? ›Perspektivenwechsel‹ – diese Ausstellung in New York, die ich so gern gesehen hätte.«

»Natürlich erinnere ich mich. An die Ausstellung und auch an deinen Freund Paul aus Edinburgh. Der Zusammenhang war allerdings nicht bei mir angekommen. Wahnsinn. Und er ist hier und würde unsere Hochzeitsfotos machen?« Maighread nahm die angefangene Socke wieder zur Hand und strickte ein paar Maschen. Es war ihr anzusehen, dass sie diese Neuigkeiten erst noch verdauen musste.

»Sehr nett von ihm, so kurzfristig einzuspringen. Scheint ja ein toller Kerl zu sein.« Peter hatte dem Gespräch gelauscht und sah mindestens so überrascht aus wie Maighread. »Allerdings kann er nicht ganz helle sein«, sagte er und grinste Amely schief an. »Sonst hätte er dich nie ziehen lassen.«

Sie schüttelte den Kopf und lachte. »Peter, ich habe dir doch von Paul erzählt. Wir sind nur Freunde. Da war nie mehr.«

Wieso zwischen ihr und Paul nie mehr gewesen war, konnte sie gar nicht sagen. Aber sie hatte diese von Hormonen verschonte, unaufgeregte Freundschaft immer sehr genossen. Sie liebte Paul auf eine asexuelle Art, und ihm musste es mit ihr ebenso gehen, sonst hätte er ihr das sicher irgendwann signalisiert.

»Ja, ich erinnere mich, du hast ihn mal erwähnt. Aber sag ich doch. Nicht ganz helle.« Peters Lächeln wirkte wieder etwas entspannter.

»Du wirst ihn mögen«, versicherte Amely. »Ihr alle werdet ihn in euer Herz schließen. Paul ist ein wunderbarer Mensch.«

»Ich wäre wirklich erleichtert, wenn unser Problem damit vom Tisch wäre, und ich freue mich schon sehr, Paul kennenzulernen. Dann hoffen wir mal, dass Callwell Castle seinen künstlerischen Ansprüchen standhält.«

»Da mache ich mir keine Sorgen. Entspanne dich, Maighread. Er hat bereits zugesagt, es geht nur noch um die notwendige Ausrüstung. Ich werde ihn in zwei Stunden am Anleger abholen. Aber jetzt noch mal Themenwechsel. Habt ihr einen Plan wegen Eilidh?«

»Haben wir.« Peter grinste zuversichtlich. »Ich werde gleich nach Callwell Castle fahren und Eilidh bitten, mir bei der Suche nach dem Geschenk für Maighread und Joshua zu helfen. Wenn ich mit ihr nach Glasgow fahre, habt ihr reichlich sturmfreie Zeit.«

Amely wunderte sich. Wieso wollte Peter noch etwas kaufen? Sie hatten doch längst das perfekte Geschenk in der Schublade. »Was? Aber …«, setzte sie an.

Doch Peter ließ ein warnendes Räuspern hören. Er sah ihr

fest in die Augen und schüttelte leicht den Kopf. Im selben Moment kapierte sie ihren Denkfehler. Was war sie doch für ein Schaf!

Sie biss sich auf die Lippe und warf Maighread einen schnellen Blick zu. Zum Glück schien sie es nicht mitbekommen zu haben. Oder sie war einfach nur ein Schatz und tat so, als hätte sie es nicht gehört – wofür Amely dankbar war. Beinahe hätte sie die Überraschung ausgeplaudert, die Chloe, Scott, Peter und sie sich ausgedacht hatten. Sie atmete erleichtert aus und nahm den Faden von Peters Plan wieder auf.

»Die Idee ist gar nicht schlecht. Das könnte sogar klappen. Wenn es überhaupt jemand schaffen kann, dann du, Peter.«

Maighread schien noch Bedenken zu haben. Sie wiegte skeptisch den Kopf hin und her und lehnte sich im Stuhl zurück. Doch statt ihre Zweifel zu äußern, konzentrierte sie sich auf das Strickzeug. Sie ließ die Maschen von einer Nadel auf die andere sausen.

Wie hypnotisiert sah Amely ihr zu.

Wieder einmal machte Maighreads Stricktempo sie fassungslos. Sie hatte doch gerade erst mit der Socke angefangen, und schon war ein gutes Stück Schaft fertig. Nicht mehr lang und Maighread konnte mit der Ferse starten. Obwohl Amely schon immer viel mit strickbegeisterten Menschen zu tun gehabt hatte, war ihr jemand wie Maighread noch nie begegnet.

»Nur gut, dass du als Organisatorin des Festivals nicht am Wettstricken teilnehmen darfst«, sagte sie, als Maighread schon wieder das Strickzeug in der Hand drehte und die nächste Nadel strickte.

»Was? Wie kommst du denn jetzt da drauf?« Maighread sah Amely über den Tisch hinweg fragend an, ohne das Stricktempo zu drosseln.

»Keine Ahnung, es fiel mir gerade so ein. Die anderen hätten keine Chance, wenn du mitmachen würdest.«

»Oh, unterschätze Duncon nicht. Der Kerl strickt eine echt heiße Nadel.«

»Duncon ist cool«, mischte Peter sich jetzt in das Gespräch ein. »Vielleicht sollten wir die Regeln ändern und euch gegeneinander antreten lassen. Das wäre bestimmt eine tolle Show.«

Das war typisch Peter. Wenn es um einen Wettkampf ging, war er immer dabei. Amely wartete nur darauf, dass er selbst anfing zu stricken, um irgendwann beim Wettstricken antreten zu können.

Bei Maighread kam er mit seinem Vorstoß allerdings nicht weit. Sie winkte ab. »Ich stricke, weil ich es liebe, nicht um jemanden mit meiner Geschwindigkeit oder meinem Können auszustechen. Ich muss mich nicht beweisen.« Sie grinste. »Beim Wettstricken zuzusehen, finde ich allerdings sehr unterhaltsam, besonders wenn Duncon dabei ist. Von daher bin ich froh, dass nicht jeder so denkt wie ich und es immer genug Teilnehmer gibt. Es ist jedes Jahr eins der Highlights, das reichlich Zuschauer anzieht.«

Auf den Erfolg ihres jährlichen Yarn Festivals war Maighread zurecht sehr stolz. Sie hatte damit eine wunderbare Tradition geschaffen. Für Callwell und die Menschen war das Fest ein Segen. Die vielen Besucher wollten verköstigt werden und brauchten oft auch eine Unterkunft. Die Geschäftsleute konnten damit ihren Umsatz deutlich steigern.

Das würde sicher auch in diesem Jahr so sein. Bald war es so weit.

Amely bewunderte, wie Maighread die Herausforderungen meisterte. Aber sie machte sich auch etwas Sorgen um ihre Freundin. Hoffentlich hatte sie sich nicht zu viel vorgenommen. Dass Maighread Callwell Castle ohne ihr Strickzeug verlassen hatte, zeigte, wie angespannt die Lage war. Amely fand sie auch etwas blass. Die Schatten unter ihren Augen zeigten, dass sie nicht genug Schlaf bekam.

Die Hochzeit mit der ganzen Arbeit und Aufregung, die so ein Fest mit sich brachte, war allein bereits eine Herausforderung. Doch Maighread kümmerte sich parallel auch noch um die Vorbereitungen für das alljährliche Callwell Yarn Festival, das zwei Wochen nach der Hochzeit stattfand. Sie hatte zwar ein inzwischen gut eingespieltes Team an ihrer Seite, aber die Verantwortung lag bei Maighread.

Davon abgesehen stand sie täglich in ihrem Strickladen, kümmerte sich um ihren YouTube-Kanal und arbeitete an einem neuen Strickbuch. Verglichen mit Maighreads Pensum, fühlte Amely sich fast schon träge, obwohl sie auch nicht auf der faulen Haut lag.

»Okay, was meint ihr, sollen wir aufbrechen?« Peter erhob sich. »Mal sehen, wie ich mich als Drachenzähmer schlage.«

»Peter!« Maighread schüttelte den Kopf. »Das ist gemein.«

»Aber nicht ganz daneben. Eilidh kann mindestens so gefährlich werden, wenn man sie reizt. Und nach allem, was du erzählt hast …« Er grinste und tat so, als müsste er sich den Angstschweiß von der Stirn wischen.

»Ich lasse dir etwas Vorsprung. Vielleicht ist die Luft dann schon rein, wenn ich komme«, sagte Maighread.

»Komm, mein Held, hol dir einen Kuss, bevor du in die Schlacht ziehst.« Amely, die ebenfalls aufgestanden war, zog ihn an sich.

***

Amely fuhr auf den Parkplatz beim Anleger, sie war gespannt, ob Paul schon da war. Hoffentlich klappte alles so, wie sie es vereinbart hatten. Bei ihrem Telefonat war er nicht sicher gewesen, wie schnell er es von Inchcailloch zum Anleger bei Callwell schaffen würde. Sie war dankbar, dass er so ohne Weiteres bereit gewesen war, seine Pläne für sie zu ändern.

Schon beim Aussteigen entdeckte sie ihn. Er saß an Deck des dritten Bootes, das am Steg vertäut war, und blätterte in einem Buch.

Mit leichten Schritten überquerte sie den Parkplatz und betrat den Steg. Vor seinem Boot blieb sie stehen. Er hob den Blick. Kaum hatte Paul sie erkannt, überzog ein Strahlen sein Gesicht und er legte das Buch zur Seite.

»Amely!« Er stand auf und kam ihr entgegen.

»Ist das schön, dich zu sehen, Paul!« Sie ergriff seine Hand und ließ sich von ihm auf das Hausboot helfen. Dann fiel sie ihm um den Hals.

»Und dich erst«, sagte er. »Ich kann dir gar nicht sagen, wie ich mich freue. Darling, wie geht es dir denn? Es tut mir so leid, dass ich dich noch nicht hier in deiner neuen Heimat besucht habe. Hast du dich gut eingelebt? Und sag mal, du bist jetzt eine richtige Farmerin geworden?«

Amely lachte und schüttelte ihre blonden Haare, die ihr Gesicht in sanften Locken umrahmten. »Stopp, warte! Soll ich mitstenografieren, oder lässt du mir zwischendurch Zeit für die Antworten?« Sie grinste ihr Gegenüber an und studierte das Gesicht ihres Freundes.

Er hatte sich einen Vollbart stehen lassen. Nicht zu lang, aber deutlich mehr als nur einen Dreitagebart. Seine grünen Augen blitzten noch immer vor Neugier und Lebensfreude. Zwischen den Augenbrauen entdeckte sie eine steile Falte – die hatte er früher nicht gehabt. Sofort hob sie die Hand und strich mit dem Zeigefinger darüber. Paul quittierte das mit diesem warmen Lachen, das Amely so liebte.

Ach, sie hatten sich viel zu lange nicht mehr gesehen und die letzten drei Monate nicht einmal mehr telefoniert. Vielleicht sogar schon länger.

Und trotzdem fühlte es sich an, als hätten sie sich erst gestern verabschiedet. Echte Freundschaft kannte eben weder Zeit noch Raum.

»Was ist, wollen wir auf den See hinausschippern und es uns gemütlich machen?«

»Das wäre schön, aber lass uns das bitte auf einen anderen Tag verschieben. Ich möchte dich gern direkt nach Callwell Castle entführen, wenn das okay für dich ist.«

»Stimmt, dein Notfall. Vor lauter Freude, dich zu sehen, hätte ich das fast vergessen. Aber eine Tasse Tee und ein kleines Update brauche ich, bevor wir aufbrechen. Einverstanden?«

»Als hätte ich dir je einen Wunsch abschlagen können. Es ist so ein Glück, dass du gerade auf dem Loch Lomond bist.«

»Damit hast du allerdings recht, Darling. Hättest du dich letzte Woche gemeldet, wäre ich noch in Tokio gewesen. Ich kann dir sagen, eine fantastische Stadt. Ich war vollkommen überflutet von den vielen Eindrücken. Deshalb bin ich jetzt auch hier. Nach den Menschenmassen brauchte ich dringend ein wenig Abgeschiedenheit.«

»Tokio muss überwältigend sein.« Amely freute sich schon darauf, Pauls Reisebericht zu lauschen. Es war bestimmt ein besonderes Erlebnis, solch eine Stadt besuchen zu dürfen. Doch so spannend sie das auch fand, sie war sich nicht sicher, ob sie selbst Lust auf eine solche Reise hätte. Die Großstadt mit den vielen Menschen war ihr zu laut und zu hektisch.

»›Überwältigend‹ trifft es ziemlich genau.«

Paul hatte Amely einen Stuhl angeboten und saß ihr gegenüber. Den Tee hatte er bereits vorbereitet. Er goss ihr ein und lehnte sich mit seiner Tasse in der Hand zurück.

»Schön ist das hier«, schwärmte Amely. »Ich finde dieses leichte Schaukeln sehr gemütlich.«

»Es ist wundervoll. Ich schlafe nirgends so gut wie auf einem Boot. Und ich genieße die Freiheit – brauche ich einen Ortswechsel, lege ich ab und schippere los. Kein lästiges Kofferpacken, keine Staus.«

Jetzt beugte er sich vor, nahm ihre Hände in seine und sah ihr tief in die Augen. »Aber lass uns über die wichtigen Dinge sprechen. Wann lerne ich denn deinen Peter kennen? Macht er dich glücklich?«

Amely nickte nachdrücklich und lächelte Paul an. »Sehr. Peter ist wunderbar.« Sie kicherte leise. »Und er ist ein Drachenzähmer.«

»Klingt … abenteuerlich. Oder weil er es geschafft hat, dich zu zähmen?«

Sie lachte auf. »Hey, du bist ganz schön frech«, protestierte sie. »Was es damit auf sich hat, erzähle ich dir gleich auf dem Weg nach Callwell Castle. Was meinst du? Wollen wir aufbrechen?«

»Ich bin bereit. Und auf dem Weg dorthin kannst du mir ein bisschen von deiner neuen Heimat zeigen. Ich möchte doch erfahren, was dich hier außer deinem Peter so fesselt.«

Kapitel 4

Maighread

Peter war schon auf dem Weg nach Callwell Castle. Er war vorausgefahren, um sein Glück bei Eilidh zu versuchen und – falls der Plan tatsächlich funktionierte – um sie aus dem Schloss zu locken. Jetzt machte sich auch Maighread mit Molly und Piper auf der Rückbank ihres Minis auf den Weg nach Hause.

Amely hatte sie gebeten, den übermütigen Junghund mitzunehmen, damit sie sich gleich in Ruhe mit Paul unterhalten konnte. Sie war sich zwar sicher gewesen, dass ihr Freund sich über Pipers Besuch gefreut hätte, da er Hunde mochte, aber sie wollte ihren Rabauken trotzdem lieber in Maighreads Obhut lassen.

»Weißt du, ich würde mich gern auf Paul konzentrieren. Wir haben uns so lange nicht gesehen«, hatte sie gesagt. Mit Blick auf Piper, der für einen Moment brav neben ihr saß und wirkte, als könnte er kein Wässerchen trüben, hatte sie hinzugefügt: »Wenn ich diesen kleinen Schlawiner dabeihabe, der gerade so tut, als wäre er ein Unschuldslamm, dann muss ich doch immer ein Auge auf ihn haben. Ich will mir gar nicht vorstellen, was für Unfug ihm auf so einem Hausboot in den Sinn kommen würde.«

Davon abgesehen war Piper noch nie auf einem Boot

gewesen. Amely wusste nicht, wie er auf das Schaukeln reagieren würde. Sie waren sich einig gewesen, dass sie Pipers Seefestigkeit lieber zu einem späteren Zeitpunkt testen sollte. Gelegenheiten würde es sicher noch einige geben. Amely hatte Maighread erzählt, dass Paul mindestens zwei Monate auf dem Loch Lomond bleiben wollte. Vielleicht sogar länger.

»Du musst mir gar nichts erklären«, hatte Maighread sofort erwidert. »Na klar nehme ich Piper mit, das ist doch selbstverständlich. Joshua hat Bonny und Lennox zu Hause gelassen, aber die beiden verstehen sich auch gut mit Piper, das ist also kein Problem.« Sie hatte Amely angegrinst. »Und damit wir uns nicht falsch verstehen – das hätte ich auch getan, wenn du nicht einen der weltweit erfolgreichsten Fotografen für Joshua und mich an Land gezogen hättest. Für diesen Coup werde ich mir ein besonderes Dankeschön einfallen lassen. Das ist Ehrensache.«

Amelys »Du hast einen Knall – untersteh dich!« und ihre Versuche, die Hilfe kleinzureden, hatte Maighread lachend an sich abperlen lassen. Sie würde sich zusammen mit Joshua etwas Besonderes für ihre Freundin überlegen, da gab es gar nichts zu diskutieren.

Während Maighread den Wagen an den mit Blumen geschmückten Steinhäusern entlang durch die Straßen Callwells lenkte, malte sie sich aus, wie Paul und Amely auf seinem Hausboot saßen, sich unterhielten und miteinander lachten. Die Sonne schien, leise schwappten die Wellen gegen den sanft schaukelnden Schiffsrumpf, vielleicht hielten sie beide ein Glas Wein in der Hand, sahen sich in die Augen, prosteten einander zu …

Sie kannte Pauls Gesicht von diversen Fotos. Sie ahnte, dass es für Peter nicht leicht werden würde, so einen attraktiven Mann an der Seite seiner Freundin zu sehen. Auch wenn Amely sehr glaubhaft versichert hatte, dass zwischen ihnen nie mehr gewesen war als Freundschaft, konnte Maighread sich lebhaft vorstellen, wie Peters Fantasie Purzelbäume schlug. Vielleicht irrte sie sich, aber es schien ihr, als könnte dieses Wollknäuel den ein oder anderen Knoten in petto haben.

Natürlich wusste sie auch, dass Amely ihren Peter aufrichtig liebte. Ihre Befürchtungen gingen mehr in Peters Richtung. Er musste Amely vertrauen. Wenn es hart auf hart kam, würde Maighread Peter daran erinnern und ihn hoffentlich davon abhalten, Dummheiten zu machen. Vielleicht machte sie sich aber auch ganz unnötig Gedanken und Paul und Peter verstanden sich bestens.

An der Abzweigung am Ortsausgang, an der sie eigentlich rechts abbiegen musste, zögerte Maighread. Ein Blick zum Himmel, an dem sich die Sonne und ein paar weiße Wolken in dem tiefen Blau zeigten, gab den Ausschlag. Das Wetter war einfach zu verlockend und die Luft zu Hause wahrscheinlich eher zu dick.

Kurz entschlossen gab Maighread Gas, fuhr geradeaus weiter und nahm den Weg am Loch Lomond entlang. Sie liebte es, durch die Gegend zu kutschieren. Der Mini war schon immer ihr Traumauto gewesen. Auf ihren ersten hatte sie lange gespart. Sie hatte den hellblauen Flitzer Bob genannt – nach ihrem Großvater, den sie leider nie hatte kennenlernen können. Mit diesem ersten Mini war sie lange gefahren – zu lange, wenn sie ehrlich war. Am Schluss hatte sie mehr Zeit damit verbracht, auf Joshua oder den Pannendienst zu warten, als zu fahren. Bob auszumustern war Maighread furchtbar schwergefallen. Aber irgendwann hatte sie der Tatsache ins Auge blicken und die Entscheidung treffen müssen.

Bobs Nachfolgerin war laut Papieren zitronengelb, auch wenn Maighread »quietschgelb« als die passendere Bezeichnung empfand. Und da ihr erster Mini ein Er gewesen war, fand sie es nur folgerichtig, dass der zweite eine Sie sein sollte. Der Einfachheit halber hatte sie die Kleine »Mini« getauft.

Während Maighread mit ihrer Mini gekonnt eine Kurve nahm, warf sie einen Blick in den Rückspiegel, um nach den Hunden zu sehen. Wegen Molly musste sie sich keine Gedanken machen, sie fuhr gern Auto und benahm sich immer vorbildlich. Wenn ihr langweilig wurde, was bei längeren Fahrten hin und wieder vorkam, begann sie zu fiepen. Das war ihre Art, Maighread um Aufmerksamkeit zu bitten.

Was Piper betraf, war es jedoch immer besser, einen zusätzlichen Kontrollblick nach hinten zu werfen. Ihm konnte es einfallen, dass eine Lehne ein prima Kauknochen war. Oder dass es unter der Polsterung vielleicht einen Schatz zu entdecken gab, wenn man nur lange genug scharrte. Der Rücksitz in Amelys Wagen hatte bereits einige Scheuerstellen, und Peter hatte in seinem Auto vorsichtshalber einen festen Bezug über die Rückbank gespannt und ein riesiges Hundebett darauf fixiert. Doch selbst das war für Piper kein Hindernis, sondern allenfalls eine unterhaltsame Herausforderung. Der extrastarke Bezug war bereits an zwei Stellen geflickt.

Heute allerdings schien Piper brav wie ein Lämmchen. Offenbar hatte er eingesehen, dass er Maighread mit seinem

Hundeblick nicht so leicht beeindrucken konnte und sie ihm nicht so viel durchgehen ließ wie sein Frauchen. Oder aber – und das war sogar wahrscheinlicher – er war einfach viel zu erschöpft, um Unfug anzustellen. Molly und er hatten sich bei ihren Runden auf der großen Wiese ziemlich verausgabt und müde getobt. Da sie eben bei Amely noch Futter bekommen hatten, waren die Bäuche voll. Sie lagen zufrieden aneinandergekuschelt da und schliefen.

Beruhigt steuerte Maighread den Wagen durch die leichten Kurven. Der Weg, für den sie sich entschieden hatte, führte zwar auch nach Callwell Castle, war aber ein gutes Stück länger. Dafür allerdings auch umso schöner. Den größten Teil der Strecke hatte man einen grandiosen Blick auf den Loch Lomond. Außerdem konnte Maighread auf diese Weise den kleinen Puffer zwischen Peters und ihrer Ankunft noch etwas ausbauen. Vielleicht war die Schlacht geschlagen, bis sie ankam. Sie hätte ganz sicher nichts dagegen, wenn sie nicht in die Schusslinie geraten würde.

Sie seufzte. Es hatte ihr gutgetan, eine Weile nicht über die Hochzeitsvorbereitungen und Eilidh nachzudenken. Doch jetzt musste sie sich dem Thema wieder stellen. Es half nichts. Aber anders als vorhin auf dem Weg zu Amely brach Maighread dabei jedoch nicht der Angstschweiß aus, und der Stress schnürte ihr nicht den Hals zu. Es war eindeutig – ihre Nerven hatten sich entwirrt und geglättet, genau wie ein Strickstück nach einem Entspannungsbad.

Heute war Peter ihr Held! Hoffentlich konnte er Eilidh besänftigen. Er musste ihr, ohne das Thema direkt anzusprechen, die Angst nehmen, nicht mehr gebraucht zu werden. Logisch betrachtet war das sowieso vollkommener Blödsinn.

Eilidh gehörte zu Callwell Castle, sie war unentbehrlich, und niemand dachte daran, sie zu ersetzen. Aber Emotionen und Logik passten leider nicht immer zusammen. Nicht dass sie je darüber gesprochen hätten, aber Maighread kannte Eilidh gut genug, um zu wissen, dass genau diese Befürchtung der verflixte Knoten war, der sie so zornig und kratzbürstig machte. Es ging nicht darum, ob der Kühlschrank richtig eingeräumt oder das Stew im korrekten Rhythmus gerührt wurde. Das waren alles Stellvertreterkämpfe gegen Eilidhs Angst vor dem Abstellgleis.

Dabei war die Haushälterin eigentlich ein Schatz. Sie hatte Maighread vom ersten Moment an in ihr Herz geschlossen und sie unter ihre Fittiche genommen. Die Erinnerung an damals stieg in ihr hoch. Sie sah die Szene vor ihrem inneren Auge, wie sie Callwell Castle vollkommen durchnässt und verzweifelt an Joshuas Seite das erste Mal betreten hatte.

Damals war ihr gerade erst das ganze Leben unter den Füßen weggebrochen, und sie hatte nicht gewusst, wie es weitergehen sollte. Dunkel und bedrohlich hatte die Zukunft vor ihr gelegen. Die Ungewissheit hatte Maighread schreckliche Angst gemacht.

Und dann war da Eilidh gewesen. Sie hatte Maighreads Not erkannt. Für sie war die junge Frau, die Joshua angeschleppt hatte, ein aus dem Nest gefallenes Küken gewesen, das gehätschelt und gepflegt werden musste. Ohne lange zu fragen, hatte Eilidh diese Aufgabe mit der ihr eigenen Hingabe übernommen.

Während Maighread ihren Gedanken nachhing, ließ sie ihren Blick immer wieder zum See schweifen. Was war sie doch für ein Glückskind, dass sie hier leben durfte.

Ein Stück voraus tauchten Schafe auf der Straße auf. Maighread nahm den Fuß vom Gas und lenkte den Wagen in eine Haltebucht. Die Herde wechselte offenbar gerade den Standort und musste dafür die Fahrbahn überqueren. Gewohnt, Vorfahrt zu haben, ließen die Tiere sich durch Maighreads Mini nicht aus der Ruhe bringen. »Määh«, blökte es in unterschiedlichsten Tonlagen. Es waren viele Tiere. Das konnte noch etwas dauern.

Maighread stellte den Motor ab. Sie zog ihre angefangene Socke aus der Tasche und träumte vor sich hin, während sie Masche um Masche strickte. Draußen drängte sich derweil die weiße Wollwolke an ihrem Mini vorbei, und Piper winselte ungeduldig.

»Keine Aufregung, der Herr.« Maighread legte das Strickzeug auf das Lenkrad, drehte sich nach hinten um und streichelte den quengelnden Hund, der versuchte, zu ihr nach vorn zu klettern. Sie hielt ihn davon ab und brachte ihn dazu, sich wieder zu setzen. »Das geht jetzt nicht, mein Süßer. Entspanne dich, und lass die Schafe in Ruhe. Die brauchen keinen Hütehund, die wissen schon, wo sie hinwollen.«

Mit einem dumpfen »Wuff«, das für Maighread wie »Och menno« klang, ließ Piper sich fallen und legte den Kopf auf die Vorderpfoten.

»Na also, so bist du brav.« Sie kraulte ihn kurz hinter den Ohren und lachte. Kein Wunder, dass Amely ihm so viel durchgehen ließ. Pipers enttäuschter Gesichtsausdruck war herzergreifend. Dazu wackelte er mit den Ohren und bewegte die Augenbrauen hoch und runter.

»Nachher kannst du wieder sausen. Nur noch ein bisschen Geduld.«

Sobald sie sicher war, dass er liegen blieb – zumindest für die nächsten Minuten –, drehte Maighread sich wieder nach vorn und nahm ihr Strickzeug in die Hand. Sie hatte bereits die halbe Bumerangferse gestrickt. Nachdem sie im ersten Teil der Ferse von außen nach innen nach und nach Maschen stillgelegt hatte, ging es nun in die andere Richtung. Am Ende jeder Reihe wurde die eben verdoppelte Masche wieder aktiviert. Noch ein paar Reihen und es ging am Fuß der Socke in Runden weiter.

Die Schafwolke lichtete sich langsam. Die letzten Tiere drängten sich am Kotflügel vorbei. Ein paar Nachzügler tummelten sich noch auf der Straße, doch der Großteil der Herde war inzwischen auf der Wiese direkt beim See.

Es war ein idyllisches Bild. Das Grün mit den weißen Schafen im Vordergrund. Dahinter der See, auf dem das Sonnenlicht die Wasseroberfläche zum Glitzern brachte. Der gespiegelte Himmel mit den Wolken darin war in sanfter Bewegung.

In diesen zauberhaften Anblick versunken, ließ Maighread die Stricknadel los und streichelte über ihren Bauch. Joshua und sie versuchten es seit Monaten, aber bisher leider ohne Erfolg. Sie wurde nicht schwanger. Am Montag nach der Hochzeitsfeier hatte sie einen Kontrolltermin beim Frauenarzt vereinbart. Eigentlich hatte sie ihn bitten wollen, ihre Fruchtbarkeit zu prüfen. Doch jetzt war sie zwei Tage über der Zeit. Ob es vielleicht dieses Mal geklappt hatte? Noch traute sie sich nicht, sich zu freuen. Sie hatte den Gedanken daran bisher verdrängt. Dank der Aufregung um die Hochzeitsfeier und das Wollfest war es ihr auch einigermaßen gelungen. Aber jetzt drängten die Gefühle an die Oberfläche.

Sogar in den Wolkenbildern erkannte Maighread eine Frau mit Babybauch.

Vielleicht würde der Arztbesuch einen ganz anderen Verlauf nehmen. Zuerst hatte Maighread geplant, bis dahin abzuwarten, aber jetzt wurde ihr klar, dass sie die Ungewissheit auf keinen Fall so lange aushalten konnte. Außerdem war es gut, zu wissen, ob sie bei der Feier mit Sekt oder Orangensaft anstoßen sollte. Zwei Tage war zwar sehr früh, aber sie würde nach Hause fahren und einen Test machen.

Sie dachte an Chloe und Sheonas Geburt bei Schneesturm in Jasons Pub. Ganz so abenteuerlich würde es bei ihr hoffentlich nicht werden. Es wäre auch so schon aufregend genug.

Bei dem Gedanken an ein Baby, das sie unter ihrem Herzen trug, bekam Maighread Gänsehaut vor Glück. Es wäre der perfekte Zeitpunkt. Sheona war dann zwar schon etwas älter, aber bestimmt könnten sie und das Baby trotzdem wunderbar miteinander spielen. Chloe würde ausflippen, wenn sie es erfuhr. Maighread hatte ihr nichts davon erzählt, dass sie mit ihrer Periode etwas drüber war. Eine Verschiebung um ein paar Tage war bei ihr leider an der Tagesordnung, und sie wollte keine falschen Hoffnungen schüren. Der Schmerz, wenn es doch nicht so war, würde nur umso stärker werden. Dieses Wechselbad zwischen Hoffen und Bangen machte sie lieber mit sich selbst aus.

Die letzten Schafe hatten die Fahrbahn inzwischen verlassen. Maighread packte ihr Strickzeug weg und startete den Motor. Plötzlich hatte sie es eilig, nach Callwell Castle zu kommen.

Durch den ungeplanten Zwischenstopp hatte Peter sogar mehr Zeit gehabt, als sie geplant hatte. Vielleicht war Eilidh bereits mit ihm auf dem Weg nach Glasgow. Maighread war gespannt. Der kleine Abstecher hatte ihr gutgetan. Sie würde den Schwangerschaftstest machen und sich dann wieder in die Festvorbereitungen stürzen.

In ihren Tagträumen knüpfte Maighread wieder an ihren ersten Aufenthalt auf Callwell Castle an und staunte, wie sehr sich ihr Leben in kürzester Zeit verändert hatte. Wenn sie jetzt auch noch … Schnell stoppte sie den Gedanken. Sie wollte sich nicht zu viele Hoffnungen machen. Trotzdem pochte ihr Herz aufgeregt.

Manchmal konnte sie kaum glauben, welches Glück ihr Leben seit Jahren erfüllte, und sie musste sich mit der Stricknadel in den Arm piksen, um sicherzugehen, dass sie nicht bloß träumte.

Auf der Suche nach ihren Wurzeln war Maighread nach Callwell gekommen und hatte am Ende so viel mehr gefunden als nur diese.

Doch trotz Eilidhs Fürsorge und der anderen lieben Menschen, die sie hier kennengelernt hatte, war der Weg zu ihrem persönlichen Glück steinig gewesen. Erst hatte der Schlaganfall ihrer Granny sie in Angst und Schrecken versetzt, und dann – gerade als sie anfing, sich mit dem Schicksal zu versöhnen, und bereit war, sich dem Glück und einer neuen Liebe zu öffnen – war dieser Schlag gekommen, der beinahe alles zerstört hätte. Der Mann ihrer Träume schien ihr Bruder zu sein.

Die Dankbarkeit dafür, dass sich am Ende alles geklärt hatte und sie und Joshua ein Paar geworden waren, trieb ihr noch heute Tränen in die Augen. Und was sie seither alles zusammen erlebt hatten! Maighread dachte an ihren ersten Kuss, und ihr Lächeln, das sich bei dem Gedanken an ihren Liebsten auf ihre Lippen gelegt hatte, vertiefte sich. Der Parkplatz vor dem Firmengebäude der West Yorkshire Spinners war vielleicht nicht der romantischste aller Plätze, doch für Maighread war es perfekt gewesen. Romantik in Vollendung. Schließlich war es egal, wo ein Kuss stattfand. Viel wichtiger war doch das Wie. Und dieser Kuss war ein eindeutiges Wow gewesen.

Inzwischen war Joshua ihr Mann und würde ihr vor all ihren Freunden und ihrem kleinen Familienkreis noch einmal das Jawort geben. Und sie ihm. Jederzeit und immer, immer wieder würde sie das tun!

Maighread schniefte und wischte sich mit dem Ärmel die Tränen von den Wangen. Was war nur mit ihr los? So sentimental war sie doch sonst nicht. Vermutlich war es der Stress der letzten Wochen. Die Hochzeit und das Yarn Festival so kurz hintereinander zu planen, war nicht ihre beste Idee gewesen. Aber sie würden das gemeinsam schaffen. Joshua, sie und all ihre Freunde.

»*Piece by piece …*«, sang Maighread leise und tippte im Takt mit den Fingern auf das Lenkrad. Der Kelly-Clarkson-Song war ihr einfach so in den Sinn gekommen. Auch wenn er nicht hundertprozentig zu ihrer Geschichte passte, fühlte sie doch die Parallelen. Sie hatte alles verloren geglaubt und hier in Callwell nicht nur ihre Großmutter gefunden, sondern auch ihren Vater und in Joshua die Liebe ihres Lebens. Kein anderer Mensch würde je das für sie bedeuten können, was Joshua für sie war. Zwischen ihnen gab es ein starkes Band, das sie eng beieinanderhielt. Ein Baby würde diese Verbindung noch stärker werden lassen, davon war sie überzeugt.

Piper winselte und wurde unruhig.

»Wir sind gleich da.« Maighread sah in den Rückspiegel. »Molly, kannst du Piper beruhigen? Noch ein paar Minuten muss er aushalten.«

So ein junger Hund brauchte deutlich mehr Aufmerksamkeit als ein älterer, das wurde Maighread wieder einmal bewusst. Als Amely Piper zu sich genommen hatte, war auf Callwell Castle die Diskussion entbrannt, ob sie nicht den zweiten Rüden aus dem Wurf aufnehmen sollten. Joshua war drauf und dran gewesen, doch zuletzt hatte die Vernunft gesiegt. Ein so großer Junghund brauchte viel Zeit und Erziehung. Und Joshua hatte gerade die Arbeit an einer neuen Umweltstudie begonnen. Zusammen mit anderen Wissenschaftlern landesweit richtete er Kontrollstellen ein, um Auffälligkeiten in der Natur möglichst frühzeitig zu erfassen.

Viele Bereiche der Studie konnte Joshua problemlos in seinen Tagesablauf einbauen. Er war ohnehin viel draußen in der Natur. Trotzdem kostete es Zeit, ein Team zu führen. Zu seinem Leidwesen gehörten auch administrative Aufgaben dazu. Schreibtischarbeit war so gar nicht nach seinem Geschmack. Zum Glück war er ziemlich diszipliniert. Sein Verstand hielt seinen inneren Schweinehund in Schach. Wenn er etwas für die nächste Generation erreichen wollte, musste er seinen Beitrag zur Verlangsamung des Klimawandels leisten. Schließlich wollte er, dass seine Kinder und Kindeskinder die Schönheit Schottlands mit der ursprünglichen Natur der Highlands und Lowlands erleben durften.

Joshua liebte es, abends mit Maighread vor dem Kamin zu sitzen, ein Glas Whisky in der Hand und Maighreads Füße auf seinem Schoß. Das war ihre Zeit. In diesen Stunden plauderten sie über alles, was ihnen auf der Seele lag. Oft natürlich über die Arbeit.

Maighread bewunderte ihren Mann für seinen Enthusiasmus. Sie selbst fand das alles auch wichtig, und sie unterstützte Joshua, wann immer es ihr möglich war. Aber oft fehlte ihr schlicht die Zeit dafür, sich stärker zu engagieren. Dafür widmete sie sich mit viel Energie liebend gern sozialen Projekten, was Joshua ebenso wichtig fand und wofür er sie noch mehr liebte als ohnehin schon. Zumindest behauptete er das oft, und Maighread hatte keinen Grund, an seinen Worten zu zweifeln.

Als Maighread an Joshuas streichelnde Hände, seine weichen Lippen und starken Schultern dachte, bekam sie wohlige Gänsehaut. Wahrscheinlich gab es keine Stelle ihres Körpers, die noch nicht von Joshua liebkost worden war.

Mit lockerem Griff hielt Maighread das Steuer ihres Autos. Sie atmete durch und genoss den Wind, der durch das leicht geöffnete Fenster in ihre Haare wehte.

Die kleine Auszeit mit Amely und Peter hatte ihr offensichtlich gutgetan, denn trotz aller Aufregung flatterten ihre Nerven nicht mehr so sehr. Es war ein Geschenk, dass Amely nach Callwell gezogen war. Davon war Maighread von Anfang an überzeugt gewesen, aber heute hatte es sich wieder einmal bestätigt.

Mit ihrem sonnigen Wesen und der entspannten Art beeinflusste Amely ihre Mitmenschen positiv und sorgte dafür, dass alle sich in ihrer Gegenwart wohlfühlten.

Peter natürlich ganz besonders.

Als Maighread an ihn dachte und wie sehr die Liebe zu Amely aus seinen Augen leuchtete, lächelte sie. Niemand hatte dieses Glück mehr verdient als diese beiden. Vielleicht waren sie ja die nächsten, bei denen ein Fest anstand. Dieser Gedanke brachte Maighread wieder zu ihrer eigenen bevorstehenden Hochzeitsfeier.

Sie fühlte sich gewappnet und bereit, die anstehenden Aufgaben in Angriff zu nehmen.

Nicht einmal der plötzlich einsetzende Regen konnte ihre Vorfreude auf dieses besondere Event dämpfen. Eher das Gegenteil, Maighread dankte der Fügung, da sie wegen Piper das Verdeck ihres Cabrios geschlossen gelassen hatte. Wäre sie mit Molly allein unterwegs gewesen, hätte der Regen sie womöglich nass erwischt. Das Glück schien ihr hold zu sein. Und so würde es auch weitergehen, einen anderen Gedanken wollte Maighread gar nicht mehr zulassen.

Es war auch nur eine kleine dunkle Wolke, weiter nichts. Das Wetter sollte die nächsten Tage stabil und relativ trocken bleiben. Sie war zuversichtlich und vertraute darauf.

Zumindest ein paar Stunden wollten sie im weitläufigen Park rund um Callwell Castle feiern. Für den Fall eines kurzen Schauers hatte Joshua drei Pavillons organisiert, die sollten heute aufgestellt werden, vielleicht war das sogar bereits erledigt. Bei Dauerregen müsste Maighread auf die Gartenparty verzichten, aber auch davon würde sie ihr Glück nicht trüben lassen. Abends wollten sie die Party sowieso nach drinnen verlegen.

Noch einmal atmete Maighread tief durch. Sie genoss es, mit sich und ihren Gedanken allein zu sein und am See entlangzufahren. Sie wurde nie müde, den Loch Lomond zu bewundern. Wenn sie darüber nachdachte, dass der See, die Wiesen, Bäume und Felsen schon lange vor ihr da gewesen waren und noch lange da sein würden, wenn sie längst nicht mehr hier war, packte sie regelmäßig ein Gefühl der Ehrfurcht. Manchmal, wenn alltägliche Kleinigkeiten eine zu große Macht gewannen, war genau das ihr Heilmittel. Im Angesicht der rauen Natur kam sie zur Ruhe. Ärgernisse lösten sich zwar nicht auf, aber sie verloren an Kraft und ließen sich dadurch leichter überwinden. Ihre wunderbaren Freunde besorgten den Rest.

»Hallo, Maighread, auch schon da? Hast du dich verfahren?« Peter lachte, als Maighread zehn Minuten später in Begleitung von Piper und Molly in die Eingangshalle von Callwell Castle trat. »Oder wolltest du warten, bis keine Messer mehr fliegen?«, flüsterte er fast unhörbar. Dabei wanderte sein Blick zur Küchentür.

Ertappt lachte Maighread und schüttelte den Kopf. »Was du wieder denkst. Nein, ich habe mir nur einfach einen Moment genommen, um ein bisschen herumzufahren, die Natur zu genießen und nachzudenken.«

»Nachdenken? Jetzt sag nicht, du bekommst kalte Füße. Wäre reichlich spät. Immerhin bist du ja längst verheiratet.«

»Wie gut, dass du mich daran erinnerst. Das hätte ich fast vergessen. Aber jetzt mal Schluss mit den Albereien. Wie lief es denn hier mit …« Statt den Namen auszusprechen, machte Maighread eine kleine Bewegung mit ihrem Kinn Richtung Küchentür.

»Demnächst haben wir einen goldenen Drachen«, verkündete Peter mit leiser Stimme, aber stolzgeschwellter Brust.

»Einen bitte was?« Maighread war sich nicht sicher, ob sie sich verhört hatte.

»Sag nur, du weißt das nicht. Wenn man einen Drachen besiegt, ohne ihn zu töten, verwandelt er sich in einen goldenen Drachen der Weisheit.«

»Besiegt?« Das war alles, was sie interessierte. »Heißt das …?«

»Also gut, ich bin so weit. Was ist, Peter, wollen wir los? Ich habe einiges zu tun und kann nicht den ganzen Tag verplempern. Hopp, komm schon.«

Erschrocken zuckte Maighread zusammen. Sie hatte Eilidh, die mit Jacke, Hut und Handtasche ausstaffiert hinter ihr aufgetaucht war, gar nicht kommen hören.

Kapitel 5

Peter

Es war bereits der vierte Laden, den sie auf der Suche nach Inspiration besuchten. Die Lust war Peter inzwischen gründlich vergangen, und das nicht nur, weil ihm die Füße wehtaten. Mehr als die Schuhe drückte ihn sein schlechtes Gewissen.

Peter hasste es, Eilidh etwas vorzuspielen. Es fiel ihm schwer, ihr in die Augen zu sehen, denn er hatte Angst, dass sie darin die Wahrheit lesen konnte.

Aber es half nichts. Er hatte sich darauf eingelassen, nun musste er da durch. Also versuchte er weiterhin, sich nichts von seinem inneren Kampf anmerken zu lassen.

Galant hielt er Eilidh die Tür zu dem Einrichtungsgeschäft auf. Hoffentlich sah sie seinem Lächeln nicht an, wie sehr er es auf seine Lippen zwingen musste. Die gute Miene zum falschen Spiel kostete ihn Überwindung. Da hatte Maighread einiges wiedergutzumachen, so viel stand fest. Dafür hatte er mindestens zwei Paar Socken verdient. Vielleicht konnte er sogar einen Pullover rausschlagen. Harte Verhandlungen waren dazu wahrscheinlich gar nicht nötig. So wie Peter Maighread kannte, würde sie beides im Handumdrehen stricken.

»Danke, dass du mitgekommen bist, Eilidh. Ich weiß deine Hilfe wirklich sehr zu schätzen«, quetschte er hervor, während sie an ihm vorbei in das Geschäft trat.

»Na, ich konnte ja nicht zulassen, dass du den beiden am Ende eine Wärmflasche für zwei schenkst – oder was war das noch? Ein Gutschein fürs Pub? Also, Peter, ehrlich, du bist doch sonst auch nicht auf den Kopf gefallen. Ein bisschen mehr Fantasie hätte ich dir wirklich zugetraut.« Eilidh schüttelte ihre kurzen grauen Locken und schnaubte. »Schenk ihnen doch gleich einen von deinen Whiskys, den musst du nur aus dem Regal nehmen.«

Das allerdings wollte er dann doch nicht auf sich sitzen lassen. Schlechtes Gewissen hin oder her. Eilidh tat ja so, als wäre sein Whisky nichts Besonderes. »Dass sie zu ihrem Geschenk eine meiner besten Flaschen bekommen, versteht sich ja wohl von selbst. Tu das nicht so ab, Eilidh. Darf ich dich daran erinnern, dass du mein flüssiges Gold durchaus auch zu schätzen weißt?«

Treffer!

Peters Anspielung auf ihren gemeinsamen Absturz in der Küche von Callwell Castle, als sie auf der Suche nach dem perfekten Whisky für Eilidhs Wettkampfkekse gewesen waren, verstand sie prompt.

Sofort hob sich seine Laune wieder. Mit Eilidh Wortgefechte auszutragen gefiel ihm deutlich besser, als sie hinters Licht zu führen.

Außerdem dachte er gern an den Abend mit ihr zurück. Abgesehen von den Kopfschmerzen am nächsten Morgen hatten sie echt viel Spaß zusammen gehabt. Er grinste bei der Erinnerung an die angeschickerte Eilidh. Sie hatte mehr als nur einen Schluck zu viel erwischt. Der ausgewachsene Kater hatte sie dann sogar dazu gebracht, ihr Backprogramm zu ändern. Die Whiskykekse hatte sie gestrichen.

Glücklicherweise hatte sie ihre vorübergehende Abneigung gegen Whisky inzwischen überwunden. Aber an ihr Besäufnis erinnert zu werden, war ihr ganz offensichtlich immer noch peinlich. Schlagartig legte sich ein Hauch Rot auf Eilidhs Wangen.

Bevor sie aber einhaken und sich verteidigen konnte, redete Peter schon weiter: »So ein Geschenk ist durchaus anständig, und ich bin sicher, Maighread und Joshua wissen es zu schätzen. Aber für jemanden mit einer Destillerie ist es allein natürlich einfallslos.«

»Sag ich doch.« Mit einem zufriedenen Nicken beendete Eilidh die Diskussion und marschierte los – direkt in die Abteilung mit Dekorationsartikeln. Peter blieb nichts anderes übrig, als ihr zu folgen.

Wieso hatte er sich überhaupt auf diese dämliche Aktion eingelassen? Eilidh für einen kurzen Moment einen Bären aufzubinden, war okay gewesen, es diente schließlich einem guten Zweck, der allen etwas brachte, auch ihr selbst. Das hätte sie ihm sicher nicht ernsthaft übel genommen. Peter wusste, dass Eilidh so einen Scherz locker wegstecken konnte.

Aber dieses Schmierentheater über Stunden aufrechtzuerhalten ging ihm gewaltig gegen den Strich. Er hatte die Idee im Vorfeld nicht zu Ende gedacht, sonst hätte er sich eine andere Strategie überlegt. Aber nun hing er im Gestrick seiner Lügen fest und fand keinen Ausweg.

Außerdem vertat er hier seine Zeit, die er anderweitig viel besser nutzen könnte. Diese Erkenntnis war nicht dazu angetan, seine Laune zu verbessern.

Peter war sauer auf sich selbst, dass er nicht mit Amely

zusammen zu diesem Paul gefahren war. Er hätte für sie da sein müssen. Wie gut kannte sie diesen Menschen wirklich? Was, wenn er andere Absichten hatte als sie? Allein mit ihm auf dem Hausboot, war sie ihm ausgeliefert. Wenn sie wenigstens Piper mitgenommen hätte.

Sein Magen grummelte bei der Vorstellung, dass seine Liebste bei diesem ominösen Mann auf dem Boot saß.

Weltberühmter Fotograf. Pah! Was hieß das schon? Whisky herzustellen war auch eine Kunst, und Peter hatte Kunden weltweit. Aber davon verstand dieser Paul ganz sicher nichts.

Vielleicht sollte er die Sache hier abbrechen und Eilidh die Wahrheit sagen. Dann könnten sie direkt nach Callwell zurückfahren, und er würde nach Amely sehen.

Peter war drauf und dran, den Gedanken in die Tat umzusetzen. Doch immer, wenn er Luft holte, um es auszusprechen, verließ ihn der Mut. Dabei war es nicht die Angst vor Eilidhs Zorn, die ihn zurückhielt. Er hatte schon mehr als einen ihrer Wutausbrüche überlebt. Im Laufe der Jahre hatte sie ihm schon des Öfteren die Ohren lang gezogen und ihn einen Unhold oder Strolch oder unmöglichen Kerl genannt. Meistens hatte er sich ihre Strafpredigt auch redlich verdient und ertrug sie, in der Gewissheit, dass es zur Versöhnung einen leckeren Pie oder ein Stew geben würde. Und er steuerte einen gut gelagerten Whisky bei. Damit stießen sie an und spülten die letzte Spur Unmut hinunter. Solche Gewitter taten ihrer Freundschaft keinen Abbruch.

Aber wenn er ihr jetzt die Wahrheit sagte, würde er ihre Gefühle verletzen, und das wollte er auf alle Fälle vermeiden. Unter ihrer harten Schale war Eilidh weich wie ein auf der

Zunge schmelzender Whisky. Auch wenn sie immer sehr bemüht war, das vor ihren Mitmenschen zu verbergen.

Während er mit sich selbst kämpfte und um eine Entscheidung rang, schlurfte Peter neben Eilidh den Gang der Deko-Abteilung entlang.

Hin und wieder blieb Eilidh stehen, nahm etwas in die Hand und stellte es dann doch kopfschüttelnd wieder zurück. Wie jetzt gerade einen aus Holz geschnitzten Elefanten.

»Ganz ehrlich, Peter, ich bin mir nicht sicher, ob ich dir eine große Hilfe bin. Offen gestanden finde ich es richtig schwierig, Maighread und Joshua etwas zu schenken. Alles, was sie für ihr Glück brauchen, haben sie doch schon.«

»Das ist ja die Kunst dabei. Man muss etwas finden, das sie sich wünschen, ohne dass sie selbst etwas von dem Wunsch ahnen.« Inzwischen waren sie bei den Kinderzimmern gelandet. Peter blieb stehen und zeigte auf eine Babywiege. »Meinst du, das ist zu direkt?«

Eilidh tippte sich ganz undamenhaft mit dem Zeigefinger an die Schläfe. »Du hast doch einen Knall, Peter McDurmann. Und überhaupt, was schenkst du ihnen dann zur Baby Shower, wenn es so weit ist?«

Peter seufzte. Damit hatte Eilidh recht. Er fühlte sich uninspiriert, was natürlich auch daran liegen konnte, dass Chloe, Scott, Amely und er längst das perfekte Geschenk für ihre Freunde hatten.

»Mir würde diese Bodenvase gefallen. Aber dafür ist gerade nicht die richtige Zeit. Chloe ist oft mit Sheona auf dem Castle zu Besuch. Es kann nicht mehr lange dauern, bis unser Sonnenschein anfängt zu laufen. Ich sehe direkt vor mir, wie sie versucht, sich an der Vase hochzuziehen. Himmel, nein, sie könnte sich an den Scherben verletzen!« Der Gedanke, dass Chloes und Scotts Tochter etwas passieren könnte, ließ Eilidh blass werden. Sie zog Peter am Ärmel weiter.

Sein Magen knurrte. Sie waren bereits seit Stunden unterwegs und der Lösung des Problems keinen Schritt näher gekommen. Nichts genügte Eilidhs Ansprüchen.

Was Peter allerdings auffiel, war die Ruhe, mit der sie ihn auf dieser Shoppingtour begleitete. Und das, obwohl sie es doch angeblich so eilig hatte und auf Callwell Castle dringend gebraucht wurde. In ihm stieg ein vager Verdacht hoch.

»Ich finde es großartig, dass du versuchst, mir zu helfen. Aber ich fürchte, das wird nichts, Eilidh. Wenn wir so weitermachen, haben wir am Ende des Tages unsere Schuhe durchgelaufen und noch immer kein Geschenk gefunden. Weißt du was? Ich glaube, wir brauchen eine Stärkung. Wie wäre es, wenn ich dich zum Essen einlade? Ich meine, wie oft kommst du schon nach Glasgow? Lass uns das doch ein bisschen genießen.«

»Ich weiß nicht«, kam es zögerlich von Eilidh. Aber Peter sah ihr an, dass sie sich über die Einladung freute. Und er hatte sich damit abgefunden, dass er nicht bei Amely sein konnte. Inzwischen waren sie und Paul vielleicht sowieso schon bei Maighread.

Deshalb legte er schnell nach: »Komm schon, gib dir einen Ruck. Lass dich mal ein bisschen verwöhnen, das hast du dir verdient. Du bist immer für alle da und umsorgst uns. Du bist die Heldin von Callwell Castle, Eilidh! Es ist Zeit, dass mal jemand etwas für dich tut.«

Die Röte auf ihren Wangen vertiefte sich.

»Oller Quatschkopf«, murmelte sie, doch Peter sah das Leuchten in ihren Augen. Er erkannte gleichermaßen Verlegenheit und Stolz in ihrem Blick. Es dauerte noch einen Moment, dann nickte sie. »Also gut, schauen wir mal, ob man hier irgendwo etwas Anständiges zu essen findet.«

Sie hatten sich das Pub direkt neben dem Kaufhaus ausgesucht und saßen an einem gemütlichen Tisch mit Blick auf die belebte Fußgängerzone. Gegenüber dem Pub hatte sich ein Straßenmusiker niedergelassen. Mitte zwanzig etwa, verlebte Jeans, ein Shirt mit dem Logo der Universität und halb lange Haare. Neben dem Gitarrenkoffer lag ein Stoffbeutel, aus dem ein paar Bücher herausschauten. Wie es aussah, war es ein Student, der sich ein wenig Studiengeld verdienen wollte.

Durch das gekippte Fenster konnte man ihn hervorragend hören, was allerdings kein Vorteil war. Der Kerl schlug die Saiten so hart an, dass sie schepperten. Dabei wippte er in einem Takt, den nur er hörte, mit dem Fuß und gab alles, um die Menschen zum Stehenbleiben und Zuhören zu bewegen. Dass er damit nur mäßigen Erfolg hatte, wunderte Peter nicht.

Eilidh verzog das Gesicht, als die Stimme wieder einmal knapp neben dem Ton landete, den sie eigentlich hatte erreichen wollen.

»Der sollte mal ein paar Stunden bei Vivian nehmen, die würde ihm beibringen, wie man sein Publikum begeistert«, stellte sie fest. »Die hat im kleinen Finger mehr Pfeffer als der in der ganzen Gitarre.«

»Vivian ist klasse. Aber Wunder kann sie auch keine vollbringen. Wenn du mich fragst, sollte er den Ohren seiner

Mitmenschen zuliebe den Job wechseln. Hoffentlich studiert er nicht Musik.«

Eilidh kicherte und stimmte Peter zu.

Der Kellner brachte das Essen, und Peter machte sich mit einem hastigen »Guten Appetit« hungrig darüber her, während Eilidh sich Zeit ließ, erst einmal die Nase über ihr Stew hielt und schnupperte. Dazu hatten sie beide ein halbes Pint Ale bestellt.

Während sie aßen, sprachen sie kaum. Wieder staunte Peter, wie entspannt Eilidh ihr Essen genoss. Sie wirkte kein bisschen gestresst oder in Eile.

Sie merkte, dass er sie musterte, und lächelte ihn an. Eilidh nahm den letzten Bissen und legte zufrieden das Besteck auf den Teller. Sie tupfte sich mit der Serviette über die Lippen.

»Das war gar nicht so übel.«

»Nicht so fantastisch wie dein Stew, aber gut«, stimmte er ihr zu. »Noch ein Stück Kuchen und einen Kaffee?«

Bevor sie ablehnen konnte, hatte Peter bereits die Hand gehoben und den Kellner gerufen. Als Eilidh nickte, bestellte er zwei Apfelkuchen und zwei Tassen Kaffee.

»Ich glaube, ich war noch nie mit dir essen, Eilidh. Und dafür möchte ich dich in aller Form um Entschuldigung bitten.«

Sie winkte verlegen ab, doch Peter blieb dabei.

»Ich meine das ernst. Du hast mir schon so oft das Leben gerettet mit deiner Kochkunst, da war ein solches Dankeschön längst überfällig. Weißt du was? Ich rufe diesen Tag als Eilidh-Dankes-Tag aus. Das schreibe ich mir in den Kalender, und nächstes Jahr gehen wir genau an diesem Tag wieder zusammen essen. Dann nehmen wir Amely auch mit. Einverstanden?«

Peter hatte großen Spaß daran, Eilidh ein bisschen zu verwöhnen und zu beobachten, wie sie es aufnahm. Er konnte ihr ansehen, wie gut es ihr tat. Ihr Gesichtsausdruck wechselte zwischen Abwehr, Verlegenheit und Freude. Und ihm half es, nicht so viel über Amely und Paul nachzudenken.

Das schlechte Gewissen drückte ihn immer noch. Peter beschloss, reinen Tisch zu machen. Er tastete sich vorsichtig heran. »Sag mal, kann es sein, dass du sogar froh bist, dem Trubel auf dem Castle eine Weile zu entkommen?« Er stellte die Frage bewusst ganz direkt, damit sie keine Zeit hatte, sich Ausflüchte auszudenken.

Seine Strategie hatte Erfolg. Eilidh sah überrumpelt aus, und nach einem kurzen Zögern schlug sie die Augen nieder und nickte kaum merklich. In diesem Moment wirkte diese zähe alte Lady ungewohnt klein und zerbrechlich. Und Peter verstand, was sie bewegte. Es war genau, wie Maighread bereits vermutet hatte.

Er griff über den Tisch nach ihrer Hand und hielt sie in seiner. »Du bist Joshuas Nummer eins, Eilidh, ich hoffe, das weißt du. Und Maighread sieht das ebenso. Die beiden vergöttern dich.«

»Was nützt das, wenn ich die Arbeit nicht mehr schaffe? Dann werde ich ersetzt und fertig.« Ihre Stimme klang spröde.

Peter schüttelte energisch den Kopf. »Das würden die beiden niemals machen. Alles, was sie wollen, ist, dass es dir gut geht. Und wenn du Unterstützung brauchst, bekommst du sie. Aber ersetzen kann dich doch sowieso niemand, Eilidh. Niemals!«

»Altwerden ist echt Mist.« Eilidh entzog Peter ihre Hand. Sie holte ein Taschentuch aus ihrer Handtasche und putzte sich die Nase.

Er grinste sie an und zuckte mit den Schultern. »Die Alternative ist aber auch nicht gerade verlockend«, sagte er. »Wer will schon jung sterben?«

Einen kurzen Augenblick starrte Eilidh ihn mit großen Augen an, dann prustete sie los. »Peter McDurmann, du bist doch wirklich eine Knalltüte«, japste sie, nachdem sie wieder Luft bekam. Sie wischte sich mit dem Taschentuch die Augen trocken, in denen Lachtränen standen.

»Nachdem das geklärt ist, nutze ich die Gunst der Stunde zu einem Geständnis. Die Sache ist nämlich die – ich brauche gar kein Geschenk mehr. Amely, Chloe, Scott und ich haben längst etwas besorgt. Und ich versichere dir, es ist nicht nur eine Flasche meines besten Whiskys.«

Gespannt beobachtete er Eilidhs Gesichtszüge. Würde sie ihm gleich den Kopf abreißen?

»Du hast mich aufs Glatteis geführt.« Eilidh leerte den Rest ihres Ales und musterte Peter. Sie schien mit sich zu ringen. Schließlich nickte sie und seufzte. »Also gut, wenn wir schon dabei sind, dann gibt es von mir auch ein Geständnis. Ich war heilfroh, als du heute kamst und mich um Hilfe gebeten hast. Das war die perfekte Ausrede, diesem Chaos in meiner Küche zu entkommen.«

Sichtlich verlegen knetete sie das Taschentuch in ihrer Hand. Peter ahnte, dass ihr noch mehr auf der Seele lag. Er saß nur da und wartete.

»Ich könnte das unmöglich schaffen mit den vielen Gästen und all dem Essen. Aber ich sage dir, Peter, dieses Gewusel in meiner Küche macht mich wahnsinnig. Was hätte ich tun sollen? Denen einfach das Feld überlassen?«

Ganz offensichtlich hatte er Eilidh aus einer misslichen Situation befreit. Die Vorstellung gefiel ihm.

»Gern geschehen«, sagte er und grinste sie verschwörerisch an.

»Oh, du!«, schimpfte sie los. »Bilde dir nur nichts ein. Glaub nicht, dass ich vergessen habe, dass du mich angeschwindelt hast.« Drohend wedelte sie mit dem Zeigefinger, aber das Lächeln, das ihre Mundwinkel umspielte, erzählte eine andere Geschichte. Dann kam sie wieder auf das Geschenk zurück, von dem Peter gesprochen hatte. »Jetzt aber Themenwechsel«, verlangte sie. »Was habt ihr euch denn für unser Hochzeitspaar ausgedacht?«

Doch damit stieß sie bei Peter auf Granit. »Mein Schatz, du darfst alles essen, aber nicht alles wissen. Lass dich überraschen.«

Während ihrer Aussprache waren Kaffee und Kuchen serviert worden, und Peter nahm den letzten Schluck aus seiner Tasse. »Was meinst du, können wir uns langsam auf den Nachhauseweg machen?«, fragte er. »Ich möchte Amely nicht so lange allein lassen.«

»Wieso denn allein? Ich dachte, sie ist heute bei uns und hilft Maighread mit der Dekoration.«

»Allein ohne mich, meinte ich. Ich weiß gar nicht, ob sie Zeit hat zu helfen. Das hast du gar nicht mitbekommen. Amelys Freund Paul ist gerade mit seinem Hausboot auf dem Loch Lomond unterwegs. Sie ist zu ihm gefahren und wollte dann mit ihm gemeinsam zu Maighread und Joshua. Paul wird das Fotografieren während der Hochzeit übernehmen.«

»Amelys Freund Paul Connahan?« Eilidh fuhr sich mit den Händen in die Haare und zupfte ihre Locken zurecht. »Er kommt zu uns nach Callwell Castle, und du lockst mich nach Glasgow?« Ihre Stimme war höher geworden. »Was fällt dir denn ein, Peter? Na los, nun mach schon. Zahl die Rechnung und dann nichts wie nach Hause.«

Er legte das Geld hin und erhob sich. Doch als er gehen wollte, hielt Eilidh ihn am Ärmel zurück. »Eins noch, Peter: Wenn du auch nur einer Menschenseele etwas von unserem Gespräch erzählst, kannst du Pies, Stews und alle anderen kulinarischen Schätze aus meiner Küche auf Lebenszeit vergessen. Ist das klar?«

»Welches Gespräch?« Peter zwinkerte ihr zu. »Was in Glasgow gesprochen wurde, bleibt in Glasgow. Mach dir keine Gedanken. Dafür tust du mir aber auch einen Gefallen.«

»Das kommt drauf an …«

»Wenn es unbedingt sein muss, dann warte wenigstens bis nach der Hochzeit, bevor du den Caterer umbringst.«

Peter lachte, als Eilidh ihn empört gegen den Oberarm knuffte.

»Und jetzt los. Paul Connahan!« Sie schlüpfte in ihre Jacke, setzte den Hut auf und marschierte mit festen Schritten auf den Ausgang zu.

Kapitel 6

Maighread

Nachdem Peter und Eilidh von dannen gezogen waren, fand Maighread keine Zeit, sich zu sortieren und in Ruhe anzukommen. Eigentlich hatte sie ja noch schnell nach oben flitzen wollen, um den Test zu machen. Aber sie hatte ihre Jacke noch nicht ausgezogen, da bestürmte Stephen, der Caterer, sie bereits mit Fragen zur Käseauswahl. Er hatte einen Teller mit zwölf Sorten vorbereitet. Im Vorfeld hatten sie das Thema zwar bereits angeschnitten, die endgültige Sortenauswahl hatten sie dann aber verschieben müssen. Am Besprechungstag war keine Zeit mehr geblieben, sodass sie nicht auf die Details hatten eingehen können.

»Es tut mir leid, Maighread, aber das kann nicht mehr warten«, erklärte Stephen. »Ich muss den Käse jetzt bestellen, damit er morgen geliefert wird. Um es einfacher zu machen, habe ich eine Vorauswahl getroffen, aber falls ihr einen besonderen Wunsch habt, immer her damit.«

»Okay, ich rufe Joshua an. Es wäre mir lieber, wenn wir das zusammen entscheiden.«

Maighread nahm ihr Handy und tippte auf Joshuas Nummer. Aber sie konnte ihn nicht erreichen. Er war mit der Liste der Anmeldungen auf dem Festplatz, um den Aufbau für das Wollfest zu besprechen. Es wurde von Jahr zu Jahr einfacher, weil er auf die Erfahrung früherer Festivals zurückgreifen konnte. Aber dennoch blieb jedes Event einzigartig, und selbst bei der hohen Quote von Stammausstellern gab es immer einen gewissen Prozentsatz, der wechselte. Das musste beim Erstellen des Plans berücksichtigt werden.

Nach der Besprechung wollte Joshua noch nach Glasgow fahren, um sich mit einem Kollegen zu treffen. Maighread wusste nicht genau, worum es dabei ging. Er hatte es ihr beim Frühstück erzählt, aber sie hatte nur mit halbem Ohr zugehört. Sie war zu beschäftigt damit gewesen, sich den Kopf über den ausgefallenen Fotografen zu zerbrechen und nebenbei die aufgebrachte Eilidh zu beschwichtigen.

Während sie noch das Telefon am Ohr hatte, wechselte Stephen neben ihr unruhig von einem Fuß auf den anderen. Die Zeit drängte, das war ihr klar. Da ihr Liebster nicht erreichbar war, übernahm sie deshalb die Entscheidung. Selbst war die Frau.

Immerhin wusste sie, dass Joshua sich über deftige Käsesorten, die auch sie bevorzugte, freuen würde. Vermutlich teilten aber nicht alle Gäste ihre Vorliebe, auch das musste berücksichtigt werden. Es sollte für jeden Geschmack etwas dabei sein.

»Kannst du bitte eine Platte mit deftigen Sorten anrichten und eine mit gemäßigten Käsearomen, bei denen man nicht das Gefühl hat, beim Essen im Schafstall oder inmitten einer Ziegenherde zu stehen?«

Mit dieser Erklärung ihrer Wünsche brachte sie Stephen zum Lachen. »Guter Plan, das ist gebongt. Und falls die deftigen Sorten trotzdem zu mild sind, kann ich eine Ziege neben dem Buffet anbinden«, flachste er.

Maighread musste nun auch lachen, aber sie schüttelte vehement ihre Locken. »Notiere bitte: Keine Ziegen bei der Feier!« Weder tierische noch menschliche, fügte sie in Gedanken hinzu.

Zum Glück bestand die Gefahr menschlicher Ziegen an diesem Tag ohnehin kaum. Die meisten Gäste kannte und mochte Maighread. Nur Joshuas Freunde aus den Staaten, Penelope und Matthew, hatte sie bisher noch nicht persönlich kennengelernt. Aber sie hatten schon einige Male per Videocall miteinander gesprochen und sich gut verstanden. Deshalb war Maighread zuversichtlich, dass auch die beiden nicht unter die Rubrik »Ziege« fallen würden.

Eigentlich hatten Joshua und sie vor ein paar Jahren in die Staaten fliegen wollen, doch dann waren ihnen das Leben und der Alltag dazwischengekommen, und irgendwie hatte es leider bisher noch nicht mit der Reise geklappt.

Kaum war Stephen wieder in der Küche verschwunden, forderte Jim, der für die Dekoration verantwortlich war, Maighreads Aufmerksamkeit und holte sie zurück in die Gegenwart. Er brachte sie auf den neuesten Stand der Arbeiten und verkündete: »Dann bin ich jetzt mal weg. Mein Typ wird dringend an anderer Stelle verlangt.«

Als er das sagte, blieb Maighread vor Entsetzen kurz die Luft weg. Das durfte doch nicht wahr sein! Erst der Fotograf und jetzt Jim? Wollte er sie etwa auch hängen lassen? Mitten in den Vorbereitungen? Zum Glück stand neben ihr eine Leiter, daran hielt sie sich hastig fest, als ihr vor Schreck kurz schwindelig wurde. Sie atmete tief ein und aus, dann ging es ihr schon wieder besser.

Als Jim ihre Reaktion sah, zuckte er zusammen.

»Ups, sorry, Maighread, ich wollte dich nicht erschrecken. Keine Bange, es ist alles in Ordnung«, beeilte er sich, ihr zu versichern. »Wir sind schon prima vorangekommen, da brennt nichts an. Die Jungs bleiben hier und arbeiten weiter. Du kannst dich auf meine Leute verlassen. Die haben alles im Griff. Ich werde auch nicht lange weg sein.« Er stockte kurz und schob dann etwas verlegen hinterher: »Aber es wäre trotzdem gut, wenn du in der Nähe bleibst, bis ich wieder da bin. Ich beeile mich auch, versprochen. Bye!«

Ohne ihre Antwort abzuwarten, rauschte er zur Tür hinaus und Maighread stürzte sich in die Arbeit. Wie ein Wirbelwind fegte sie durch das Haus und zog die Fäden, damit alles reibungslos lief. Sie hatten etliche Helferinnen und Helfer engagiert, die im gesamten Castle Hand anlegten. In den Gästezimmern wurde noch einmal Staub gewischt und kontrolliert, dass alles in Ordnung war. Zwei Mädchen aus Callwell saßen in der Waschküche und polierten das Silber. Eine Truppe aus vier Männern putzte die Fenster. Ein Pärchen kümmerte sich darum, Spinnweben von Kronleuchtern und Decken in den Korridoren zu entfernen, bevor die Dekorateure sich ans Werk machten. Zwar sollten die Flure nicht so stark dekoriert werden wie die Halle und der große Saal, aber Joshua hatte vorgeschlagen, das Thema mit den Wimpelketten, Bändern und Lampions in verschlankter Form im gesamten Castle weiterzuführen.

»Es wäre doch schade, wenn jemand aus der wunderschön geschmückten Halle in einen Flur tritt und dort alles nüchterner Alltag ist. Ich finde, Callwell Castle sollte sich an diesem besonderen Tag nicht nur teilweise, sondern komplett in Schale werfen.«

Während der ganzen Zeit, in der sie durch das Gebäude wirbelte, hatte sie ein wachsames Auge auf Jims Leute. Sicher war sicher. Sie hatte keine Lust auf böse Überraschungen. Die Hunde hatten sich währenddessen in das Kaminzimmer verzogen und schliefen. Zu Maighreads Erleichterung auch Piper.

Jim hatte nicht zu viel versprochen. Seine Jungs waren ein gut eingespieltes Team und wussten, was sie taten. Ehe sie sichs versah, waren zwei Stunden vergangen und Jim wieder zurück.

Endlich hatte sie eine kurze Atempause.

Waren es wirklich nur noch drei Tage bis zum großen Fest? Maighread konnte es kaum fassen. Sie schwankte zwischen »endlich« und »Himmel, so schnell?« – doch je weiter die Arbeiten voranschritten, desto stärker wurde die Vorfreude. Wenn sie daran dachte, wie verzweifelt sie noch am Vormittag bei Amely gesessen hatte, schien ihr die Entwicklung im Laufe der letzten Stunden wie ein Wunder. Es zeigte sich wieder einmal, wie wichtig Freunde im Leben waren.

Dieser Gedanke brachte sie zu Paul. Sie war schon mächtig auf diesen neuen alten Freund von Amely gespannt. Unfassbar, dass sie die ganze Zeit nicht begriffen hatte, dass Amelys Freund Paul und der berühmte Fotograf Paul ein und dieselbe Person war. Aber wie hätte sie auch auf die Idee kommen sollen? Amely hatte die Information zwar nicht verheimlicht, es aber auch nie besonders hervorgehoben.

Wenn Paul Connahan wirklich ihre Hochzeitsfotos machen würde, wäre das phänomenal. Obwohl er, wie Amely ihr versichert hatte, bereits fest zugesagt hatte, tat Maighread sich noch schwer, es wirklich zu glauben. Einen objektiven

Grund, daran zu zweifeln, gab es nicht, aber danach fragte ihr Bauchgefühl nicht. Endgültig beruhigt wäre sie vermutlich erst, wenn sie Paul von Angesicht zu Angesicht gegenüberstand und er ihr persönlich bestätigte, dass er diesen Auftrag übernahm. Vielleicht lag es an seiner Prominenz. Es schien so unglaublich, dass ausgerechnet einer der besten Fotografen der Welt ihre Hochzeit begleiten würde.

Joshua hatte noch keine Ahnung von dieser grandiosen Neuigkeit. Maighread freute sich diebisch auf seine Reaktion, wenn sie ihm den Namen des Fotografen verriet, den sie mit Amelys Hilfe an Land gezogen hatte. Bisher hatte sie ihm nur eine kurze Nachricht geschickt:

Fotograf gefunden. Problem gelöst. Ich liebe dich!

Dreimal hatte sie schon das Handy in die Hand genommen, um es ihm zu verraten, und es dann doch wieder weggesteckt. Sie wollte seinen Gesichtsausdruck sehen, wenn er den Namen hörte.

Ein Brummen in Maighreads Hosentasche signalisierte eine eingehende Nachricht. Schnell zog sie das Telefon hervor und tippte neugierig darauf. Joshua hatte geschrieben. Hatte er gespürt, dass sie gerade an ihn gedacht hatte? Manchmal war es beinahe unheimlich, wie eng sie miteinander verbunden waren.

Meine Heldin! Ich weiß ja, dass du mit Wolle und Nadeln zaubern kannst. Aber auch bei Fotografen? Wie hast du das so schnell hinbekommen? Ich liebe dich! Willst du mich heiraten?

Dieser verrückte Kerl! Maighread lachte und tippte, ohne lange zu überlegen, die Antwort.

Wenn ich es nicht schon getan hätte, dich würde ich immer und immer wieder heiraten. Gibt nur ein Problem: Wir müssten uns vorher scheiden lassen. Wie wäre es, wenn wir stattdessen unser Eheversprechen erneuern? In drei Tagen hätte ich Zeit.

Sie schickte die Nachricht ab und lächelte. Mit keinem anderen Menschen konnte sie so herrlich herumalbern wie mit Joshua. Sie konnte es kaum erwarten, ihm noch einmal – dieses Mal im Beisein ihrer Familie und Freunde – zu sagen, dass er für sie die Welt bedeutete.

Vorher sollte sie sich nun aber wirklich darum kümmern, dass es hier im Castle mit den Vorbereitungen vorwärtsging und alles rechtzeitig fertig wurde.

Sie lagen nicht schlecht in der Zeit. Die Liste der Dinge, die noch erledigt werden mussten, war zwar lang, aber immerhin überwogen mittlerweile die durchgestrichenen Punkte. Alle anderen waren zumindest auf einem guten Weg. Nur die Stola für Eilidh drängte noch.

Am liebsten hätte Maighread sich in ihr Zimmer zurückgezogen und die letzten Reihen gearbeitet. Aber das ging im Moment noch nicht. Wirklich blöd, dass sie mit dem Stricken so spät dran war. Leider hatte sie die Idee dazu erst ganz spontan vor fünf Tagen gehabt, als Eilidh ihr präsentiert hatte, was sie zur Feier tragen wollte. Sie hatte sich für einen rostbraunen Rock und eine hellbeige Bluse entschieden.

»Eigentlich wollte ich noch ein Jackett dazu, aber ich habe nichts gefunden, was mir wirklich gefällt. Auf einen Kompromiss habe ich keine Lust.

Was meinst du? Geht das auch so? Ich werde eine Brosche anstecken. Wahrscheinlich wäre ein Jackett sowieso zu warm gewesen. Wenn ich aufgeregt bin, schwitze ich immer so schnell.« Eilidh hatte sich hin und her gedreht und dabei unsicher gewirkt. Nicht wie jemand, der sich wirklich wohlfühlte. Das hatte Maighread so leidgetan.

Mit voller Überzeugung hatte sie Eilidh versichert, dass sie wunderschön aussah und es kein lästiges Jackett brauchte, um das Outfit abzurunden. Im Kopf war sie währenddessen aber bereits die Regale ihres kleinen Strickladens durchgegangen, auf der Suche nach der passenden Wolle für eine hauchzarte Stola. Sie hatte die Silkhair von LanaGrossa in Rost und Gold ausgewählt und sich über Nacht ein Muster ausgedacht, das gut zu Eilidhs Ensemble passen würde. Da es eine Überraschung sein sollte, strickte Maighread seit Tagen, wann immer sie konnte, und abends bis tief in die Nacht hinein. Vielleicht konnte sie sich nachher für eine Weile zurückziehen und die Überraschung fertigstellen.

Zuerst galt es aber, die Dekoration zu bewundern. Den Kopf in den Nacken gelegt, stand Maighread in der großen Halle und drehte sich langsam, um einen Gesamteindruck des geschmückten Raumes zu bekommen. Am großen Fenster standen noch zwei junge Männer auf Leitern und befestigten die letzten Girlanden. Der Rest war – zumindest hier in der Halle – für den Moment fertig. Alles, was Maighread sah, ließ ihr Herz höherschlagen. Genau so hatte sie es sich gewünscht.

Wimpelketten, luftig leichte Bänder und Lampions in unterschiedlichen Größen verliehen dem hohen Raum eine vollkommen neue Wirkung. Mit weißen Hussen bedeckte Stehtische luden ein zu verweilen.

Die Tür wurde geöffnet, und Chloe trat ein. Sie hielt einen kleinen Karton in den Händen, den sie auf einen der Tische stellte.

»Maighread, meine Süße, hallo«, grüßte sie freudestrahlend. Dann blieb sie stehen, bewunderte die Arbeit von Jims Leuten und brachte ein gehauchtes »Wow« hervor.

»Du kommst genau richtig, Chloe. Wir sind hier drinnen ziemlich weit. Ich hatte gerade überlegt, ob ich jetzt draußen nach dem Rechten schaue.« Maighread umarmte sie zur Begrüßung und gab ihr ein Küsschen auf die Wange.

»Ich bin auch gleich wieder draußen«, erklärte Chloe. »Aber vorher wollte ich dir das hier zeigen und deine Meinung dazu hören.« Vorsichtig nahm sie zwei kleine Gestecke aus dem Karton und platzierte sie auf zwei Stehtischen. »Wo hast du Joshua gelassen?« Sie sah sich suchend um.

»Unterwegs«, antwortete Maighread. »Aber mach dir keine Gedanken, er wird es genauso lieben wie ich. Chloe, das sieht zauberhaft aus. Wie hast du das nur gemacht?«

Ein zufriedenes Lächeln legte sich auf Chloes Lippen und um ihre Augen. »Ach, du kennst mich doch. Ein bisschen hiervon und ein paar Zweige davon. Was eben so greifbar war.«

Doch so leicht ging Maighread ihr nicht auf den Leim. »Erzähl mir keine Märchen«, erwiderte sie in gespielt strengem Ton.

Chloe pustete sich die Haare aus der Stirn. »Na ja, also gut. Was du auf Anhieb siehst, sind Kornblumen, Malven und ein paar Kräuter. Ich habe einen Plan gemacht, weil es mir wichtig ist, nicht nur mit Farben und Formen, sondern auch mit der Symbolik der Blumen zu arbeiten.«

»Ha, dachte ich es mir doch!« Alles andere hätte Maighread auch gewundert. »Was ich dir auf Anhieb sagen kann, ist, dass du die Blumen wunderschön kombiniert hast. Es ist perfekt.«

»Sehr gut, das hatte ich gehofft. Dann bin ich jetzt wieder draußen. Grandma und Sheona sind übrigens auch da. Und das hier ist für dich.« Sie reichte Maighread ein zusammengefaltetes Blatt. »Ich möchte, dass du weißt, wieso ich diese Kräuter ausgewählt habe. Aber bei der Aufregung, die im Moment herrscht, kannst du dir das vermutlich sowieso nicht merken.«

Bevor Maighread sich bedanken und einen Blick auf den Zettel werfen konnte, drang Sheonas Weinen zu ihnen in die Halle.

»Oje. Wir reden später weiter, ja?« Schon eilte Chloe hinaus, um nach ihrem Töchterchen zu sehen.

Gerade als Maighread das Blatt auseinanderfaltete, um zu lesen, was Chloe ihr notiert hatte, kam Piper angesaust. Er hatte eine Wimpelkette im Maul. Hinter ihm lief Jim in den Raum. »Hey, gib das her!«, rief er und versuchte verzweifelt, den Hund zu stoppen.

Fangen spielen war ganz nach Pipers Geschmack. Er legte noch einen Zahn zu und rannte ins Esszimmer.

»Piper, aus!«, befahl Maighread mit strenger Stimme. Den Zettel stopfte sie, ohne auch nur einen Blick darauf geworfen zu haben, in die Hosentasche. »Molly, bleib«, fügte sie sofort hinzu, als sie sah, dass ihre Hündin drauf und dran war, sich dem Spiel anzuschließen. Die brave Molly gehorchte und beobachtete das Treiben mit gespitzten Ohren.

Piper hatte eine Runde gedreht und lief gerade wieder an Maighread vorbei. Sie versuchte, ihn am Halsband zu erwischen, aber der Kerl war zu schnell. Während er rannte, schüttelte er seine Beute immer wieder. Die Papierwimpel raschelten.

Maighread wusste nicht, ob sie schimpfen oder lachen sollte. Jetzt hatte Peter es geschafft, Eilidh aus der Kampfzone zu locken, damit sie in Ruhe mit den Vorbereitungen weitermachen konnten, und da stellte dieser Hund gut gelaunt alles auf den Kopf.

Kapitel 7

Maighread

Bevor das Chaos endgültig die Oberhand gewinnen konnte, entschied sich Maighread zu einem Versuch, die Notbremse zu ziehen. Kurz entschlossen pfiff sie die Hunde herbei. Natürlich interessierte Piper sich nicht für ihren Befehl, er tobte immer noch mit seiner stibitzten Wimpelkette durch die große Halle. Doch als Molly, Bonny und Lennox dem Ruf brav folgten, beschloss er, die Beute aufzugeben und sich ihnen anzuschließen. Wahrscheinlich hatte er Angst, etwas zu verpassen. Genau darauf hatte Maighread spekuliert.

Piper hatte zwar viel Quatsch im Kopf, aber er hatte auch ein sehr liebevolles Wesen, spielte gern mit anderen und wollte Teil der Gruppe sein.

»Na los, dann kommt. Raus hier! Lasst uns ein Stück laufen.« Sie marschierte durch die Halle, öffnete die Tür, und schon drängten die Hunde an ihr vorbei ins Freie. Doch im angrenzenden Park, in dem alles für die Feier vorbereitet wurde, konnten sie nicht bleiben. Sie würden die Helfer beim Aufbau stören. Was Piper alles an Unfug einfallen könnte, wollte Maighread sich gar nicht erst vorstellen.

Deshalb trat sie ebenfalls aus der Tür.

»Auf geht's!«, rief sie die Hunde herbei und marschierte mit ihrem Vierergefolge um das Castle herum Richtung Pferdeställe.

Während Maighread ihre Schritte zügig setzte, sog sie die herrlich klare Luft tief in die Lungen.

Das tat gut!

Automatisch ging ihr Blick zum Himmel. Hoffentlich hielt das Wetter. Im Moment sah es danach aus, aber das hieß leider gar nichts. In drei Tagen konnte sich das komplett ändern.

Hier am See war die Witterung oft unberechenbar und hielt sich nicht an Vorhersagen. Wenn die Meteorologin im Fernsehen Sonne und warme Temperaturen ankündigte, dann konnte das für den Loch Lomond stimmen oder auch nicht. Genauso gut konnte Maighread den Wetterwürfel fragen, den sie aus einer spontanen Idee heraus letztes Jahr Joshua geschenkt hatte.

Er hatte sich geärgert, weil die Prognose wieder einmal vollkommen danebengelegen hatte und er von einem kalten Guss überrascht worden war, als er gerade nach den Schafen gesehen hatte. Bis er am Auto gewesen war, hatte der Regen ihn längst bis auf die Unterhose durchnässt. Seine Kleidung hatte er auswringen können, so nass war sie gewesen.

»Demnächst würfle ich, um herauszufinden, wie das Wetter wird. Die Trefferquote wird sicher auch nicht schlechter als die der Meteorologen«, hatte er gezischt und sich nach der heißen Dusche die Haare trocken gerubbelt.

Immerhin hatten sie beide es geschafft, dem kleinen Ärgernis ein vergnügliches Ende zu setzen. Die Erinnerung daran weckte ein wohliges Kribbeln in Maighread.

Sie hatte Joshua die frischen Klamotten stibitzt, die er sich bereitgelegt hatte, bevor er in die Dusche gestiegen war. Als er Hose und Shirt suchte, um sich anzuziehen, hatte Maighread ihren Liebsten zu sich unter die Decke gelockt.

»Man soll die Chancen nutzen, wenn sie sich bieten«, hatte sie geflüstert und Joshua in ihre Arme gezogen.

»Und du meinst, ich bin so eine Chance?«, hatte er sie geneckt.

Doch Maighread hatte gelacht. »Vielleicht bin ich ja auch deine.«

Dann hatte sie keine Zeit mehr gehabt, noch weiter zu scherzen. Und Joshua hatte vergessen, was er vorgehabt hatte.

Noch am selben Abend hatte Maighread sechs Quadrate gestrickt. Jedes mit einer anderen Wetterinfo. Wolken, Sonne, Regen, Wolken mit Sonne, Schnee und auf einer Seite alles zusammen. Die Quadrate hatte sie zu einem Würfel zusammengehäkelt und diesen mit Füllwatte ausgestopft.

Joshua fand die Idee genial. Seither machten sie sich manchmal einen Spaß daraus, das Wetter zu erwürfeln. Aber egal ob wissenschaftliche Vorhersage oder Würfelorakel, die Hoffnung auf ein paar trockene Stunden während der Party blieb.

Während sie beim Gehen ihren Gedanken nachhing, liefen die Hunde voraus und kamen immer wieder zurück, als wollten sie sagen: »Wo bleibst du denn?«

Obwohl sie alle schon reichlich Auslauf gehabt hatten, wurden sie nicht müde. Maighread freute sich, ihre Fellnasen so fröhlich und ausgelassen spielen und rennen zu sehen. Mit ihnen hinauszugehen war die richtige Entscheidung gewesen.

Sie war noch ein Stück von ihrem Ziel entfernt, da entdeckte sie Ewan. Er führte Jumper am Halfter über den Sattelplatz und wollte ihn wohl zur Weide bringen.

Als der Stallmeister sie kommen sah, blieb er stehen und hob grüßend die Hand. »Maighread, hallo. Was machst du denn hier draußen? Ich dachte, ihr bereitet alles für die große Sause vor. Sag nicht, dass du kalte Füße bekommen hast und abhauen willst?«

»Du meinst, wie in ›Die Braut, die sich nicht traut‹?«

Maighread sah sich schon auf Jumper davongaloppieren, dem Sonnenuntergang entgegen. So ähnlich wie in dem Film mit Julia Roberts und Richard Gere.

»Jumper hätte sicher keine Einwände«, legte Ewan nach und klopfte dem Hengst den Hals. »Bei Joshua bin ich da nicht so sicher. Der könnte etwas dagegen haben.«

»Abhauen und den ganzen Spaß verpassen?« Maighread lachte und schüttelte den Kopf. »Im Traum nicht!«

Inzwischen hatte sie Ewan erreicht und war stehen geblieben. Die Hunde streunten auf der Wiese neben dem Sattelplatz.

Sie begrüßte Jumper, der freudig schnaubte und versuchte, an ihrer Halsbeuge zu knabbern.

»Ich weiß, mein Schöner. In letzter Zeit habe ich dich vernachlässigt. Warte nur bis nach der Feier. Dann nehme ich mir ganz viel Zeit für dich. Vielleicht kommen Joshua und Shine auch mit.«

Shine war Joshuas Reitpferd, zumindest im Moment. Er dachte darüber nach, die Stute vielleicht auch zur Zucht einzusetzen, aber bis jetzt hatte er sich noch nicht dazu durchringen können.

»Weißt du, Liebling, wenn ich auf mein Züchterherz höre und an den Aufbau des Betriebs denke, ist die Antwort ganz klar. Shine sollte gedeckt werden«, hatte er Maighread vor ein paar Wochen erzählt. »Aber dann müsste ich in absehbarer Zeit ein anderes Pferd für Reitausflüge nehmen. Der Gedanke behagt mir nicht.«

Maighread hatte leise gelacht, und er hatte sofort verstanden, was sie dachte, und hatte ebenfalls geschmunzelt. »Ich weiß, unser Gestüt hat inzwischen einige sehr gute Pferde, die das sicher auch hervorragend machen würden. Aber – ach, ich weiß auch nicht. Shine ist eben Shine. Sie und ich, wir sind ein Team.«

»Vielleicht wartest du noch ein bisschen«, hatte Maighread vorgeschlagen. »Du musst das ja nicht heute oder morgen entscheiden. Und bis es so weit ist, genießen wir unsere Ausflüge zu viert. Jumper mag Shine auch. Ich glaube, er steht auf ihre Kurven.«

Das war Joshuas Stichwort gewesen. Er hatte Maighread zu sich auf den Schoß gezogen und war mit der Hand über ihre Kurven gefahren. »Shine ist schon eine heiße Nummer«, hatte er gesagt. »Aber deine Kurven sind unschlagbar.«

Maighread freute sich schon, mal wieder an Joshuas Seite über die Highlands zu reiten. Sie nahmen sich immer vor, das viel öfter zu tun, und dann kam das Leben dazwischen.

Jumper schnaubte an Maighreads Pullover entlang. Er wusste genau, dass sie normalerweise immer eine kleine Leckerei für ihn dabeihatte. Heute hatte sie allerdings vor lauter Chaos nicht daran gedacht. »Du hast nicht zufällig einen Apfel in der Tasche, Ewan, oder? Ich weiß nicht, was los ist, heute würde ich meinen Kopf vergessen, wenn er nicht angewachsen wäre.«

»Nur gut, dass du mich hast. Apfel habe ich keinen, aber ich schätze, Jumper ist auch mit einer Karotte zufrieden.« Er gab Maighread gleich zwei.

Während sie dem Hengst die erste Möhre hinhielt, wandte Maighread sich an Ewan. »Du hattest gefragt, was ich hier mache. Um ehrlich zu sein, ich habe ein Anliegen an dich.« Sie deutete mit dem Kinn Richtung Wiese, wo die Hunde sich tummelten.

»Du brauchst einen Babysitter für das Riesenbaby und den Rest der Bande?«

Maighread nickte. »Mit den Hunden im Haus ist es zu anstrengend. Sie rennen allen zwischen den Beinen herum.« Da Piper gerade angelaufen kam, schnappte sie ihn am Halsband. »Dieser spezielle Herr hier ist der Meinung, Girlanden sind nur für ihn gedacht, damit er durch die Zimmer jagen und sie genüsslich zerfetzen kann. Ich habe Angst, die Hochzeitsparty als Do-it-yourself-Party starten zu müssen, bei der die Gäste als Helfer verpflichtet werden.« Sie bückte sich, zog Piper ein Stück eines Papierwimpels von der Lefze und hielt es in die Luft. »Hier, bitte, das ist der Beweis. Lass dir von diesem unschuldigen Blick nichts vormachen. Das ist ein ganz ausgebufftes Schlitzohr.« Sie lachte und streichelte Piper.

»Do-it-yourself-Party. Gar keine schlechte Idee.« Ewan grinste, und Maighread stupste ihn mit ihrem Ellbogen an.

»So nach dem Motto: Wer hier feiern, trinken und essen möchte, muss sich das verdienen?«, fragte sie.

»Absolut! Viele Hände, schnelles Ende – sagt man doch so, oder? Die Arbeit wäre sicher ruckzuck geschafft.«

Maighread musste lachen. Sie nickte. »So gesehen … Da gibt es nur ein klitzekleines Hindernis«, gab sie zu bedenken.

Als Ewan fragend die Augenbrauen hob und sie erwartungsvoll ansah, sagte sie: »Mich. Ich wünsche mir eine feierliche Hochzeitsparty. Ich möchte ganz entspannt Cocktails und Fingerfood servieren lassen und mich mit den Gästen unterhalten – nicht Seite an Seite mit ihnen arbeiten.«

Maighread hatte alles ganz genau geplant. Begrüßungshäppchen. Cocktails. Musik. Joshua und sie würden im Beisein aller ihre Gelübde erneuern. Danach sollte es Tee und Kuchen geben, und später dann würde ein kalt-warmes Buffet den kulinarischen Abschluss bilden. Dazwischen und danach gab es Gelegenheit zum Plaudern und Tanzen.

Feierlich, aber auch ganz ungezwungen sollte es werden.

»Und was machst du dann noch hier?«, fragte Ewan Maighread in ihre Träumerei von der perfekten Hochzeitsfeier hinein. »Ab mit dir, zurück ins Haus. Ich schätze, du hast noch genug zu tun.«

»Ewan, danke. Du bist ein Schatz!«

»Kein Problem, Maighread. Ich behalte den jungen Mann im Auge. Und den Rest der Bande natürlich auch. Molly, Bonnie, Lennox, könntet ihr eurem ungestümen Freund nicht ein paar Manieren beibringen? Na, wir kommen schon klar. Ich schnappe mir ein paar Pfosten und repariere die Zäune im hinteren Bereich. Dann sind wir weit genug vom Trubel weg.«

Ewan war eine unschätzbare Hilfe. Maighread war froh, dass Joshua ihn eingestellt hatte. Er besaß nicht nur jede Menge Pferdeverstand, er war zudem ein sehr sympathischer

Mensch, der gut nach Callwell Castle passte. Auch Eilidh hatte ihn ins Herz geschlossen und lud ihn mindestens einmal die Woche zum Essen ein.

Wieder zurück im Haus, blieb Maighread bei den beiden hübschen Blumengestecken stehen, die Chloe vorhin auf die Stehtische gestellt hatte, und bewunderte sie.

Wenn es um Kräuter und deren Wirkung oder Symbolik ging, war Chloe ein Ass. Maighread war gespannt auf die Auswahl und vor allem auf die Gedanken ihrer Freundin dazu. Sie zog den Zettel, den sie vorhin eilig in ihrer Hosentasche in Sicherheit gebracht hatte, wieder hervor. Nachdem sie das etwas in Mitleidenschaft gezogene Papier geglättet hatte, starrte sie die eng beschriebene Seite staunend an. Chloe hatte ja einen ganzen Aufsatz geschrieben.

Für Maighread und Joshua
Ich habe die Pflanzen mit Liebe für euch ausgesucht.
Mögen sie ihre positive Wirkung für euch entfalten.
Und das sind die wichtigsten Kräfte, die ich für euch bündele:
Rosmarin steht für Kraft, Fruchtbarkeit und Treue. Es soll auch böse Geister vertreiben, aber das braucht es bei euch ja gar nicht.
Schafgarbe und Lavendel wehren symbolisch ebenfalls das Böse ab. Außerdem finde ich sie sehr hübsch.
Thymian sorgt für Mut – ich bin mir allerdings nicht sicher, wer von euch beiden den mehr braucht. Obwohl, reißt du mir den Kopf ab, Maighread, wenn ich denke, dass Joshua den Thymian eher braucht? Immerhin bist

du diejenige, die mit ihren absolut tollen Ideen immer wieder alles auf den Kopf stellt. Und Joshua ist dabei immer an deiner Seite. Ich habe dich lieb, mein Schatz! Und dann natürlich Myrte. An der führt kein Weg vorbei. Sie steht für die ewig dauernde Liebe (da mache ich mir bei euch beiden gar keine Sorgen) und Nachwuchs (du weißt schon, dass Sheona sich auf eine Spielkameradin oder einen Spielkameraden freut. Und ich möchte dich so gern bei deiner Schwangerschaft begleiten, so wie du mich begleitet hast. Für die Geburt denken wir uns aber bitte etwas weniger Dramatisches aus. Okay?).

An dieser Stelle musste Maighread laut lachen und sich eine Träne der Rührung aus dem Augenwinkel wischen. Sheonas Geburt mitten im Schneesturm, weit oben in den Highlands, würde sie nie vergessen. Hätte ihr jemand gesagt, dass sie so etwas erleben und durchstehen würde, hätte sie ihm nie geglaubt. Zum Glück war alles gut gegangen.

Maighread las weiter.

Was habe ich noch? Ach ja, Malvenblüten geben eurer Ehe den symbolischen Segen – auch wenn ihr ja eigentlich längst verheiratet seid. Das ignorieren wir einfach.
Die Kornblumen stehen für Treue und Beständigkeit. Die restlichen Kräuter und Blumen sind einfach hübsch oder duften gut oder beides. Wie hast du gesagt, Maighread? Ich bin ein bisschen eskaliert. Aber ich hoffe, es gefällt euch.

Maighread war so gerührt, dass die Tränen flossen. Sie zog ein Taschentuch hervor, trocknete ihre nass geweinten Wangen und putzte sich energisch die Nase, um ihre Fassung zurückzugewinnen. Wenn es jetzt schon so anfing, wie würde es dann erst bei der Feier werden? Sie hoffte nur, dass sie das Gelübde sprechen konnte, ohne zu schluchzen.

Noch einmal überflog sie die Zeilen und lächelte. Was war Chloe doch für ein wunderbarer Mensch! Unglaublich, wie viele Gedanken sie sich im Vorfeld gemacht hatte, um ihren Freunden Glück zu schenken.

Fast hatte Maighread das Gefühl, die Kraft der Pflanzen würde bereits wirken. Sie nahm sich noch einmal Zeit, die Halle in aller Ruhe zu bewundern. Was sie sah, ließ ihr Herz vor Glück höherschlagen.

Alles wirkte romantisch verträumt, aber durch ein paar bunte Akzente in der überwiegend weißen Dekoration wurde es nicht zu förmlich, sondern fröhlich und einladend. Die Decke schien wie aus einer Märchenwelt entsprungen. Die Auswahl der Deko-Elemente war perfekt für eine Hochzeitsfeier mit lockerer Atmosphäre.

Maighread hatte in den Vorgesprächen immer wieder betont, dass es auf keinen Fall zu steif und elegant werden sollte. Sie wollte, dass die Gäste sich wohlfühlten und nicht von zu viel feinem Glanz eingeschüchtert wurden.

Die Stühle, Sessel und Sofas im ganzen Haus hatten weiße Hussen mit farbigen Ziernähten bekommen. Mit den weit geöffneten Doppeltüren wirkte nun alles wie eine Einheit.

»Das wird richtig toll!«, schwärmte Maighread am Ende ihrer Drehung.

Keine Frage, Jim und seine Leute verstanden ihren Job. Was für ein Glück, dass Joshua Profis engagiert hatte. Diesen Punkt hatten sie lange diskutiert. Wäre es nach Maighread gegangen, hätte sie alles mithilfe ihrer Freunde selbst machen wollen. Jetzt war sie der weisen Voraussicht ihres Liebsten dankbar. Allein hätten sie das nicht so schön hinbekommen. Außerdem hatte sie den Aufwand unterschätzt, den ihre Feier mit sich brachte. Sie wusste so schon teilweise nicht mehr, wo ihr der Kopf stand. Gästezimmer, Dekoration, Essen, Abholservice für die Gäste, die von weither anreisten, Musik … Die Themen waren vielfältig, aber Maighread genoss den Trubel und die Aufregung aus vollem Herzen.

Nur gut, dass ihre Granny in den letzten Tagen den Strickladen und teilweise, wenn Gwendolyn keine Zeit hatte, auch Chloes Kräuterladen übernommen hatte. Wenn es Maighread möglich war, half sie natürlich im Laden mit, damit es für ihre Grandma nicht zu viel wurde. Aber sie konnte sich ohne schlechtes Gewissen zwischendurch abseilen. Der Strickladen hatte früher einmal ihrer Großmutter gehört. Sie liebte es, hin und wieder in diese alte Rolle schlüpfen und in Erinnerungen schwelgen zu dürfen.

Durch das Fenster sah Maighread Chloe, die mit zwei Helfern auf der Wiese große Körbe, Schalen, Töpfe und Wannen mit Blumen vorbereitete. Sie hatten den Schuppen neben den Pferdeställen durchgesehen und alles gesammelt, was sich für eine Bepflanzung oder für Gestecke eignete. Am Ende hatten sie ein buntes Sammelsurium aus alten Zinkwannen, geflochtenen Körben und allerlei Keramik zusammengetragen. Die Stücke, die zu sehr in die Jahre gekommen waren, hatten sie kurzerhand mit Strickteilen verziert. So hatte eine weiß lackierte Blechschüssel nun blau-weiß ummantelte Henkel und einen gestrickten Streifen um den Korpus. Das verbarg nicht nur die kaputten Stellen, es machte die Schüssel auch zum Hingucker.

Zum Teil stellte Chloe Gestecke her, wofür sie ein ausgesprochenes Talent hatte. Sie schaffte es, aus ein paar Zweigen und drei Blumen ein Kunstwerk zu zaubern. Einen Großteil der Gefäße bepflanzte sie aber. So hatten sie auch später noch lange Freude daran.

Chloe, Maighread und Joshua waren vor zwei Tagen in die Gärtnerei gefahren und mit einem Hänger voller Blumen nach Hause gekommen. Dahlien, Bartblumen, Chrysanthemen, Astern, verschiedene Fetthennen, Gräser, Sonnenblumen, Zinnien, Kornblumen, Rosen und Kräuter, sogar drei kleine Apfelbäumchen hatten sie ausgewählt. Und vermutlich noch einiges mehr, an das Maighread sich nicht mehr erinnerte.

Gärtnereien waren für Chloe das, was für Maighread Wollgeschäfte waren – der Himmel auf Erden. So ungebremst auswählen und einkaufen zu dürfen, hatte Chloe in Ekstase versetzt. Sie hatte mitten in der Gärtnerei gestanden, vor Freude gekiekst und sie und Joshua wild umarmt und auf die Wangen geküsst.

Maighread hatte die Gunst der Stunde genutzt und verschmitzt gesagt: »Wenn du Scott heiratest, darfst du noch mal hierher und beim Einkauf eskalieren.«

»Wir könnten ja ein Nicht-Hochzeitsfest feiern«, hatte Chloe prompt gekontert und sich wieder in das Blumenmeer gestürzt.

Obwohl Maighread fand, dass jeder sein Leben so gestalten sollte, wie es für ihn selbst richtig war, bedauerte sie Chloes Hochzeitsunlust. Sie wusste, dass es egoistisch war, aber sie hätte ihre Freundin so gern glücklich vor dem Altar gesehen. Sie würde sie nicht bedrängen. Aber hin und wieder einen Versuch zu starten war ja wohl nicht verboten. Wer konnte schon wissen, was das Leben mit sich brachte? Vielleicht änderte Chloe ihre Meinung eines Tages.

Jetzt galt es aber zuerst einmal, ihr eigenes Hochzeitsfest zu gestalten. Joshuas Männer hatten die Pavillons inzwischen aufgebaut. Der Garten verwandelte sich langsam, aber sicher in einen wunderschönen Festplatz.

Etwas am Rand des Treibens saß Chloes Großmutter Gwendolyn in einer Hollywoodschaukel. Sie hatte Sheona auf dem Arm. Die Kleine hatte ihr Schnuffeltuch in der Hand und beobachtete das Gewusel mit großen Augen. Sheona war eine zauberhafte kleine Maus. Sie konnte so herrlich lachen und staunen.

Maighread seufzte. Würde sie auch bald so ein kleines Wesen in ihren Armen halten dürfen? Der Gedanke elektrisierte sie.

Das durfte doch nicht wahr sein! Vor lauter Trubel hatte sie den Test vergessen. Dabei war sie doch so gespannt.

Sie wandte sich um und stieg die Treppe hinauf. Das war auch die Chance für sie, endlich die Stola für Eilidh zu beenden. Sie musste sie auf jeden Fall auch noch baden und trocknen. Das würde allerdings kein größeres Problem werden. Die Stola würde, obwohl sie ziemlich groß war, am Ende keine hundert Gramm wiegen. Sie war hauchzart und perfekt, um bei einer Feier auch in geschlossenen Räumen als Accessoire getragen zu werden, ohne die Trägerin ins Schwitzen zu bringen. Hoffentlich würde Eilidh sich freuen.

Maighread betrat ihr Badezimmer. Die Stola musste noch ein paar Minuten warten.

Jetzt war zuerst etwas anderes wichtig. Sie wollte es endlich wissen.

Kapitel 8

Amely

In Callwell Castle brummte und summte es wie in einem Bienenstock, das hörte Amely bereits, als sie zusammen mit Paul auf das Hauptportal zuging. Kaum hatte sie die Tür geöffnet, wurde ihr klar, dass es nicht nur so klang, sondern auch ebenso emsig gearbeitet wurde.

Und dann sah sie, wie wunderschön alles dekoriert war! Überwältigt blieb Amely stehen und legte den Kopf in den Nacken. »Wow!«

»Das sieht schon sehr feierlich aus.« Paul nickte anerkennend. »Sehr geschmackvoll, das gefällt mir ausgesprochen gut. Vielleicht haben die beiden einen großen Spiegel, das könnte ein toller Effekt auf einem Foto werden.«

»Das kannst du sie gleich fragen. O weh, jetzt habe ich direkt ein schlechtes Gewissen. Eigentlich hatte ich Maighread beim Schmücken unterstützen wollen.«

Amely zuckte mit den Schultern und seufzte. Jetzt war es zu spät. Sie konnte ja immer noch beim Aufräumen einspringen, das wurde sicher auch noch mal jede Menge Arbeit. Und außerdem hatte sie Paul organisiert, das war vielleicht sogar mehr wert als ihre helfenden Hände bei Wimpelketten und Lampions. Bei dem Gedanken fühlte sie sich umgehend weniger zerknirscht.

»Komm, wir sehen im Kaminzimmer nach, vielleicht ist Maighread dort. Wo Piper sich wohl herumtreibt? Er müsste uns längst gehört haben. Merkwürdig.«

Sie hatte damit gerechnet, dass Piper sie vor lauter Wiedersehensfreude versuchen würde umzuwerfen. Was ihm bei seiner Größe hin und wieder durchaus gelang, wenn sie nicht darauf gefasst war.

Amely führte Paul durch die Eingangshalle auf eine offen stehende Tür zu. Der Raum war leer.

»Nächster Versuch. Sehen wir im Speisezimmer nach.«

Paul nickte und folgte ihr, als sie sich nach rechts wandte. Dieses Mal hatten sie Glück. Maighread stand auf einer Leiter und zupfte und zog an den bodentiefen schweren Vorhängen, um sie ordentlich zu drapieren.

»Hallo, Maighread«, grüßte Amely.

Überrascht drehte ihre Freundin sich um. Im nächsten Moment strahlte sie und kam die drei Stufen der Leiter herunter. »Amely! Hallo. Da bist du ja. Ich hatte schon Angst, ihr habt es euch anders überlegt.«

»Ach was, wie kommst du denn auf so eine Idee? Hier bin ich. Und wie versprochen, habe ich dir jemanden mitgebracht.« Sie zeigte auf Paul. »Darf ich vorstellen? Paul – Paul, das ist Maighread.«

Bevor die beiden sich begrüßen konnten, schob Amely schnell noch eine Frage hinterher: »Was hast du denn mit Piper angestellt? Ich dachte, er dreht durch vor Glück, wenn ich komme.«

»Piper geht es gut. Er ist zusammen mit unseren Hunden bei Ewan. Hier im Haus war es zu wuselig«, erklärte Maighread schnell. Dann lächelte sie Paul an.

Im ersten Moment wirkte sie etwas eingeschüchtert, doch Paul ließ erst gar keine Befangenheit aufkommen. Er ging auf sie zu und umarmte sie freundschaftlich.

»Ich freue mich, dich kennenzulernen, Maighread«, sagte er.

»Es ist mir eine Ehre, dich hier persönlich begrüßen zu dürfen. Deine Kunst ist beeindruckend. Das hörst du wahrscheinlich ständig, aber es ist auch wirklich so. Amely und ich haben schon oft online deine Bilder bewundert, ohne dass ich wusste, dass du du bist. Ich meine, nein, schon klar, natürlich bist du du, aber ich …« Sie winkte ab. »Entschuldige, mach dir nichts daraus. Wenn ich aufgeregt bin, kann es passieren, dass ich wirres Zeug von mir gebe und damit meine Mitmenschen schwindlig rede.«

Sie wurde ein bisschen rot. Aber dann holte sie tief Luft und lachte ihre Verlegenheit weg. Jetzt hatte sie ihre gewohnte Selbstsicherheit wieder. »Du weißt schon, dass du mein Held bist, oder?«

Wie geschickt sie mit dieser Doppeldeutigkeit die Kurve bekommen hatte. Fangirl und fotografenlose Braut in einem. Amely war beeindruckt.

Typisch Paul, ignorierte er die Fan-Anspielung. Amely wusste, dass er im privaten Bereich nicht gern diese Sonderstellung des Stars einnahm. Stattdessen griff er den zweiten Teil von Maighreads Botschaft auf und kam damit auf die Feier zurück.

»I'll do my very best, Mylady.« Seine angedeutete Verbeugung begleitete ein warmes Lachen. »Es wird mir ein Vergnügen sein, euren besonderen Tag für euch auf Fotos zu bannen.«

Amely kicherte. »Mylady! Du klingst wie Joshua, wenn er auf vornehm macht.«

»Ach, dann liegt das wohl am Haus. Vielleicht kommt *Mann* hier automatisch auf solche Ideen.« Paul grinste, wurde dann aber wieder ernst. »Scherz beiseite. Ich freue mich, dass ich euch helfen kann. Wann wollt ihr denn mit der Feier beginnen? Ich frage nur wegen des Lichts. Ist es denn in Ordnung für dich, wenn ich mich ein wenig umsehe?«

»Einige Gäste übernachten bei uns, die sind dann natürlich bereits zum Frühstück hier. Aber das ist inoffiziell. Die eigentliche Feier ist nachmittags. Für vierzehn Uhr haben wir die Begrüßung geplant. Es gibt einen Sektempfang, dazu werden Häppchen gereicht. Dann kommt der feierliche Teil.

Wenn das Wetter mitmacht, feiern wir hauptsächlich draußen. Aber im Laufe des Nachmittags wird sich das sicher sowieso verteilen. Jeder hält sich da auf, wo er sich wohlfühlt. Wir haben …«

»Maighread, bitte, kannst du mal eben in die Küche kommen?« Stephen stand mit einem Kochlöffel in der Hand in der Tür. »Dieser verflixte Ofen lässt sich einfach nicht einschalten.«

»Tut mir leid. Können wir später weitersprechen? Amely, zeigst du Paul alles? Fühl dich bitte wie zu Hause, Paul.« Mit einem »Schön, dass du da bist« rauschte Maighread eilig Richtung Küche davon.

Nach einem Rundgang durch die Räumlichkeiten setzten Amely und Paul die Besichtigung draußen fort.

»Die Location ist ein Traum. Wurden hier auch schon Filme gedreht? Muss eigentlich, oder? Ich finde, das ist die perfekte Kulisse.«

»Soweit ich weiß, nicht. Aber wir können später Joshua fragen.«

Paul nickte und ließ den Blick konzentriert über die Pavillons, den Rosengarten und die vielen hübsch bepflanzten und bestrickten Gefäße wandern.

»Haben sie einen Gärtner, oder hat Maighread nicht nur Zauberhände beim Stricken, sondern auch beim Umgang mit Blumen? Hier kam ja offensichtlich beides sehr gekonnt zum Einsatz.«

Paul zeigte auf eine Blechgießkanne, deren Griff sommerbunt eingestrickt war. Aus der Kanne wuchsen Kornblumen. Das sah so hübsch aus, dass Amely spontan ihr Handy nahm und ein Foto schoss.

»Hey«, protestierte er lachend. »Willst du mir meinen Job streitig machen?« Gespielt empört stemmte er die Hände in die Hüften.

»Pst«, machte Amely und zwinkerte Paul verschwörerisch zu. »Das war Spionage.« Sie gab ihm mit dem Kopf ein Zeichen und flüsterte: »Lass uns unauffällig weitergehen, bevor ich auffliege.«

»So eine bist du also!«

»Na klar. Was hast du denn erwartet? So eine Kanne würde sich supergut bei mir auf der Terrasse machen.« Sie hakte Paul unter und zog ihn weiter. »Aber um zu deiner Frage zurückzukommen. Natürlich hat Joshua einige Mitarbeiter, die kümmern sich auch um den Park. Der Garten selbst und die Rosen sind aber Eilidhs Schätze.

Was die wunderschöne Festbepflanzung betrifft – das ist eindeutig Chloes Werk. Von ihr habe ich dir auch schon erzählt.«

»Ich erinnere mich. Chloe ist diejenige, die ihre Tochter bei Schneesturm in dem Pub zur Welt gebracht hat, als ihr vor Weihnachten über Nacht dort eingeschlossen wart. Richtig?«

»Ganz genau. Chloe hat ein Händchen für Pflanzen. Kräuter sind ihr Spezialgebiet. Sie mischt wunderbare Tees, stellt Badezusätze und Seifen her – nach der Hochzeit nehme ich dich mal mit in ihren Laden. Du wirst begeistert sein.«

Während sie sich unterhielten, spazierten Amely und Paul Seite an Seite ein Stück durch den Park.

»Callwell Castle ist beeindruckend. Diese alten Gebäude erzählen – jenseits von Steinen und Mörtel – immer eine eigene Geschichte, die kann ich hier spüren. Es ist wunderbar, dass deine Freunde das Haus in seiner Schönheit erhalten und Modernisierungen im Einklang mit dem alten Gemäuer vornehmen. Wunderbar und bewundernswert. Ich meine, da steckt so viel Arbeit drin.«

»Oh ja, Joshua hat ein gutes Händchen für Callwell Castle. Er liebt das Haus, aber wie du schon gesehen hast, er möchte zwar das alte Flair bewahren, aber trotzdem nicht auf moderne Technik verzichten«, bestätigte Amely. »Für sich selbst und auch für die Umwelt. Na ja, das ist eigentlich auch selbstverständlich. Schließlich setzt er sich beruflich mit dem Klimawandel auseinander. Außerdem liebt er Callwell Castle. Da bleibt ihm gar nichts anderes übrig, als das unter einen Hut zu bringen.«

»Klimawandel?« Paul sah sie überrascht an. »Ich dachte, er ist Schaf- und Pferdezüchter. Die ganzen Ländereien rund um das Castle müssen doch auch bewirtschaftet werden und wirken sehr gepflegt.«

Amely lachte. »Seine Arbeit für die Forschung ist Teilzeit, und viele seiner Aufgaben überschneiden sich. So schafft er es, all diese Bälle in der Luft zu halten und dabei entspannt zu bleiben. Außerdem muss er für die Arbeit viel draußen an der frischen Luft sein. Das liebt er. Vermutlich würde er das auch machen, wenn es nicht sein Job wäre.«

»Das klingt spannend. Ich freue mich schon, Joshua später kennenzulernen. Maighread ist übrigens sehr sympathisch«, sagte Paul. »Es wird mir Spaß machen, die Feier mit der Kamera zu begleiten. Da ist es direkt ein Glücksfall für mich, dass mein Kollege so kurzfristig abgesprungen ist.«

Kollege – Amely spürte dem Wort nach. Sie fand es bewundernswert, dass Paul trotz seiner Karriere so auf dem Boden geblieben war und sich als Kollege sah. Das zeigte ihr wieder einmal, was für ein anständiger Mensch er war.

»Ich freu mich auch. Und Maighread erst.« Amely lachte. »Du hättest sie heute Vormittag sehen sollen. Sie war total verzweifelt, weil sie keine Idee hatte, wie sie ihr Problem lösen sollte. Im Moment hängt aber auch wirklich viel an ihr.«

»Ist Joshua ihr keine Hilfe?«

»Oh doch, absolut. Joshua ist ein Schatz. Aber die beiden haben nicht nur ihre Hochzeitsfeier, in zwei Wochen ist auch noch das Yarn Festival, das Maighread jedes Jahr organisiert.«

An einer Bank angekommen, wischten sie die letzten Regentropfen weg und setzten sich. Von hier aus hatte man einen atemberaubenden Blick auf den Loch Lomond.

»Ich kann verstehen, weshalb es dich nach Callwell gezogen hat.« Paul nickte nachdrücklich. Doch er hatte keine

Ruhe. Kaum hatte er sich gesetzt, stand er auch schon wieder auf. Den Fotoapparat in der Hand, ging er auf die Pirsch.

Amely beobachtete gespannt, wie konzentriert und geduldig er die perfekte Perspektive suchte. Er ging in die Hocke, kam wieder hoch, wechselte die Position um zwei Meter, kontrollierte das Bild im Display der Kamera, schüttelte den Kopf und wechselte den Platz erneut.

Was genau suchte er denn? Sie hatte keine Ahnung. Der See lag in seiner ganzen Pracht vor ihnen. Wieso drückte Paul nicht einfach den Auslöser? Machte es wirklich so einen Unterschied, ob das Bild von ein bisschen weiter oben oder von einem Meter weiter links oder rechts geknipst wurde? Sie selbst hätte längst abgedrückt. Dafür hätte sie nicht einmal ihren gemütlichen Platz auf der Bank verlassen müssen.

Andererseits war vermutlich genau das die Kunst. Amely zog Parallelen zum Wollefärben. Ihre Seminarteilnehmer staunten auch oft, dass ein kleiner Moment, eine halbe Drehung oder ein kurzes Verzögern beim Hineingeben der Wolle in die Küpe das Ergebnis veränderten. Vieles konnte sie ihren Schülern beibringen, manches musste von allein kommen – oder eben nicht. Nicht jeder brachte diesen letzten Funken mit, der aus Handwerk Handwerkskunst machte.

Nachdem Amely für sich diesen Vergleich gefunden hatte, konnte sie Pauls Perspektivensuche viel besser nachvollziehen, auch wenn sie selbst es nicht verstand. Da fehlte ihr offensichtlich dieser Funken – aber damit konnte sie gut leben. Für den Hausgebrauch waren ihre Fotos gut genug, und mehr wollte sie nicht.

Aber sie verstand jetzt besser, weshalb Pauls Bilder etwas Besonderes waren.

»Fantastisch, oder? Für mich ist die Welt hier jeden Tag aufs Neue ein Wunder.« Es war schön, dieses Geschenk mit Paul teilen zu können. Jetzt konnte er sich, wenn sie später einmal telefonierten, vorstellen, wovon Amely erzählte.

Paul nickte. »Ich bin ja wirklich schon sehr viel in der Welt herumgekommen und durfte fantastische Orte erleben. Aber an dieser Aussicht kann ich mich kaum sattsehen. Es ist atemberaubend schön.«

»Deshalb bin ich auch vorhin die Uferstraße entlanggefahren«, verriet Amely. »Ich wollte, dass du gleich den besten Eindruck bekommst.«

»Es hat funktioniert. Wer auf diesem Weg nicht das Herz an den Loch Lomond verliert, der ist am falschen Ort.«

Paul atmete tief ein und schien den Zauber der Landschaft inhalieren zu wollen.

»Ja, der See hat etwas Magisches.« Amely stimmte ihrem Freund zu. »Und er wirkt immer anders. Du müsstest es hier erst mal im Winter erleben. Wenn alles rundherum verschneit ist. Der Atem steigt dann in kleinen Wölkchen auf, die Nasen sind rot vor Kälte, alle kriechen tief in ihre Jacken, haben sich die Mützen weit über die Ohren gezogen und kuscheln sich in Schals und Handschuhe.

Wenn man nach einem Winterspaziergang in das warme Haus zurückkommt, in dem der Tannenduft des Weihnachtsbaumes die Luft erfüllt. Ich glaube, das ist meine Lieblingszeit.

Aber um ehrlich zu sein, der eigentliche Grund, weshalb ich hier gelandet bin, sind Maighread und die anderen. Wenn es nur um den Ort ginge – ich weiß nicht. Edinburgh hat einen festen Platz in meinem Herzen. Manchmal vermisse ich das Leben, das ich dort hatte.«

Paul warf ihr einen nachdenklichen Blick zu. »Bist du glücklich?« Er wandte sich ihr noch etwas mehr zu und beobachtete ihre Reaktion auf seine Frage genau.

Amely holte Luft, um zu sagen: *Ja, das bin ich.* Doch dann hielt sie inne und fühlte in sich hinein. War sie glücklich?

Paul war niemand, der sich bei einem solchen Gespräch mit einer unreflektierten Antwort zufriedengab. Er war es gewohnt, alles zu ergründen.

Amely wusste, dass er auf diese Art auch einen Bezug zu dem herstellte, was er in seinen Bildern festhielt. Seine Fähigkeit, diese Tiefe zu zeigen, war das Geheimnis seines Erfolgs.

»Die ganze Wahrheit findest du nur, wenn du bereit bist, unter die Oberfläche zu blicken«, hatte er einmal zu ihr gesagt, als sie bei einem Glas Wein über seine Arbeit philosophiert hatten.

Und Amely hatte geantwortet: »Es kommt drauf an, ob man die ganze Wahrheit kennen möchte oder vielleicht doch lieber nur das Bild, das sich auf Anhieb zeigt.«

Darüber hatte Paul eine Weile nachgedacht und schließlich genickt. »Oberflächlichkeiten können sehr bequem sein.« Er hatte einen Schluck Wein genommen und gelacht.

So war Paul. Er wollte eine echte Antwort, keine Phrase. Auch jetzt, hier im Garten von Callwell Castle. Aber die konnte Amely ihm nicht geben, deshalb stellte sie die Gegenfrage: »Was bedeutet das denn? Glück?«

»Wenn du dir etwas wünschen könntest – egal was –, würdest du etwas an deinem Leben ändern wollen?«

Amely musste auflachen, und gleichzeitig stiegen ihr Tränen in die Augen, denn blitzschnell tauchte das Bild ihrer Mutter in ihr auf.

Ohne dass sie es erklären musste, verstand Paul sie in derselben Sekunde. Er legte den Arm um sie.

»Entschuldige. Das war gedankenlos, Liebes. So hatte ich es auch nicht gemeint. Egal was, solange es im Bereich des tatsächlich Möglichen ist, ist die präzisere Formulierung.«

Amely schluckte den Frosch weg, der sich in ihrem Hals festgesetzt hatte. »Aber irgendwie gehört eben alles zusammen. Traurigkeit und Glück sind zwei Seiten einer Medaille.«

»There is no rainbow without rain.« Pauls Stimme klang fast tonlos.

Jetzt war es an Amely, tröstend den Arm um ihn zu legen. Im nächsten Moment musste sie lauthals lachen.

»Sieh uns zwei Tölpel doch nur an. Da sitzen wir an einem der schönsten Plätze der Welt und reden so lange auf dem Glück herum, bis es sich dreht und seine andere Seite zeigt.

Weißt du was? Du hast recht. Es gibt keinen Regenbogen ohne Regen. Aber du musst den Fokus ändern. Komm schon, das ist doch genau dein Metier. Der Regen gehört dazu, aber was wirklich zählt, ist, dass es den Regenbogen gibt.«

»Du warst früher schon eine ausgesprochen spannende Gesprächspartnerin, Amely. Aber deine letzten Erfahrungen haben dich verändert. Der Schmerz, den du überwunden hast, hat Abdrücke hinterlassen.«

»Ich nehme das Glück nicht mehr für selbstverständlich. Und durch den Neuanfang hier in Callwell, den ich mir anfangs so überhaupt nicht zugetraut habe, durfte ich lernen, dass es immer mehrere Wege gibt. Und von diesen Wegen ist es nicht der eine, der das Glück bereithält, und alle anderen sind Nieten. Absolut nicht. Ich meine, klar, es können Nieten dabei sein, dann muss man stoppen und neu anfangen.

Aber Glück hat viele Gesichter, und man kann es auf vielen Wegen finden.

Trotzdem bin ich davon überzeugt, dass es für mich die richtige Entscheidung war. Ich liebe Callwell, mein Haus, die Tiere, aber vor allem die Menschen. Allen voran natürlich Peter.

Was ist? Wollen wir nachher ins Pub gehen, Abendessen? Ich schreibe Peter, er kommt bestimmt dazu. Vielleicht haben die anderen auch Lust. Chloe kann Gwendolyn bitten, auf Sheona aufzupassen. Das macht sie sicher gern. Oh, das würde mir Spaß machen. Komm schon, sag Ja!«

Vor lauter Aufregung sprang sie auf, streckte die Arme von sich und drehte sich zweimal im Kreis. Als ihr schwindlig wurde, stoppte sie. »Ach, und um deine Frage zu beantworten: Ja, ich bin glücklich.«

Glück war nämlich kein lupenreiner Diamant, durch den man hindurchschauen konnte. Glück war der Regenbogen. Und der hatte sie hierhergeführt, nach Callwell. Zu Peter.

Kapitel 9

Amely

Unruhig wanderte Amelys Blick immer wieder von ihrem Strickzeug zum Fenster. Zum Glück hatte sie einfache Socken auf der Nadel, die konnte sie im Schlaf stricken. Sich auf ein Muster zu konzentrieren, wäre ihr im Moment schwergefallen. Immerhin war heute der große Tag, und sie freute sich auf das Fest wie ein kleines Kind auf den Geburtstag.

Piper lag auf seiner Hundedecke und ließ sein Frauchen nicht aus den Augen. Er war ihr seit dem frühen Morgen nicht von der Seite gewichen. Als sie bei den Hühnern war, hatte er wie angewurzelt neben dem Tor gesessen und jeden ihrer Handgriffe beobachtet. Bei den Alpakas war er dicht bei ihr geblieben. Er spürte genau, dass etwas vor sich ging, und wollte das – was auch immer es sein mochte – auf keinen Fall verpassen.

Als Amely sich vor einer Stunde zurechtgemacht und in Schale geworfen hatte, war sie zweimal fast über Piper gestolpert. Schließlich hatte sie ihm befohlen, auf seine Decke zu gehen, damit sie sich in Ruhe anziehen konnte, ohne Gefahr zu laufen, sich bei einem unbedachten Schritt die Beine zu brechen. Zur Feier des Tages hatte sie sich sogar dezent geschminkt.

Normalerweise war es ihr lieber, wenn Farbe nicht auf ihrer Haut lag, sondern Wolle verschönerte. Dann gab es auch kein Zuviel. Beim Färben schöpfte Amely gekonnt aus dem Vollen. In ihrem Gesicht allerdings war weniger mehr. Ein bisschen Rouge, etwas Wimperntusche und ein dezenter Lippenstift. Das war alles, und selbst damit fand sie sich bereits fremd. Sie hatte ihr Spiegelbild angegrinst und sich die Zunge rausgestreckt.

Wie gut, dass sie sich nicht jeden Tag um diesen Kosmetikkram kümmern musste. Sie hatte Chloes Kräuterseifen und eine Gesichtscreme, das reichte ihr im Alltag vollkommen.

Zum Schluss hatte sie ihre blonden Haare so lange gebürstet, bis die sanften Locken ihr seidig glänzend auf die Schultern fielen. Peter würde begeistert sein. Er liebte es, wenn Amely die Haare offen trug. »Wie flüssiges Gold«, sagte er manchmal.

»Ich dachte, das flüssige Gold ist dein Whisky«, neckte sie ihren Liebsten dann immer, und er nahm es mit der ihm eigenen Lockerheit.

»Wer sagt denn, dass ein Mensch sich auf einen Schatz beschränken soll?«

Auch wenn Amely Äußerlichkeiten nicht allzu viel Gewicht beimaß, genoss sie es dennoch, die Bewunderung in Peters Augen leuchten zu sehen. Es war ein schönes Gefühl, einem anderen Menschen zu gefallen. Sie fand schließlich auch, dass er ausgesprochen attraktiv war, und liebte es, ihn zu betrachten.

Sie seufzte und schaute zur Uhr. Der Zeiger rückte unerbittlich weiter.

Wenn Peter endlich kam, konnten sie sofort los. Für die Hochzeitsfeier hatte sie sich einen dunkelblauen wadenlangen Bleistiftrock mit Schlitz gegönnt. Das leichte hellblaue *Fluffylove*-Shirt mit U-Boot-Ausschnitt, Dreiviertelärmeln in Trompetenform und Lace-Muster als Dreieck im Rücken hatte sie sich während des Sommers aus der flauschigen Mohair-Seide-Mischung *Cozy Dream Lace* gestrickt. Seit Wochen freute sie sich darauf, dieses neue Lieblingsshirt endlich tragen zu dürfen.

Sie hatte die Lace-Wolle doppelfädig verstrickt und bei den Ärmeln von zwei Fäden Jeansblau über je einen Faden Jeansblau und einen Aquamarin zu zwei Fäden Aquamarin am Ende des Ärmels einen schönen Farbverlauf gezaubert, der dem Shirt zusätzlich Pfiff gab. Während der Arbeit an diesem Oberteil hatte sie sich immer den Tag vorgestellt, an dem sie es tragen würde.

Maighread hatte sich aus der gleichen Wolle, aber mit nur einem Faden in der Farbe Pfirsich eine leicht halbrunde Hochzeitsstola gestrickt. Amely konnte es kaum erwarten, sie in ihrem Brautkleid samt Stola zu sehen.

Die Gedanken an die Liebe zwischen Maighread und Joshua, die Vorstellung von dem festlich herausgeputzten Callwell Castle und den vielen Gästen, die sich versammeln würden, um das Glück und das Leben zu feiern, hatten ihre Arbeit beflügelt.

Die Maschen waren nur so von einer Nadel auf die andere geflogen. Amely hatte den Eindruck gehabt, als könnte sie ihre schönen Gedanken und die Vorfreude beim Stricken in dem entstehenden Kleidungsstück festhalten. Der wohlige Schauer, der ihr beim Anprobieren über die Arme gelaufen war, schien ihre Idee zu bestätigen. Dieses Shirt war gestrickte Liebe.

Die Wolle hatte ein zartes Streicheln über ihre Haut gehaucht und ihr damit eine wohlige Gänsehaut beschert. Es hatte sich so gut angefühlt, dass Amely ihr neues Oberteil am liebsten direkt anbehalten hätte.

Aber sie hatte es nicht für sofort, sondern für diesen besonderen Anlass gestrickt. Außerdem hingen noch die Fäden herunter, damit konnte sie schlecht herumlaufen.

Das hatte den Ausschlag gegeben.

Wenn auch ungern, hatte Amely ihr *Fluffylove*-Shirt ausgezogen und etwas wehmütig wieder ihr Alltags-T-Shirt übergestreift.

Sie hatte vorsichtig die Fäden vernäht und dabei – genau wie während der gesamten Strickzeit – immer wieder die flauschige Wolle bewundert. Das gebadete und liegend getrocknete Shirt hatte sie anschließend behutsam im Schrank verstaut. Seither wartete das Oberteil auf seinen Einsatz. Wie oft sie mittlerweile die zarte Wolle gestreichelt oder das Shirt herausgenommen und betrachtet hatte, konnte Amely nicht mehr zählen.

Wieder ging ihr Blick zum Fenster.

Wo blieb Peter nur?

Hätte sie geahnt, dass er sich verspäten würde, wäre sie mit ihrem Auto gefahren. Es war schon zwölf Uhr vorbei, und sie wollten längst auf dem Weg nach Callwell Castle sein, um Maighread und Joshua zu unterstützen.

Peter hatte angeboten, persönlich die Cocktails zum Empfang zu mixen. Seit Wochen hatte er immer wieder neue Mischungen präsentiert und jeden, der greifbar war, zum

Testtrinken verdonnert. Anfangs hatten sich alle gefreut, denn sie schätzten Peters Händchen für leckere Drinks. Mit der Zeit aber war es anstrengend geworden.

»Was freue ich mich, wenn ich mal wieder ganz ungestört ein Ale trinken darf«, hatte Joshua kommentiert, als Peter ihm wieder einmal das Bier aus der Hand genommen und stattdessen ein Cocktailglas hineingedrückt hatte.

Zum Glück war diese Angelegenheit nun entschieden. Es sollte Whisky Smash und Blackberry Sour à la Peter geben. Beides waren fruchtig leichte Mischungen, die nicht zu sehr in den Kopf stiegen. Der Blackberry Sour schmeckte durch Ingwerscheiben und zerstoßene Brombeeren ein wenig herber. Den Smash verfeinerte und verlängerte Peter mit einem guten Schuss Orangensaft. Als alkoholfreie Variante hatte er sich einen Orangendrink mit Minze und Brombeeren auf Crushed Ice ausgedacht. Alle Zutaten, die er für die Cocktails benötigte, hatte er gestern bereits nach Callwell Castle gebracht.

Unruhig sah Amely erneut auf die Uhr. Piper, der ihre Nervosität natürlich bemerkte, winselte.

»Alles gut, mein Schatz. Sei schön brav. Du darfst gleich zusammen mit Molly, Bonny und Lennox in dem großen Außengehege bleiben, das Joshua für euch angelegt hat. Da habt ihr eure Ruhe und könnt es euch während der Feier gut gehen lassen.«

Joshua hatte extra ein großes Stück Wiese hundesicher eingezäunt und liebevoll mit Hundehütten ausgestattet. Die von ihm angelegte Wasserstelle hatte die Bande blitzschnell zur Matschstelle umgerüstet. Joshua hatte Amely erzählt, dass Bonny früher sehr wasserscheu gewesen war, davon war heute allerdings nichts mehr zu spüren. Der flache Tümpel war ein großer Spaß für die vier, die sich in null Komma nichts in Matschmonster verwandelten. Wenn man hinterher allerdings noch etwas vorhatte, stellte das ein Problem dar. Deshalb hatte Joshua noch mal Hand angelegt und einen zusätzlichen Zaun mit Tor gebaut. Je nach Situation ließ sich das Gehege nun mit und ohne Badestelle freigeben. Platz genug blieb auch so. Auf der weitläufigen Wiese konnten die Fellnasen nach Hundeslust rennen und toben.

Amelys Handy meldete eine neue Nachricht. Blitzschnell nahm sie es von der Anrichte und tippte auf das Display.

Tut mir so leid, Amely, das hat sich etwas verzögert, James ging es nicht so gut. Aber alles okay, ich fahre jetzt los. In zehn Minuten bin ich bei dir. Ich beeile mich! Kuss!

Amely sah auf die Uhr. Sie würden zwar später als geplant ankommen, aber immer noch rechtzeitig. Wenigstens wusste sie jetzt Bescheid.

Aber was war das mit James? Was sollte das heißen, es gehe ihm nicht so gut? Hoffentlich war es nichts Ernstes. Amely wusste, wie wichtig James für Peter war – als Brennmeister, aber auch als väterlicher Freund. Zuerst war sie versucht, die Frage zu tippen. Doch sie entschied sich dagegen. Das konnte Peter ihr gleich alles persönlich sagen. Wenn sie jetzt noch lange hin und her schrieben, würde sich nur seine Abfahrt noch weiter verzögern. Und wenn er bereits unterwegs war, würde er es sowieso erst lesen, wenn er bei ihr angekommen war. Dann konnten sie auch direkt miteinander sprechen. Deshalb schrieb sie nur eine kurze Antwort.

Alles klar. Ich bin fertig und abmarschbereit. Fahr vorsichtig, bis gleich. Kuss!

***

»Wow«, hauchte Amely, als sie die Halle von Callwell Castle betrat. Sie hatte die Dekoration zwar bereits gesehen, aber noch nie in der ganzen Pracht.

Der Glanz der Lichter zauberte eine Stimmung herbei, die ihre Erwartungen weit übertraf. Verträumt, romantisch und unglaublich edel wirkte der große Raum. Fast schien es, als wäre sie mit dem Schritt durch das mit Lichterketten umrankte Portal in eine andere Welt geraten.

»Es ist umwerfend schön geworden, findest du nicht?« Amely wandte sich an Peter, der jedoch keine Augen für den Lichterzauber hatte. Er hatte seinen Blick fest auf sie gerichtet.

»Du bist wunderschön«, sagte er mit kratzig rauer Stimme. Er räusperte sich.

Amely strich sich die Haare hinter das rechte Ohr und strahlte Peter an. Er trug seinen Kilt mit Hemd, Fliege und Jackett und sah darin stattlich und verdammt gut aus.

Bevor sie jedoch das Kompliment erwidern konnte, schallte ihr Name laut durch die Halle. Paul kam mit großen Schritten auf sie zu. Er begrüßte Amely mit einer herzlichen Umarmung und streckte Peter die Hand zum Gruß hin, der sie mit ungewohnter Kühle nahm.

»Hallo, Paul. Hast du deine Linse poliert?«, fragte er, und Amely hörte, dass er versuchte, so locker zu klingen wie sonst auch immer. Es gelang ihm allerdings nur mäßig. Das

Lächeln, das auf seinen Lippen lag, erreichte seine Augen nicht.

Sie hatte keine Ahnung, woran es lag, aber zwischen Peter und Paul war seit dem ersten Kennenlernen kein freundschaftlicher Funken übergesprungen. Die Männer wahrten den Schein und gingen höflich miteinander um, aber sie blieben distanziert.

Damit hatte Amely nicht gerechnet, doch sie würde nicht aufgeben. Diese beiden Männer waren ihr wichtig, sie würde sie schon noch zu Freunden machen, das wäre doch gelacht.

»Ich bin bereit.« Paul hielt seine Kamera in die Höhe und ließ sich nicht anmerken, ob er Peters Bemerkung lustig fand oder nur albern. »Der Bräutigam schwirrt auch schon herum, fehlt nur noch die Braut.«

»Ich bin dann mal an der Bar.« Peter gab Amely einen Kuss und nickte Paul flüchtig zu.

»Und ich gehe zu Maighread und helfe ihr.« Sie schenkte Paul ein herzliches Lächeln. Noch ein »Bis später«, dann durchquerte sie die Halle.

Es war allerdings gar nicht so einfach, zu Maighreads Schlafzimmer zu gelangen. Auf dem Weg durch die Gästeschar musste Amely immer wieder stoppen, Freunde und Bekannte begrüßen und kurze Worte wechseln. Sie sah Vivian, die mit dem Geigenkasten in der Hand gerade nach draußen ging. Jason redete mit Ewan. Elisabeth und Eilidh standen zusammen und unterhielten sich. Eilidh wirkte angespannt, sie ließ die Kellnerinnen und Kellner, die mit Tabletts bewaffnet von Gast zu Gast gingen und Häppchen anboten, nicht aus den Augen. Wie schön sie aussah. Sie hatte eine lockerleichte Stola umgelegt, die eindeutig Maighreads Handschrift trug.

Bei Chloe blieb Amely einen Moment länger stehen.

»Kommst du mit zu Maighread?«, fragte sie.

»Aber klar! Perfektes Timing. Ich habe gerade Grandma mit Sheona hinausgebracht. Der Trubel hier ist doch etwas anstrengend für meine Kleine. Sie braucht etwas Zeit, um sich an die vielen Menschen zu gewöhnen. Grandma hat angeboten, eine Runde mit ihr durch den Park zu laufen, damit ich zu Maighread kann. Scott ist noch nicht da, der musste noch nach einem Patienten sehen. Na los, lass uns gehen.«

Langsam bahnten sie sich ihren Weg und lächelten dabei abwechselnd nach rechts und links. Endlich hatten sie es geschafft und standen vor Maighreads Schlafzimmer. Amely klopfte an. Das »Herein« ließ nicht lange auf sich warten.

»Hey, deine Unterstützung ist da!«, rief Chloe fröhlich, als sie eintraten.

Maighread stand in ihrem Hochzeitskleid vor dem großen Spiegel und lächelte ihnen mit glücksglänzenden Augen entgegen.

Chloe stürmte auf sie zu und umarmte sie vorsichtig, um nichts zu zerknautschen. Dann war Amely an der Reihe. Mit drei großen Schritten war sie bei ihrer Freundin und nahm deren Hände in ihre. Sie blieb etwas auf Abstand und musterte Maighread von oben bis unten.

Die Haare trug Maighread nur leicht zurückgenommen. Sie hatte ein gehäkeltes weißes, mit kleinen Blüten verziertes Band locker eingewoben. Zu ihren dunklen Locken passte das perfekt.

Ihr weißes Kleid hatte einen Carmen-Ausschnitt und Spitzenapplikationen. Der Stoff fiel ihr dank der nur dezent angedeuteten A-Linie locker bis zu den Knöcheln.

Amely ließ eine Hand los und forderte Maighread mit der anderen auf, sich zu drehen.

Bei jeder Bewegung schwang der Saum des Kleides sanft mit und umspielte Maighreads Beine. Die hauchzarte Stola, die Amely bisher nur während des Strickens gesehen hatte, trug Maighread so über die Arme gelegt, dass die Spitze des Kleides am Rücken sichtbar blieb.

Sie beendete die Drehung und deutete einen Knicks an. Chloe klatschte begeistert Beifall.

Amelys Herz klopfte heftig vor lauter Bewunderung und Rührung. Maighread sah traumhaft aus. Umwerfend. Der arme Joshua. Amely konnte sich vorstellen, wie sehr ihn der Anblick seiner Frau gleich aus den Kiltstrümpfen hauen würde.

»Du siehst wunderschön aus, Maighread.«

Amely räusperte sich, um die Rührung wieder in den Griff zu bekommen. Wenn es jetzt schon so losging mit den Emotionen, dann konnte das gleich lustig werden.

»Ich bin so aufgeregt.« Maighreads Stimme klang höher als sonst.

Chloe nickte. »Alles andere wäre sehr eigenartig, Liebes. Genieße das Kribbeln. Das ist gleich euer Moment, ihr musstet nun wirklich genug Hürden überwinden und auf diesen Termin warten.«

»Bist du bereit?«, fragte Amely. Es wurde Zeit. Die anderen warteten sicher längst.

Maighread warf noch einen schnellen Blick in den Spiegel, dann nickte sie. »Ich bin bereit.«

Zu dritt verließen sie das Schlafzimmer. Als sie an der obersten Stufe der breiten Treppe standen, blieb Maighread stehen. Amely und Chloe gingen voraus, langsam die Stufen hinab. Die Menschen, die sich in der Halle versammelt hatten, verstummten und sahen erwartungsvoll nach oben.

Bewunderndes Raunen erfüllte den Raum, als Maighread langsam die Stufen hinunterschritt. Joshua hatte sie auch gesehen. Er eilte herbei und nahm sie unten in Empfang.

Als Maighread ihre Hand in Joshuas legte, brandete Applaus auf.

Sie standen nebeneinander am Fuß der Treppe, beide festlich herausgeputzt – Maighread in ihrem zauberhaften Kleid samt der pfirsichfarbenen Stola und Joshua in Festtagsausstattung, selbstverständlich im Kilt. Doch schöner als all der edle Zwirn war das Strahlen, das tief aus ihrem Inneren heraus leuchtete.

Nachdem der Beifall verklungen war, begann Vivian an der Tür auf ihrer Geige zu spielen. Joshua nickte ihr zu, offenbar hatten sie das so vereinbart. Amely wusste, dass Vivian versprochen hatte, ein paar Lieder zu spielen. Für den Rest der Feier hatten Maighread und Joshua eine vierköpfige Band engagiert, die für die musikalische Begleitung sorgen würde. Amely kannte die Gruppe, sie hatten schon ein paarmal im Pub gespielt und immer für hervorragende Stimmung gesorgt.

»Lasst uns nach draußen gehen«, forderte Joshua mit fester Stimme die Gäste auf und ging mit Maighread an seiner Seite zum Klang von Vivians Geige voraus.

Manche Feiern benötigten eine gewisse Anlaufzeit, ein Warm-up, bis die Gäste miteinander und mit der Situation warm geworden waren. Nicht so an diesem Tag.

Die Stimmung auf Callwell Castle war vom ersten Moment an fröhlich und herzlich. Das Wetter hielt, und die Gäste standen in kleinen Grüppchen beisammen. Sie unterhielten sich, lachten, stießen miteinander an.

Peter stand an der Bar und mixte Cocktails wie ein Weltmeister. Mit seiner humorvollen Art verbreitete er beste Laune. Sogar mit Paul scherzte er und wirkte dabei lange nicht mehr so gezwungen wie vorhin bei der Begrüßung. Maighread und Joshua holten sich auch Drinks. Sie entschieden sich beide für den Smash.

Amely sah Paul, wie er sich unaufdringlich und fast unbemerkt zwischen den Gästen bewegte und versuchte, schöne Momente einzufangen. Er war sehr konzentriert und bekam gar nicht mit, dass sie ihn beobachtete.

Eine ganze Weile hielt er sich bei Peter an der Bar auf. Nicht, weil er so heiß auf Cocktails war, das wurde schnell klar. Paul wollte sie nicht trinken, sondern fotografieren. Aber nicht nur die Drinks weckten das Interesse des Künstlers, mindestens ebenso oft hatte er die Kamera auf Peter gerichtet. Immer dann, wenn der den Shaker schüttelte, von weit oben den Drink über das Eis ins Glas goss oder einen Drink mit charmantem Spruch servierte.

Mitten in das fröhliche Gemurmel hinein ertönte ein lautes Klingen. Joshua schlug ein Glas an und forderte Aufmerksamkeit. Es dauerte nicht lange und die Gespräche verstummten. Alle Augen waren auf Joshua und Maighread gerichtet, die Hand in Hand auf der kleinen Bühne standen.

Amely stand etwas abseits vom Gedränge. Sie fühlte sich wohl inmitten dieser Menschen, von denen sie den Großteil kannte und die sie ins Herz geschlossen hatte. Doch es kam ihr gleichzeitig auch surreal vor. So viele Menschen, und sie war ein Teil von ihnen, sie gehörte dazu, als wäre es schon immer so gewesen. Für Amely war das auch jetzt noch nicht selbstverständlich. Sie war voller Dankbarkeit.

Links neben der Bühne entdeckte sie Lindsay und winkte ihr zu. Sie hatten sich noch gar nicht persönlich begrüßt. Maighreads Mutter sah wunderschön aus in ihrem fliederfarbenen langen Kleid, das erstaunlich gut zu dem Rotblond ihrer Haare passte.

Amely kannte Lindsay nicht sehr gut, aber sie wusste, dass sie mit John, Maighreads Vater, erst spät ihr Glück gefunden hatte. Die beiden waren als Teenager verliebt gewesen, hatten sich aus den Augen verloren und sich getrennt voneinander ein Leben aufgebaut. Dass John eine Tochter hatte, hatte er erst erfahren, als Maighread auf der Suche nach ihren Wurzeln nach Callwell gekommen war. Das war eine dramatische Zeit für alle und für Maighread und Joshua eine Achterbahnfahrt durch die Hölle gewesen.

Maighread hatte Amely die Dramatik ihrer Anfänge in Callwell während vieler gemeinsamer Strickstunden erzählt. Amely hatte gebannt an ihren Lippen gehangen. Irgendwann hatte sie gesagt: »Maighread, das wäre Stoff für einen Roman.«

Maighread hatte gelacht. »Das muss dann aber jemand anderes schreiben. Ich habe genug mit meinem kleinen Strickladen und dem Leben hier in Callwell zu tun.«

Während Amely all diese Gedanken durch den Kopf gingen, trat John neben Lindsay. Er legte den Arm um sie und grüßte Amely über die Köpfe anderer Gäste hinweg mit einem Winken. Sie winkte zurück.

Dann bat Joshua den Pfarrer auf die Bühne, der schon bereitgestanden hatte.

Gerade noch rechtzeitig, bevor der Pfarrer das erste Wort gesprochen hatte, kam Peter und legte von hinten die Arme um Amely. Er hielt ein Taschentuch hoch. »Für den Notfall«, flüsterte er ihr ins Ohr.

Sie lachte leise und lehnte sich an ihn, während er sie fest in seinem Arm hielt. Dann ging es los.

»Wir sind heute zusammengekommen, um die Liebe zwischen Maighread und Joshua zu feiern. Die meisten von euch wissen, dass die beiden aufgrund schwieriger Umstände bereits Anfang des Jahres in aller Stille geheiratet haben. Wir danken Gott, dass Joshua seinen Unfall überstanden hat und inzwischen wieder vollständig genesen ist. Heute ist er stark genug, um das Fest nachzuholen, auf das er und Maighread bei ihrer Trauung verzichten mussten.

Um ihre Liebe und das Ja zueinander zu bekräftigen und mit euch allen diesen innigen Moment zu teilen, haben Maighread und Joshua selbst ein paar Worte verfasst, die sie sich nun sagen werden.«

Der Pfarrer trat zurück.

Amely konnte Maighreads Aufregung an ihrem eigenen heftig klopfenden Herzen spüren. Atme, Maighread, dachte sie und versuchte, diesen Gedanken zu ihrer Freundin zu schicken. Tief atmen!

Joshua und Maighread standen sich gegenüber. Maighread begann zu sprechen. Ihre Stimme zitterte bei den ersten Worten, dann gewann sie an Sicherheit.

»Joshua. Du bedeutest mir die Welt, und ich weiß, ich bin sie für dich. Regen und Sturm haben mich zu dir geführt, und der Regenbogen hat mir gezeigt, dass ich angekommen bin.

Es wird kein Tag vergehen, an dem ich Ed Sheeran nicht dankbar sein werde, dass er sich damals in meine Fantasie geschlichen hat.

Du, Joshua, bist der Teil, der mich vollständig macht. Du gibst mir den Mut, mit dir an meiner Seite weiterzugehen und auf die Kraft zu vertrauen, die uns verbindet.

Ich liebe es, in deinen Armen einzuschlafen, und kann es doch immer kaum erwarten, wieder aufzuwachen, um dich ansehen und fühlen zu können. Joshua, ich liebe dich. So ist es, und so wird es immer sein.«

Joshua nahm Maighreads Hände und drückte sie. Er lächelte sie an und nickte.

»Maighread. Du bist der Beweis dafür, dass Schottland und ganz besonders die Gegend hier um Callwell Castle gesegnet sind. Denn nur an einem solchen Ort können Engel landen.

Du hast es geschafft, mich um deine Stricknadeln zu wickeln, ehe ich überhaupt wusste, wie mir geschieht. Du bringst mich zum Lachen und manchmal zur Verzweiflung. Du bist meine größte Herausforderung und das schönste Geschenk, das dieses Leben für mich bereithalten konnte. Deine sprudelnden Ideen, deine unermüdliche Lust, Dinge zum Guten zu bewegen und die Gemeinschaft zu festigen, sind mein Maßstab. Durch dich bin ich ein besserer Mensch, und ich liebe dich von ganzem Herzen, Maighread.«

Die Gäste, von denen viele sich Tränen der Rührung von den Wangen wischen mussten, applaudierten, während der Pfarrer wieder zu den beiden Liebenden auf die Bühne trat.

Amely bewunderte, dass Maighread es geschafft hatte, nicht vor allen Leuten in Tränen auszubrechen. Sie selbst kam mit dem Trockentupfen der Wangen kaum hinterher. Und auch Chloe, die an Scott gelehnt ein paar Meter weiter stand, musste sich gerade die Nase putzen. Scott hatte den linken Arm um sie gelegt, im rechten hielt er Sheona, die ihr Köpfchen auf seine Schulter gebettet hatte und eingeschlafen war.

»Das war sehr bewegend. Joshua, falls ich einmal ausfalle, weiß ich ja nun …« In die Worte des Pfarrers hinein tönten Sirenen von weiter weg, und etliche Handys tönten laut. Hastig wurden die Geräte aus den Taschen gezogen und der Alarm abgestellt. Ein paar Männer und Frauen lösten sich aus der Gruppe und eilten dem Ausgang zu.

Peter hielt sein Telefon ebenfalls in der Hand.

»Ach du meine Güte!«

»Was ist denn los?«, fragte Amely, die erschrocken sah, dass alle Farbe aus Peters Gesicht gewichen war.

»Ein Feuer. Vollalarm. Amely, es … Ich …« Er rang um Worte. Hektisch sah er sich um und winkte Chloe herbei, die sofort reagierte. »Chloe, pass bitte auf Amely auf. Ich muss weg. Feueralarm. Amely, es geht um dein Haus! Ich melde mich so schnell wie möglich.«

Die Welt drehte sich. Amely wusste nicht mehr, wo oben und unten war.

Kapitel 10

Maighread

Wie durch einen Schleier nahm Maighread die Unruhe um sich herum wahr. Joshua hielt sein Telefon in der Hand, und sein Gesichtsausdruck, der gerade noch liebevoll verklärt gewesen war, hatte sich sekundenschnell in höchst besorgt verwandelt.

»Ach du meine Güte! Feueralarm!«, sagte er.

Maighread brauchte einen Moment, um sich aus der romantischen Stimmung heraus in der plötzlich knallharten Realität zurechtzufinden.

Bevor sie verstehen konnte, was genau los war, drückte Joshua ihr auch schon einen Kuss auf den Mund und sah sie mit einem Blick an, der deutlich zeigte, wie leid ihm diese unerwartete Wendung tat.

»Ich muss sofort los. Ich liebe dich, Maighread. Kümmere dich bitte um Amely. Sie wird sicher zur Farm wollen, aber sie sollte besser hier bei dir auf Callwell Castle bleiben, bis wir die Situation unter Kontrolle haben.

Wir wissen noch nicht, was uns dort erwartet. Sie würde sich im schlimmsten Fall nur unnötig in Gefahr bringen. Helfen kann sie sowieso nicht. Wir tun alles, was möglich ist. Halte sie bitte zurück. Sobald ich kann, melde ich mich.« Damit wandte er sich um und ging.

Maighread hatte zwar Joshuas Worte gehört, aber ihr Gehirn weigerte sich, die Informationen logisch zu verknüpfen. Wieso sollte sie sich um Amely kümmern? Was hatte ihre Freundin mit dem Feueralarm zu tun?

»Was …? Wieso Amely?«, rief sie Joshua hinterher.

Er stoppte und drehte sich noch mal zu ihr um. »Sorry, das hätte ich klarer sagen sollen. Der Alarm betrifft Amelys Farm!«

Erschrocken keuchte Maighread auf und schlug sich die Hand vor den Mund. Gleichzeitig konnte sie nicht glauben, was sie da gehört hatte. Ihr Kopf weigerte sich, diese Information zu akzeptieren. Das durfte nicht wahr sein. Auf keinen Fall!

Doch bei einem Blick über die unruhige Menschenansammlung wurde ihr klar, dass die Lage wirklich ernst war. Alle Gäste, die Mitglieder der freiwilligen Feuerwehr waren, eilten bereits Richtung Parkplatz.

Joshua hatte seine Mitarbeiter, die selbstverständlich ebenfalls zur Feier eingeladen waren, um sich versammelt. Maighread erkannte Paul und Jason, die sich den Männern angeschlossen hatten. Was genau Joshua sagte, konnte sie nicht verstehen, aber es schien, als würde er in kurzen Sätzen Anweisungen geben.

Kaum hatte er zu Ende gesprochen, rannten Ewan und Paul Richtung Stallungen. Die anderen Männer schlossen sich Joshua an, der eilig auf seinen Jeep zuhielt.

Maighread sah sich um, es herrschte aufgeregtes Chaos. Endlich entdeckte sie Amely nicht weit von sich entfernt. Sie saß neben einem der Pavillons auf dem Boden. Chloe hatte sich zu ihr gesetzt. Sie streichelte ihr die Schulter und redete leise auf sie ein. Offensichtlich versuchte sie, die Freundin zu beruhigen.

Auch Scott war da. Er saß neben Amely in der Hocke. Während er ihr Handgelenk hielt, hatte er den Blick auf seine Uhr gerichtet. Er wirkte besorgt. Dann sagte er etwas zu Chloe. Als sie nickte, stand er auf und eilte zu seinem Wagen. Vermutlich wollte er sich der Helfertruppe anschließen, auch wenn er nicht zur Feuerwehr gehörte. Einen Arzt vor Ort zu haben konnte sicher kein Schaden sein.

Maighread wollte gerade zu Amely und Chloe hinübergehen, da kam ihr Vater zu ihr.

John nahm sie in den Arm und drückte sie fest an sich. »Es tut mir so leid, mein Schatz. Ich weiß, ihr hattet euch euren Tag anders vorgestellt. Die arme Amely! Hoffen wir, dass es nicht so schlimm ist, wie es gerade den Anschein hat.«

Maighread fühlte sich wie betäubt. Sie funktionierte, konnte die Umarmung erwidern, sprechen, irgendwie sogar denken. Aber alles schien wie ein Film an ihr vorbeizuziehen. Es fühlte sich unwirklich an.

Während sie verzweifelt überlegte, was sie nun tun sollte, kam ihre Mutter Lindsay herbei und stellte sich zu ihnen. Sie streichelte Maighreads Wange und schenkte ihr einen tröstenden Blick.

»Maighread, was meinst du? Soll John die Leute bitten, nach Hause zu gehen?« Bevor Maighread antworten konnte, sagte Lindsay schon: »John, könntest du dich um die Gäste kümmern?«

Jetzt kehrte das Leben wieder in Maighread zurück. Joshua und sie waren die Gastgeber, das war ihr Fest und damit auch ihre Verantwortung.

»Danke, das ist lieb, aber das mache ich lieber selbst.« Sie sah sich um und winkte einen der Musiker zu sich. »Vince, ich brauche bitte ein Mikrofon.« Ohne technische Unterstützung hatte sie in diesem Tumult keine Chance, sich Gehör zu verschaffen.

»Kein Problem, einen Moment!«

Vince ging zu der Bühne, auf der die Band sich bereits für ihren Auftritt platziert hatte, und war nur ein paar Sekunden später wieder da.

Maighread nickte ihm dankbar zu. Sie klopfte auf das Mikrofon, um zu testen, ob es funktionierte.

»Liebe Gäste, ich bitte euch um Aufmerksamkeit.« Sie hielt das Mikro dicht an ihre Lippen und sprach laut und deutlich. Ihre Stimme hob sich über den allgemeinen Geräuschpegel.

Die Gespräche und das Getuschel verstummten sofort. Gespannt wandten sich alle Blicke ihr zu.

»Die meisten von euch haben es sicher mitbekommen. Es gibt einen Feueralarm für das Haus meiner lieben Freundin Amely. Ich vertraue darauf, dass die Männer der Feuerwehr ihr Bestes tun, um den Schaden möglichst klein zu halten. Im Moment wissen wir noch gar nicht, was los ist.

Aber selbstverständlich können wir nicht ausgelassen feiern, während wir zusammen mit Amely um einen guten Ausgang dieses Schreckens bangen. Ich bin sicher, das verstehen alle. Bitte nehmt Joshuas und meinen Dank für euer Kommen. Es wäre gut, wenn alle, die nicht auf Callwell Castle übernachten, sich in aller Ruhe auf den Nachhauseweg machen. Bitte achtet darauf, dass ihr die Einsatzstelle weitläufig umfahrt.«

Eilidh, die zusammen mit Elisabeth nur ein paar Meter entfernt stand, kam zu Maighread und gab ihr ein Zeichen, dass sie doch bitte das Mikrofon abschalten möge.

»Bitte wartet noch einen Moment, bevor ihr aufbrecht«, sagte sie deshalb und schob den Schalter am Mikro auf off. »Was gibt es denn, Eilidh? Hast du schon neue Informationen? Oder habe ich etwas Falsches gesagt?«

Doch Eilidh schüttelte den Kopf.

»Leider nein, keine Infos. Und absolut nichts Falsches, Maighread. Du machst das prima. Die Leute nach Hause zu schicken ist die richtige Entscheidung – egal, wie die Sache ausgeht. Ausgelassen feiern möchte nach so einem Schreck sicher niemand mehr.

Es ist nur so – die Gäste haben sich alle darauf eingerichtet, den Tag und Abend hier zu verbringen und natürlich auch hier zu essen. Manche haben vielleicht nichts eingekauft und stehen gleich mit leerem Magen zu Hause. Was meinst du? Wäre es in Ordnung, wenn ich zusammen mit dem Caterer Carepakete schnüre und sie denjenigen mitgebe, die das gerne wollen? Das Essen vom geplanten Buffet ist größtenteils fertig, es wäre doch schade darum.«

»Eilidh, du bist wunderbar. Das machen wir, und natürlich helfe ich euch. Ich muss nur erst nach Amely sehen. Sagst du bitte Stephen Bescheid?«

Eilidh nickte knapp und marschierte festen Schrittes auf das Haus zu. Elisabeth folgte ihr, und Maighread schaltete das Mikrofon wieder ein.

»Wir hatten für später ein kalt-warmes Buffet geplant. Wir werden Essenspakete vorbereiten, nehmt euch gern etwas mit und genießt es zu Hause ganz in Ruhe. Gebt uns bitte nur einen Moment, um alles zu organisieren. Wenn ihr so lange einen Drink nehmen wollt, bitte bedient euch, es steht alles bereit. Ich danke euch.«

Mit zitternden Händen stellte Maighread das Mikrofon aus und gab es Vince zurück. Dann wandte sie sich an ihren Vater. »Könntest du bitte ein Auge darauf haben, dass genug Gläser da sind und alle etwas zu trinken bekommen? Mom, würdest du John helfen? Wir müssen uns auch um die Gäste kümmern, die hierbleiben.«

»Selbstverständlich, mach dir keine Gedanken. John und ich bleiben hier und sorgen dafür, dass es allen so weit wie möglich gut geht. Geh du und sieh nach Amely«, sagte Lindsay.

Von den Stallungen kamen zwei Fahrzeuge mit Pferdehängern herbei. Im ersten Auto saß Ewan, hinter ihm fuhr Paul.

Gerade als sie überlegte, ob sie die Wagen stoppen und fragen sollte, ob es neue Informationen gab, brummte ihr Handy. Joshua. Sofort öffnete sie die Nachricht. Sie bebte und hoffte.

Der Brand muss in der Küche oder im Schlafzimmer ausgebrochen sein. Die Scheune ist auch betroffen. Es ist schlimm, aber wir können das Haus hoffentlich retten. Ewan und Paul kommen mit Hängern, wir müssen die Tiere in Sicherheit bringen.

Das hörte sich gar nicht gut an. Maighread hatte einen Kloß im Hals. Die arme Amely. Sie hatte das Haus gerade erst renoviert und alles schön eingerichtet. Maighread konnte sich kaum vorstellen, was in ihrer Freundin in diesen Minuten vorgehen musste. Ganz sicher war sie verzweifelt und hatte entsetzliche Angst. Schnell tippte Maighread eine Antwort:

Pass auf dich auf! Kann ich etwas tun? Braucht ihr etwas?

Joshuas Antwort fiel knapp aus. Was verständlich war. Er hatte gerade Wichtigeres zu tun, als lange Nachrichten zu tippen.

Kümmere dich um Amely!

Maighread hätte gern mehr getan, aber Joshua hatte recht, Amely brauchte sie. Sie saß noch immer auf dem Boden und wirkte wie versteinert. Chloe hielt sie beruhigend im Arm.

Maighread erkannte, dass sie versuchte, der Freundin durch ihr Dasein Kraft zu geben. Chloe hatte eine Gabe, Menschen aufzufangen, die in dunklen Momenten des Lebens strauchelten. Genauso war sie auch für Maighread da gewesen, damals, als sie ganz frisch nach Callwell gekommen war, und für Amely, als die nach dem Tod ihrer Mutter den Halt verloren hatte.

Es war so unfair. Amely hatte sich gerade erst wieder richtig gefangen und jetzt das! Maighread ging zu den beiden hinüber und – so wie Scott vorhin – vor ihnen in die Hocke. Sie suchte nach Worten, um die schreckliche Wahrheit irgendwie abzumildern. Aber sie hatte keine Idee. Es gab keine sanfte Art, zu sagen: Dein Haus brennt. Also entschied sie sich für den direkten Weg.

»Joshua hat sich gemeldet. Es brennt wirklich. Das Feuer

ist wohl in deiner Küche oder im Schlafzimmer ausgebrochen. Aber er sagt, sie können das Haus retten. Mach dir nicht zu viele Sorgen, Amely. Bitte! Die Feuerwehrleute tun alles, um den Schaden so klein wie möglich zu halten.« Sie hatte eindringlich gesprochen, war sich aber nicht sicher, ob sie zu Amely durchgedrungen war. Ihre Freundin zeigte keine Regung.

»Was ist denn passiert?« Die Frage kam von Chloe. »Wie kann denn einfach so ein Feuer ausbrechen?«

»Das kann ich dir auch nicht sagen. Wie es aussieht, liegt der Brandherd in der Küche oder im Schlafzimmer. Die Scheune hat es wohl auch erwischt.«

»Meine Tiere!« Amelys Stimme klang rau und fremd. Sie sah Maighread mit großen Augen flehend an. »Ich muss zu meinen Tieren!«

»Mach dir keine Sorgen. Joshua kümmert sich. Gerade sind Ewan und Paul mit zwei Pferdeanhängern losgefahren. Ich denke, sie bringen die Tiere zu uns. Hier sind sie in Sicherheit und können so lange bleiben, wie es nötig sein wird.«

»Mein Haus. Mein Zuhause. Das kann doch nicht sein. Wie konnte das denn nur passieren?« Es war deutlich, dass Amely unter Schock stand. »Ich möchte zu den Tieren und mich um sie kümmern. Ich fahre hin.« Offenbar hatte sie gar nicht registriert, was Maighread gerade zu ihr gesagt hatte.

»Nicht, Amely. Vertraue Joshua. Er und seine Leute kümmern sich.« Chloe legte ihr die Hand auf den Arm und hielt sie zurück. »Ich weiß, dass du dir Sorgen machst, aber den Tieren wird nichts passieren. Und wenn sie hier sind, kannst du zu ihnen.«

Maighread konnte spüren, wie Amelys Nerven vibrierten, und ihren eigenen ging es auch nicht besser. »Ich bin gleich wieder da.«

Entschlossen marschierte sie zur Bar. Sie schenkte Whisky in drei Gläser und ging damit zu ihren Freundinnen zurück.

»Wir brauchen zwar einen klaren Kopf«, sagte sie. »Trotzdem. So ein kleiner Schluck wird uns nicht umhauen, aber den Nerven guttun.«

Schon nahm sie ihr Glas an die Lippen und kippte den guten Whisky hinunter, ohne ihm besondere Beachtung zu schenken. Peter würde es ihr verzeihen. Der Alkohol wärmte ihre Kehle und den Bauch, und wie erhofft legte er sich auch beruhigend auf ihre Nerven. Das innere Vibrieren ließ etwas nach.

So traurig Maighread auch gewesen war, als der Test keine Schwangerschaft anzeigte – in diesem Moment war sie fast dankbar dafür. Wenn sie zu der ganzen Aufregung jetzt auch noch Angst um das in ihr heranwachsende Leben haben müsste, wäre die Situation noch schwieriger. Es war auch so schlimm genug.

Morgen hatte sie den Termin bei ihrem Frauenarzt. Bestimmt konnte er ihr sagen, woran es lag, dass sie nicht schwanger wurde, und ihr helfen. Maighread versuchte, darauf zu vertrauen und das mulmige Gefühl zu verdrängen. Jetzt aber galt es erst einmal, Amely durch diese schlimmen Stunden zu bringen.

Besorgt musterte sie ihre Freundin, die schrecklich blass aussah. Wenn sie nur hier saß und wartete, würde sie verrückt werden.

»Amely, möchtest du mit mir kommen und helfen, die

Essenspakete vorzubereiten? Es gibt so viel zu tun, wir sind um jedes zusätzliche Paar Hände froh.«

»Das ist eine sehr gute Idee, Maighread«, stimmte Chloe ihr sofort zu. »Ich sehe mal eben nach Sheona und Gwendolyn. Wenn die beiden zurechtkommen, helfe ich euch auch. Na los, Amely, hoch mit dir!«

Wie eine Puppe ließ Amely sich von ihnen auf die Füße ziehen. Sie leistete keinen Widerstand, bewegte sich aber auch nicht von allein. Maighread hakte sie unter und führte sie.

Zusammen betraten sie das festlich geschmückte Castle. Es war ein krasser Kontrast zur Realität. Die Märchenwelt, die sie gerade eben noch so sehr geliebt hatte, bereitete Maighread fast körperliche Schmerzen.

Das Fest war vorbei. Sie musste sich um die ganzen Lichterketten kümmern.

In der Küche saßen bereits etliche Helfer am großen Tisch. Sie packten Pasteten, Fleisch, Salate, Aufläufe, Kartoffelgerichte und Gemüse in allerlei Behältnisse. Was möglich war, wurde in Butterbrotpapier gewickelt, aber für die Salate und das Stew brauchten sie etwas mehr als nur Papier. Eilidh wuselte durch die Küche und suchte alles zusammen, was sich als Verpackung eignete.

Als sie mit einem Arm voller Schüsseln an den Tisch trat, sah sie Maighread und Amely in der Tür stehen.

»Gut, dass ihr da seid.« Nach einem schnellen Blick auf die blasse Amely kommandierte Eilidh weiter: »Amely, du setzt dich bitte hierhin. Du kannst helfen, Roastbeefsandwiches zu belegen. Hier, wir haben Gurken, Eier, Remoulade und etwas Salat. Und Maighread, du nimmst bitte den ersten Korb mit hinaus und verteilst das Essen. In Ordnung?«

Sie zeigte auf einen mit Butterbrotpäckchen gefüllten Wäschekorb. Daneben standen zwei große Schalen mit Obst. Maighread griff sich die Früchteschalen. Die würde sie draußen hinstellen, da konnte jeder sich aussuchen, was er wollte. Dann nahm sie den Korb mit den Sandwiches und was sonst noch eingepackt worden war. Sie ging hinaus, suchte sich einen Tisch und stellte den Korb ab.

Schon kamen die ersten Gäste, um ihre Verpflegung in Empfang zu nehmen. Maighread schaffte es, zu lächeln und mit jedem ein paar nette Worte auszutauschen.

»Du Arme. Und die arme Amely«, hörte sie mehrfach. Und immer nickte sie und lächelte.

Natürlich verstand sie die Leute, aber es war auch mühsam. Maighread wollte nicht hundertmal dasselbe durchkauen. Sie wollte nur so schnell wie möglich alle versorgen und sich dann wieder um Amely kümmern. Deshalb beschränkte sie sich auf ein »Danke für dein Verständnis. Lass es dir schmecken.« Oder ein »Schön, dass du da warst, komm gut nach Hause«.

Bis auf wenige Ausnahmen akzeptierten die Gäste ihre Einsilbigkeit. Zweimal musste sie etwas deutlicher werden. »Es tut mir leid, aber ich habe jetzt gar keine Zeit für eine Unterhaltung. Bitte verzeih, aber ich muss weitermachen.« Sie war so angespannt, dass es ihr schwerfiel, ruhig zu bleiben. Wieso musste das ausgerechnet Amely passieren? Sie hatte sich das Glück hier auf ihrer Farm in Callwell doch so sehr verdient.

Vivian kam zu Maighread an den Tisch. »Es hat angefangen zu regnen. Wir haben beschlossen, ins Esszimmer zu wechseln. Wäre es okay für dich, wenn ich für uns Hausgäste ein bisschen spiele? Keine Angst, ich spiele nicht zum Tanz auf. Nur so ein wenig zur allgemeinen Erbauung.«

»Das ist eine wunderbare Idee, Vivian. Das wird den Leuten sicher gefallen.«

Als der Korb leer war, holte Maighread den zweiten aus der Küche, der in der Zwischenzeit gefüllt und bereitgestellt worden war.

»Ich denke, das sollte genügen.« Eilidh nickte zufrieden. »Jetzt richten wir ein paar Platten für die Gäste an, die bleiben. Die haben inzwischen sicher auch Hunger. Ich wollte nur warten, bis etwas Ruhe eingekehrt ist.«

Sie hatte gerötete Wangen und war ganz offensichtlich voll in ihrem Element. Das Küchenschiff bei Sturm zu steuern lag ihr im Blut.

Kapitel 11

Peter

Peter rannte zu seinem Auto. Er sprang hinters Steuer und startete im nächsten Moment auch schon den Motor. Es galt, keine Zeit zu verlieren. Der Kies spritzte unter den Reifen weg, als Peter unsanft das Gaspedal durchtrat.

So unwohl er sich auch damit fühlte, Amely ausgerechnet jetzt allein zu lassen, es gab keine andere Möglichkeit. Natürlich wäre er sehr viel lieber bei ihr geblieben, um sie zu trösten und ihr Halt zu geben. Aber um ihr wirklich helfen zu können, musste er zusammen mit den Kameraden der Feuerwehr versuchen, ihr Haus zu retten.

Während er seinen Wagen, so schnell es ging, die kurvige Straße entlangsteuerte, schnürte ihm die Vorstellung seiner verzweifelten Freundin, die nichts tun konnte, außer zu hoffen und auf Nachrichten zu warten, die Kehle zu. Was gäbe er darum, ihr diese Last und die Angst abnehmen zu können. Der Gedanke an sie machte ihn fertig.

Doch dann wurde ihm klar, dass dieses Mitleiden mit seiner Liebsten ihm die Kraft nahm, die er sicher gleich brauchen würde.

»Jetzt reiß dich zusammen, Peter McDurmann. Was bist du? Ein Highlander oder eine Memme?«, zischte er sich deshalb selbst zu.

Chloe und Maighread waren bei Amely, sie würden sich um sie kümmern. Dieser Gedanke machte ihm die Sache etwas leichter. Den beiden ging es zwar sicher gerade auch nicht besonders gut, aber sie würden auf Amely aufpassen. Darauf konnte er vertrauen.

Energisch zwang Peter sich, nicht mehr länger darüber nachzudenken, wie es Amely ging und welche Angst sie auszustehen hatte. Er konzentrierte sich auf das, was ihn gleich erwartete.

Nur gut, dass er seine Ausrüstung im Kofferraum hatte. Der Kilt war nicht der beste Schutz bei der Brandbekämpfung.

Als er bei der Stringer-Farm ankam, stockte ihm der Atem. In einem Teil des Hauses loderten Flammen, er sah den Feuerschein durch die Fenster. Soweit er es erkennen konnte, waren der Küchenbereich und das Schlafzimmer, das direkt darüber lag, betroffen.

Aber zumindest brannte nicht das ganze Gebäude. In Peter erwachte der Kampfgeist. Er würde dafür sorgen, dass Amely am Ende des Tages noch ein Zuhause hatte. Dieses Feuer durfte das auf keinen Fall zerstören.

Er parkte ein Stück weiter weg, um die Arbeiten, die bereits in vollem Gange waren, nicht zu behindern, und natürlich auch, um das Auto nicht in Gefahr zu bringen. Hausbrände waren immer unberechenbar.

So schnell er konnte, schlüpfte er in die Einsatzkluft. Dabei ließ er das Geschehen nicht aus den Augen. Je besser der Überblick war, desto schneller konnte er erkennen, wo er gebraucht wurde.

Die Kameraden hatten bereits die Schläuche angeschlossen

und rückten vor. Glas klirrte, als eine Fensterscheibe in der Hitze zerbarst.

Peter sah Joshua, der bei den Alpakas auf der Weide stand. Er legte ihnen Halfter an und band sie mit Seilen aneinander. Dann wollte er sie von dem brennenden Haus wegführen. Es war ein schwieriges Unterfangen. Beim ersten Versuch hatte Joshua keinen Erfolg. Die verängstigten Tiere drängten sich aneinander und wollten nicht von der Stelle weichen. Die hektisch herumrennenden Menschen, der Lärm und der Brandgeruch waren zu viel für die an friedliche Ruhe gewöhnten Alpakas. Hier gab es normalerweise allenfalls aufgeregtes Hühnergackern, Hundebellen oder das Lachen und Singen von entspannten Menschen.

Joshua versuchte, die Tiere zu beruhigen und zum Gehen zu bewegen. Dabei agierte er behutsam und geduldig. Peter hörte es zwar nicht, aber er sah, dass Joshua sanft auf die Stuten einredete.

Er hatte vollkommen recht. Auch wenn keine unmittelbare Bedrohung für sie bestand, man konnte zu diesem Zeitpunkt nicht wissen, wie sich der Brand entwickeln würde. Auch jetzt schon war so nah am Haus die Gefahr groß, dass die Tiere giftigen Dämpfen ausgesetzt wurden. Und der Qualm verdichtete sich. Die Angst und die Unruhe in der Herde zeigten sich immer deutlicher. Die Tiere drängelten sich aneinander und schnaubten nervös.

Mary Poppins hielt sich geduckt. Die Ohren hatte sie angelegt, und ihr Schwanz zuckte unruhig hin und her. Die anderen Tiere verhielten sich ähnlich. Peter kannte sich nicht besonders gut mit Alpakas aus, aber selbst er konnte sehen, dass sie alle in Fluchtbereitschaft waren.

Wenn sie in Panik gerieten und durch den Zaun brachen, wäre der Schlammassel da. Die Vorstellung, nach der Feuerbekämpfung auch noch davongelaufene Alpakas zu suchen und einzufangen, war nicht verlockend.

Trotzdem hatte das Haus für Peter jetzt Priorität, Joshua musste das Problem selbst lösen. Das einzig Gute war, dass es in diesem Fall nicht auf Sekunden ankam. Joshua war erfahren im Umgang mit Tieren, er würde das schon hinbekommen.

Während all dieser Überlegungen und Beobachtungen hatte Peter sich umgezogen. Er streifte sich noch Schutzhandschuhe über, dann wandte er sich dem Haus zu. So schnell er konnte, rannte er zu Harry, der das Kommando über die Einsatzkräfte hatte.

»Wie sieht es aus? Im Haus scheinen genug Männer zu sein. Wo brauchst du mich?«

Er hatte kaum ausgesprochen, da sah er, dass einige Helfer bei der an das Haus grenzenden Scheune darum kämpften, das Übergreifen des Feuers zu verhindern. Harry hatte seinen Blick gesehen. Er nickte, schon rannte Peter los.

Das Scheunentor stand weit offen. Einige der Männer waren dabei, eine Schneise freizuräumen und brennbares Material außer Reichweite des Funkenflugs zu bringen. Viel Zeit blieb ihnen nicht, in der hinteren Ecke, ein Stück entfernt von Heu und Stroh, brannte es bereits. Peter erschrak. Das war viel zu gefährlich.

»Das Heu und das Stroh! Wir brauchen Wasser!«

Kurz überlegte er, einen weiteren Schlauch an den Hydranten anzuschließen. Doch das würde alles länger dauern, als sich direkt am Brunnen zu bedienen, der nur ein paar

Meter entfernt im Garten stand. Deshalb schnappte er sich zwei der herumstehenden Eimer und rannte los. Als er zurückkam und das Wasser auf das Heu kippte, schlossen die anderen sich ihm an.

»Lasst uns eine Kette bilden!«, rief Peter, und die Männer folgten seinem Vorschlag sofort. Er selbst blieb in der Scheune.

Eimer für Eimer wurde gefüllt, von Mann zu Mann gereicht und schließlich über das Heu geschüttet. Peter ging so dicht an das brennende Haus heran, wie er konnte. Er arbeitete fieberhaft und hastig. Das Adrenalin, das durch seinen Körper pumpte, ließ ihn die schmerzenden Muskeln und die vom Qualm brennenden Augen wie durch einen Nebelschleier wahrnehmen. Er musste husten, aber noch war die Rauchentwicklung in der Scheune nicht so schlimm, dass sie Masken brauchten.

Das Heu und Stroh ließ Peter keine Sekunde aus den Augen. Wenn das Feuer fing, würde es wie Zunder lodern. Dann hätten sie die Chance verspielt, das Gebäude zu retten.

Der Schweiß rann Peter über den Rücken. Sein Gesicht brannte von der Hitze, die ihm entgegenschlug. Aber das war ihm alles egal. Zusammen mit den anderen kämpfte er verbissen darum, das Feuer daran zu hindern, sich weiter auszubreiten.

In diesen qualvollen Minuten gab es nur noch die mit Wasser gefüllten Eimer und das Heu und Stroh. Andere Gefühle und Gedanken hatten keinen Raum.

Peter kämpfte wie in Trance gegen das Feuer an. Er hatte das Gefühl für Raum und Zeit verloren.

Irgendwann klopfte ihm jemand auf die Schulter. Er wandte den Kopf nach hinten und sah Colin, der im Haus im Einsatz gewesen war.

»Wir haben es geschafft«, sagte sein Kamerad. »Das Feuer ist aus.«

Erschöpft ließ Peter den Eimer fallen. Er taumelte aus der Scheune heraus an die frische Luft und ließ sich draußen ins Gras fallen. Als er den Sauerstoff tief in seine Lunge sog, musste er husten.

»Hier, trink, das wird dir guttun.« Scott streckte Peter eine Trinkflasche hin und ließ sich neben ihm nieder. Aufmerksam beobachtete er jede seiner Bewegungen.

»Guck nicht so, Scott«, wehrte Peter den forschenden Blick seines Freundes ab. »Du musst nicht den Arzt raushängen lassen, ich bin okay.« Seine Stimme klang kratzig.

Er nahm die Trinkflasche und setzte sie an die Lippen. Gierig ließ er das kühle Wasser in seinen Mund laufen und die Kehle hinunterrinnen.

Als der Durst gestillt war, goss Peter sich etwas Wasser in die hohle Hand und kippte es sich ins Gesicht. Das tat so gut!

Nachdem er wieder etwas Kraft gesammelt hatte, zog er sein Handy aus der Tasche und tippte.

Wir haben das Feuer gelöscht, Amely. Das Gebäude muss saniert werden, aber wir konnten es retten. Alles Weitere müssen wir abwarten. Die Versicherung wird sicher einen Sachverständigen schicken. Es war Glück im Unglück, Liebling. Alles wird gut!

Peter schickte die Nachricht ab.

»Zumindest weiß sie jetzt schon mal, dass das Haus noch steht«, erklärte er Scott. »Wenn ich mir vorstelle, was sie die letzten Stunden an Ängsten ausgestanden hat – schrecklich! Und auch wenn der Brand gelöscht ist, was jetzt alles auf sie zukommt, wird sicher nicht einfach.«

Scott nickte.

»Das ist ein herber Schlag für Amely.« Sein Blick ging zum Haus. »Man kann es zwar sanieren, aber das wird ein Haufen Arbeit. Es wird der zweite Neuanfang für sie innerhalb so kurzer Zeit. Wir werden gut auf sie aufpassen müssen.«

Peter nickte. »Ich bin für sie da, das ist ja klar. Aber trotz allem wird es schwer für sie. Die ganze Ausstattung für ihre Färberei und ein Großteil ihrer Wollvorräte sind vernichtet, damit hat sie im Moment nicht nur vorübergehend ihr Heim, sondern auch ihre Existenzgrundlage verloren.«

»Vielleicht kann sie …«

»Wir rücken ab«, verkündete Harry vom Feuerwehrwagen aus laut und unterbrach damit das Gespräch zwischen Peter und Scott. »Zwei Mann bleiben da. Zur Feuerwache. Gute Arbeit, Leute.« Sein Handy klingelte. Er nahm den Anruf an, sprach ein paar Sätze, die Peter nicht verstand. Dann hörte er: »Alles klar. Ich gebe den Männern Bescheid. Danke, John. Leute, bis auf die Wachen alle Mann ins Feuerwehrhaus. Auch die, die mit dem eigenen Wagen direkt hierhergekommen sind.«

Halblautes Murren war die Antwort auf diese Anweisung, doch Harry ließ sich nicht beirren.

»Eilidh hat uns Essen gerichtet. John ist gerade auf dem

Weg und bringt es uns ins Quartier. Was ist, immer noch jemand, der murren möchte?«

Erfreuter Beifall war Antwort genug.

»Und ich mache mich auf den Weg nach Callwell Castle. Ich muss nach Amely sehen. Und dann nichts wie unter die Dusche.« Peter ächzte beim Versuch aufzustehen. Die Hose klebte an ihm, der ganze Körper tat ihm weh.

»Ist es okay, wenn ich mit dir fahre?« Scott streckte Peter eine Hand hin und zog ihn auf die Beine. »Joshua ist mit seinen Leuten schon zurück. Sie haben die Tiere mitgenommen. Nicht nur die Alpakas, auch die Hühner und Katzen.«

»Sehr gut. Ich habe schon überlegt, wie wir das mit dem Heu am besten anstellen. Das aus der Scheune kann man vergessen. Nass und verrußt.«

»Das gleiche Bild zeigt sich drinnen. Aus Küche und Schlafzimmer gibt es kaum noch was zu retten. Und der Rest des Hauses braucht eine gründliche Reinigung. Aber natürlich erst, wenn das Haus freigegeben ist. Zuerst muss der Statiker ran, um zu prüfen, ob die Wände und Decken noch tragen.«

»Na, dann los, Kumpel. Auf nach Callwell Castle. Vielleicht bekommen wir auch noch einen Happen zu essen – falls Eilidh nicht alles für die Feuerwehr eingepackt hat.« Peter zog seinen Autoschlüssel aus der Hosentasche und lief mit eiligen Schritten die Auffahrt hinunter zu seinem Wagen.

***

Zurück auf Callwell Castle, stürmte Peter in den Garten, weil er Amely dort vermutete. Doch es war Abend geworden und etwas frisch. Alle hatten sich ins Haus zurückgezogen. Peter wollte nicht hineingehen. Er war so rußig und dreckig, Eilidh würde ihm die Ohren langziehen.

Scott, der zwar auch vor Ort gewesen war, aber als medizinischer Helfer nicht so schwer mit angepackt hatte, sah weit besser aus.

»Kannst du Amely sagen, dass ich da bin?«, bat Peter ihn deshalb.

Es dauerte nur zwei Minuten, bis Scott wieder in den Garten kam. »Die Ladys sind bei den Tieren«, verkündete er und winkte Peter, ihm zu folgen.

Maighread, Chloe, Amely und Paul saßen bei den Alpakas auf der Weide. Maighread hatte ihr Hochzeitskleid mittlerweile gegen Jeans und Pulli getauscht. Chloe und Amely trugen Jogginghosen und Shirts, offenbar hatte Maighread sie damit versorgt. Nur Paul hatte noch seinen schicken Anzug an. Der edle Zwirn sah allerdings reichlich ramponiert aus. Aber das schien ihn nicht zu stören.

Maighread strickte, Amely und Chloe saßen nur da und beobachteten die Tiere. Paul hielt seinen Fotoapparat im Anschlag, auf der Lauer nach einem guten Motiv.

Chloe entdeckte Scott und Peter als Erste. »Hey, ihr seid wieder da. Wie schlimm ist es?«

Scott ließ sich neben ihr ins Gras fallen. Er gab ihr einen Kuss.

Peter setzte sich rechts neben Amely. Er wollte Abstand halten, um sie nicht mit Ruß zu beschmieren. Doch Amely zog ihn in ihre Arme und gab ihm einen Kuss.

»Ich bin so froh, dass dir nichts passiert ist«, sagte sie.

Links neben ihr saß Paul. Viel zu nah, für Peters Geschmack. Überhaupt, was machte der denn noch hier? Er hatte doch nur die Hochzeitsfotos schießen sollen, und die Feier war längst vorbei. Bevor sie richtig angefangen hat, dachte Peter. Eigentlich schade. Aber der Gedanke daran, jetzt noch zu singen und zu tanzen, ließ seine Knochen und Muskeln nur noch lauter stöhnen. Maighread und Joshua taten ihm allerdings enorm leid. Das hatten die beiden nicht verdient. Ebenso wenig wie Amely.

Sie war noch immer sehr blass, aber sie hielt sich tapfer.

»Was ist mit dem Haus? Kann ich rein?«, fragte sie. »Vermutlich muss alles gründlich geputzt werden.«

Peters Herz klopfte ihm bis in den Hals. Er nahm Amelys Hand in seine. »Liebling, wir konnten das Haus retten, aber es ist ein ziemlicher Schaden entstanden. Das Feuer muss in der Küche oder im Schlafzimmer ausgebrochen sein, diese beiden Räume hat es ziemlich erwischt.«

»Was heißt das? Peter, jetzt sag es endlich! Was ist los?«

»Du musst mit der Versicherung sprechen. Die werden jemanden schicken. Es muss auch ein Sachverständiger rein, um die Schäden einzustufen. Je nachdem müssen Küche und Schlafzimmer entkernt werden oder möglicherweise Wände und Decken erneuert. Das kann ich dir nicht sagen. Soweit ich gesehen habe, sind zwei Fenster geborsten. Der Rest des Hauses war wohl nicht unmittelbar vom Feuer betroffen. Aber alles ist voller Ruß. Das muss gründlich gereinigt werden. Ebenso wie die Scheune.«

Er hätte nicht gedacht, dass es möglich wäre, aber Amely war, während sie seinen Ausführungen gelauscht hatte, noch blasser geworden. In ihren Augen sammelten sich Tränen. Sie schluckte heftig.

»Alles kaputt?«, fragte sie ungläubig. »Meine Färbematerialien, das Futter für die Tiere, die Wolle? Alles?«

»Ich weiß, das klingt schrecklich.« Peter versuchte, sie zu beruhigen. »Aber das Haus ist noch da. Es braucht eine gewisse Zeit, aber dann kannst du wieder einziehen und neu starten. Amely, ich bin für dich da. Zusammen schaffen wir das. Mach dir keine Sorgen.«

»Wahrscheinlich wirst du vorübergehend bei Peter bleiben, oder? Aber falls nicht – du kannst natürlich bei uns wohnen«, sagte Maighread. Doch im nächsten Moment erschien eine senkrechte Falte auf ihrer Stirn. »Ich muss nur eben mit Eilidh sprechen. Ich bin sicher, wir haben noch irgendwo ein Gästebett. Das können wir …«

»Du kommst mit zu mir, oder?«, fragte Peter in Maighreads Überlegungen hinein. »Ich weiß, meine Wohnung ist nicht gerade riesig. Aber hey, wir werden es uns schön machen. Und mein Bett ist groß genug.«

Er verkniff sich eine Bemerkung darüber, dass sie das natürlich längst getestet hatten. Amely war zwar wegen der Tiere lieber zu Hause, aber ein paarmal hatte er sie auf charmanteste Art überredet, bei ihm zu übernachten, und er war sich ziemlich sicher, dass sie keine Sekunde bereut hatte.

Paul, der die ganze Zeit schweigend dabeigesessen hatte, mischte sich nun ein: »Lassen wir Amely einen Moment, um sich auf die Situation einzustellen. Ich bin sicher, es wird sich alles regeln.«

Amely schenkte ihm ein dankbares Lächeln, und Peter spürte die Wut in sich hochkochen.

Was bildete der Kerl sich eigentlich ein? Tat so, als müsste er Amely vor ihm, ihrem Freund, beschützen.

Am liebsten hätte er ihn direkt zur Rede gestellt, aber ihr zuliebe hielt Peter sich zurück.

Während Amely Gras rupfte und nachdachte, sah Scott Chloe fragend an.

»Wo ist eigentlich unsere Tochter?«

»Sheona ist bei den anderen im Esszimmer.« Chloe lachte. »Sie liebt es, dass alle mit ihr spielen. Sie hält die ganze Gruppe auf Trab, und ich dachte mir, ich nutze das schamlos aus und mache ein bisschen frei.«

Scott lachte. »Ich kann es mir lebhaft vorstellen. Wenn unsere Kleine schon sprechen könnte, würde sie vermutlich allen erzählen, dass zu Hause nie, nie, nie jemand mit ihr spielt oder sich um sie kümmert.«

Chloe stimmte in das Lachen mit ein. »Wie in dem Märchen«, sagte sie. »Wie heißt es doch gleich? ›Ich sprang nur über Gräbelein und fand kein einzig Blättelein. Mäh! Mäh!‹«

»*Tischlein deck dich*«, warf Maighread den Titel der Geschichte in die Runde. »Aber jetzt sag nicht, dass du Sheona Grimms Märchen vorliest. Die sind doch viel zu grausam.«

Chloe schüttelte den Kopf. »Ich hatte während der Schwangerschaft einen Anflug von Mutterpflichtgefühl und wollte mich vorbereiten, indem ich Märchen gelesen habe. Das Ergebnis waren schlimme Albträume. Ich hatte so ein schlechtes Gewissen, dass ich meinem Kind so etwas schon im Mutterleib zumute, das war schlimm. Deshalb habe ich das Buch lieber weggepackt. Ich habe auch nicht vor, es jemals wieder zur Hand zu nehmen. Nicht bevor mein Schatz, sagen wir, mindestens dreißig ist.«

Peters Magen grummelte, und Scotts Bauch stimmte nur wenig später mit ein. Das war auch kein Wunder. Sie hatten seit dem Frühstück und den kleinen Häppchen zu Beginn der Hochzeitsfeier nichts mehr gegessen.

Sofort legte Maighread ihr Strickzeug weg und sprang auf. »Es tut mir leid, ich bin eine schreckliche Gastgeberin!«, rief sie zerknirscht. »Bleibt, wo ihr seid, und rührt euch nicht vom Fleck. Bin gleich wieder da.«

»Warte, ich helfe dir!«, rief Chloe.

Mit großen Schritten eilten sie zu zweit Richtung Castle davon.

Auf der Weide wurde es ruhig. Amely war in Gedanken versunken. Scott lag auf dem Rücken und hatte die Augen geschlossen, und Paul betrachtete die Welt durch die Kameralinse.

Immer auf der Suche nach einem guten Motiv, der weltberühmte Herr Fotograf, dachte Peter trotzig.

»Wenn du möchtest, fahren wir nach dem Essen zu mir«, sagte er und streichelte Amelys Hand.

Sie hielt den Blick gesenkt und zuckte nur mit den Schultern.

»Hoffentlich denken die beiden auch an etwas zu trinken«, meldete sich Scott. »Du solltest jetzt besonders darauf achten, ausreichend Flüssigkeit zu dir zu nehmen. Ich schreibe Chloe vorsichtshalber.«

Genau in der Sekunde, in der Scott auf sein Handy tippte, klingelte Peters Telefon. Die beiden schauten sich verdutzt an und lachten.

Dann nahm Peter den Anruf an.

»Hey, James, was gibt es? Sag nur, du bist noch in der Firma. Solltest du nicht längst …«

Aus dem Lautsprecher drang ein Stöhnen.

»James?« Peter setzte sich alarmiert aufrecht hin. »Hey, James, was ist los? Sprich mit mir!«

»Hilfe«, hörte Peter. »Ich brauch…«

Dann war die Verbindung tot.

»Ich muss sofort los.« Peter sprang auf und knickte ein, seine Muskeln hatten sich noch nicht wieder erholt.

»Was ist denn?«, fragte Scott.

»Keine Ahnung. Irgendetwas stimmt nicht mit James. Er hatte in letzter Zeit öfter mal ein paar Probleme, aber jetzt klang es gar nicht gut.«

»Was für Probleme?« Scott war bereits ebenfalls auf den Beinen.

»Schwindel. Übelkeit. Armschmerzen. Ich glaube, er hat sich verhoben.«

»Ich komme mit.«

»Möchtest du auch mitkommen, Amely?«, fragte Peter. »Ich kann dich später aber auch abholen.«

»Mach dir keine Gedanken. Ich bringe sie, wenn sie das möchte«, mischte sich Paul ein.

»Los jetzt, Peter«, drängte Scott. »Wenn es das ist, was ich befürchte, kommt es auf jede Minute an.«

Peter verkniff sich einen bissigen Kommentar in Pauls Richtung. »Bis später!«, rief er und rannte an Scotts Seite Richtung Parkplatz.

Kapitel 12

Amely

Nachdem Peter und Scott losgestürmt waren, saß Amely eine ganze Weile schweigend neben Paul.

Aus den Pferdeställen drangen Wiehern, Schnauben und hin und wieder ein Stampfen zu ihnen. Um sie herum zogen die Alpakas langsam über die Wiese. Die Tiere hatten den Schrecken und die Angst überwunden und grasten friedlich. Ihre Welt war wieder in Ordnung, sie ließen sogar zwischendurch ein zufriedenes Summen hören. Doch selbst das konnte Amelys aufgewühltes Inneres im Moment nicht beruhigen.

Sie versuchte noch immer, die Geschehnisse der letzten Stunden zu verstehen. Der Schock saß tief.

Wie hatte das nur passieren können?

Als sie mittags das Haus verlassen hatte, war ihr Leben in Ordnung gewesen. Sie hatte sich auf einen schönen Tag gefreut, an dem sie die Liebe feiern wollten, und Pläne im Kopf gehabt, was sie als Nächstes färben würde, welche Kurse anstanden und ob vielleicht bald weitere Alpakas die Herde bereichern sollten.

Und jetzt?

Sie stand vor dem Nichts.

Der Gedanke an ihr Zuhause, das gerade keins mehr war, raubte ihr den Atem. Was hatte den Brand ausgelöst? Hatte sie versehentlich den Herd angelassen? Sie überlegte krampfhaft. Hatte sie ihn heute überhaupt benutzt? In Gedanken ging sie Schritt für Schritt ihren Vormittag durch. Sie hatte nur gefrühstückt. Der Wasserkocher für den Tee stellte sich selbst ab. Den Toast hatte sie im Toaster zubereitet. Nein, der Herd konnte nicht die Ursache sein.

Aber was dann? Das Bügeleisen?

Ein eiskalter Schauer durchfuhr Amely. Sie erinnerte sich, dass sie ihren Rock gebügelt hatte. Aber das war nicht möglich. Sie hatte das Gerät ganz sicher ausgeschaltet und den Stecker gezogen. Oder doch nicht? War es nun eine Erinnerung oder nur Wunschdenken, dieses Bild vor ihrem inneren Auge? Jetzt gerade wusste sie nicht mehr, was Einbildung war und was Realität. War sie schuld an ihrem eigenen Unglück?

Amely hörte ein Keuchen und merkte erst verzögert, dass es von ihr selbst gekommen war.

»Das war ein harter Tag.« Paul sprach leise. Er legte die Hand sanft auf Amelys Schulter und streichelte sie. »Peter wäre sicher lieber hier bei dir, um dir beizustehen. Aber dieser Anruf schien wirklich dringend zu sein. Hoffentlich ist alles okay mit – wie hieß er doch gleich? James? Ist das ein Mitarbeiter von ihm?«

Amely nickte. Sie hatte die Knie angezogen und mit den Armen umschlungen. »James ist Peters Brennmeister und sein Mann für alles. Er hat schon für Peters Großvater gearbeitet und ist in der Destillerie sein engster Vertrauter. Auf James kann Peter sich hundert Prozent verlassen.«

Was war das nur für ein schrecklicher Tag? Ausgerechnet heute. Auch Maighread und Joshua taten Amely furchtbar leid. Sie hatten sich so viel Mühe gegeben und diese Feier lange geplant.

»Ich belästige dich nicht mit Fragen nach deinem Befinden, Amely. Aber bitte, wenn du reden möchtest, du weißt, ich bin ein guter Zuhörer. Und wenn ich sonst etwas für dich tun kann, dann sag es mir. In Ordnung? Ich möchte wirklich gern für dich da sein.«

Amely schniefte. Sie hatte es erst gar nicht gemerkt, aber die Tränen hatten sich ihren Weg gebahnt. Sie strömten nur so aus den Augen, liefen über die Wangen und tropften vom Kinn auf ihr Shirt, auf dem sich bereits ein nasser Fleck gebildet hatte.

Bevor sie nach einem Taschentuch suchen konnte, hielt Paul ihr schon eins hin. Mit einem gemurmelten »Danke« nahm sie es und putzte sich die Nase. Verflixt. Sie hatte sich so sehr zusammengerissen. Aber jetzt, da der Damm gebrochen war, hatte sie ihr Schluchzen nicht mehr unter Kontrolle.

Paul zog sie in seine Arme und wiegte sie, als wäre sie ein kleines Kind. »Es ist okay, Darling. Lass den Schmerz raus. Und die Wut. Die Verzweiflung. All das Negative, das dich jetzt gerade niederdrückt. Es wird dir guttun.«

Minutenlang konnte Amely sich nicht beruhigen.

Irgendwann wurde das Schluchzen weniger. Sie setzte sich auf und lächelte Paul verlegen an.

»Es tut mir …«

Doch er ließ sie den Satz nicht zu Ende bringen. »Wage es nicht, dich für deine Tränen zu entschuldigen. Ich weiß, dass du eine Kämpferin bist, Amely, aber manchmal braucht auch der stärkste Mensch eine Schulter, um sich anzulehnen.«

Sie nickte. »Danke«, flüsterte sie wieder.

Paul hatte recht, sie musste sich nicht für ihre Tränen schämen. Trotzdem kämpfte sie dagegen an, erneut zu weinen. Die Heulerei würde an der Situation auch nichts ändern. Statt wie ein Häufchen Elend zu jammern, sollte sie lieber darüber nachdenken, was sie als Nächstes tun wollte. Sie konnte schließlich nicht ewig hier auf der Wiese sitzen bleiben.

»Ich möchte hin. Ich muss das selbst sehen, mir einen eigenen Eindruck von dem Schaden machen«, sagte sie unvermittelt und war schon dabei, aufzustehen.

Doch Paul legte ihr die Hand auf den Arm.

»Langsam, Amely. Ich weiß nicht, ob das heute schon so eine gute Idee ist. Lass ein paar Stunden vergehen, dass der womöglich giftige Rauch abziehen kann. Außerdem wird es bald dunkel. Und das Haus muss begutachtet werden – am besten, ohne dass du vorher etwas veränderst. Wie wäre es, wenn du gleich morgen früh mit der Versicherung telefonierst? Die sagen dir dann auch, wie es weitergeht.«

Ein Teil von ihr wollte widersprechen. Der andere Teil war fast dankbar für die Gnadenfrist. Sie hatte Angst vor dem, was sie dort sehen würde.

Während sie noch unentschlossen war, ob sie Pauls Rat folgen sollte oder nicht, knurrte ihr Magen. Kein Wunder, sie hatte seit der Nachricht von dem Brand keinen Bissen mehr hinunterbekommen.

Wie auf Kommando kamen Maighread und Chloe zurück, und damit war es vorerst entschieden. Sie würde noch bleiben.

»Hey, wo sind denn Peter und Scott hin?«, fragte Chloe und sah sich verwundert um.

»Sie mussten schnell weg, zu Peter in die Brennerei. James

hat angerufen. Es geht ihm nicht gut. Keine Ahnung, was los ist, auf jeden Fall war Scott so alarmiert, dass er direkt mitgefahren ist.«

Chloe seufzte. »Sie kamen nicht mal dazu, sich zu stärken. Was ist denn heute nur los?«

Damit sprach sie das aus, was Amely sich die ganze Zeit auch fragte. Und Maighread ging es ebenso, denn sie nickte zustimmend.

»Das wüsste ich allerdings auch gern. Wenn ich daran denke, mit welcher Vorstellung von diesem Tag ich heute Morgen aufgewacht bin ...« Maighread schüttelte den Kopf und sparte sich weitere Worte über die unschönen Wendungen ihrer Hochzeitsfeier.

Amelys Handy brummte. Sie nahm es zur Hand und las.

Hey, Amely, James hatte einen Herzinfarkt. Der Kerl hatte mehr Glück als Verstand, dass Scott dabei war. Ich hätte nicht gewusst, was ich tun soll. Aber Scott hat ihm das Leben gerettet.

»Peter schreibt, dass James einen Herzinfarkt hatte. Wie es aussieht, hat Scott ihm das Leben gerettet.«

Chloe nickte. »Sobald ich den Kerl fünf Minuten aus den Augen lasse, rennt er los und rettet jemandes Leben. Unglaublich, dieser Mann.« Sie grinste. »Unglaublich toll natürlich.« Dann wurde sie ernst. »Das mit James tut mir aber leid. Ich habe ihn vor ein paar Tagen getroffen und dachte da schon, dass er nicht gesund aussieht. Hoffentlich können sie ihm schnell helfen und ihn wieder auf die Beine bringen.«

Amely antwortete Peter.

Gut, dass Scott da war. Mach dir keine Gedanken wegen mir. Ich komme klar. Kümmere dich um die anstehende Arbeit, das ist wichtiger.

Es tut mir echt leid. Aber ich kann hier gerade wirklich nicht weg. Muss auf den Brand aufpassen, sonst ist der Whisky hinüber. Aber bitte komm zu mir, Amely. Hier bei mir hast du Ruhe. Paul hat ja gesagt, er würde dich fahren. Okay? Ich liebe dich, Amely!

»Was machen wir denn jetzt?«, fragte Maighread. »Ich würde ja sagen, wir picknicken. Aber um ehrlich zu sein, ich glaube, ich sollte mich mal wieder um die Gäste kümmern. Und um Joshua.« Sie zog einen Flunsch, und Amely sah, dass sie ein schlechtes Gewissen hatte. Genau das war es aber, was Amely nicht wollte – jemandem zur Last fallen. Maighread sollte sich ihr gegenüber auf keinen Fall verpflichtet fühlen.

»Mach dir keine Gedanken um uns, wir sind okay«, beeilte sie sich zu versichern.

»Es tut mir so leid, aber ich kann auch nicht bleiben. Ich glaube, ich sollte Sheona nach Hause und ins Bett bringen. Das wollte ich eigentlich jetzt mit Scott besprechen, aber da er nicht da ist …«

»Ich habe mich übrigens mit Eilidh beraten«, fügte Maighread an Amely gerichtet hinzu. »Falls du nicht zu Peter möchtest – wir könnten dir entweder ein Klapp-Gästebett ins Kaminzimmer stellen, oder du nimmst für eine Nacht das Sofa dort. Das ist sehr bequem, ich habe schon öfter dort geschlafen.«

Als sie das sagte, hob Chloe vielsagend die Augenbrauen und grinste.

»Nicht so, wie du vielleicht denkst, Chloe. Hör mal. Ich bin frisch verheiratet – von uns muss niemand aufs Sofa. Frag mich in dreißig Jahren noch mal. Wobei – nein, das kannst du dir sparen. Ich werde Joshua auch dann noch mindestens so sehr lieben wie heute. Vielleicht sogar mehr.«

»Maighread, sei mir bitte nicht böse, aber ich möchte nicht auf Callwell Castle bleiben. Ich habe euch lieb, versteh das bitte nicht falsch. Aber ich glaube, ich brauche etwas Ruhe, um das alles zu verarbeiten und ungestört über die nächsten Schritte nachzudenken.«

»Oh.«

Im ersten Moment sah Amely ihrer Freundin an, dass die Absage sie traf. Doch schon einen Augenaufschlag später hatte Maighread sich wieder unter Kontrolle. Sie lächelte Amely an und nickte. »Ich gebe es zwar nicht gern zu, aber ich verstehe dich. Was willst du machen? Gehst du zu Peter?«

»Wäre es in Ordnung, wenn Paul und ich noch etwas hierbleiben und uns über den Imbiss in eurem Korb hermachen?«, fragte sie. »Ich werde gleich auch Piper zu uns holen, dann kannst du deine Bande mit hineinnehmen. Und während wir essen, überlege ich mir, was ich machen werde.«

»Grandma hat auch ein Gästezimmer, sie würde sich bestimmt freuen, wenn du vorübergehend bei ihr wohnen würdest«, brachte Maighread eine weitere Möglichkeit ins Spiel.

»Und unser Sofa steht dir auch zur Verfügung«, hängte Chloe sich an. »Aber jetzt esst ihr erst einmal. Hunger und die ganze Aufregung sind keine gute Kombination. Wenn was ist, du hast ja dein Handy, und irgendjemand ist immer da, der dich fahren kann.«

»Dieser Jemand bin ich«, meldete sich Paul zu Wort, der dem Austausch der Freundinnen bisher still gelauscht hatte.

»Also gut, dann machen wir das so. Wenn ihr noch etwas braucht – ich bin im Kaminzimmer bei den anderen.« Maighread wollte sich zu Amely hinunterbeugen, doch die kam mit einem Sprung auf die Beine.

»Gehen wir die Hunde holen?«

»Na klar, das hätte ich fast schon wieder vergessen. Die hatten zwar ihren Spaß, aber ich glaube, jetzt werden sie froh sein, dass sie wieder bei uns sein dürfen.«

Amely wandte sich zu Paul. »Pass auf das Essen auf«, warnte sie ihn. »Piper kann ziemlich stürmisch sein.«

Chloe und sie umarmten sich. »Gib Sheona einen Kuss von mir«, bat Amely. »Es tut mir so leid, dass ich sie heute kaum gesehen habe.«

»Wir holen das demnächst nach. Versprochen.« Chloe winkte. »Tschüss, Paul, wir sehen uns bestimmt die Tage. Du bist ja noch eine Weile hier, wenn ich das richtig mitbekommen habe.«

»Tschüss, Chloe. Ich freue mich schon, wenn wir uns unter schöneren Vorzeichen wiedersehen. Ich werde sicher noch vier Wochen auf dem Loch Lomond verweilen. Vielleicht sogar länger.«

Piper vollführte einen Freudentanz, als er Amely erkannte. Er jaulte und drehte sich im Kreis. Kaum war das Tor des Geheges geöffnet, stürmte er auf sie zu, sprang an ihr hoch und versuchte, ihr das Gesicht abzuschlecken.

»Ich habe dich auch vermisst, du verrückter Kerl.« Amely ging in die Hocke, legte die Arme um ihr wild gewordenes Riesenbaby und drückte ihr Gesicht in sein Fell. Wie froh sie war, dass sie ihn nicht – wie zuerst angedacht – zu Hause gelassen hatte.

Auch Maighread wurde stürmisch begrüßt und von Molly, Bonny und Lennox umrundet.

»Ist das mit den anderen Tieren denn okay für euch?« Amely sah zu ihrer Freundin auf. »Ich weiß im Moment gar nicht, wie lange es dauert, bis ich sie wieder zu mir holen kann. Ich muss ...« Ihre Stimme kippte. Amely schluckte, weil sie merkte, dass ihr erneut die Tränen kamen, wenn sie versuchte, darüber zu sprechen.

»Das ist doch selbstverständlich, Liebes.« Maighread schob Bonny und Piper zur Seite und zog Amely in ihre Arme. »Du und deine Tiere, ihr habt hier bei uns immer ein Zuhause, Amely. Hörst du? Immer!« Sie drückte ihr einen Kuss auf die Wange und lachte, weil Amelys Magen schon wieder lautstark knurrte. »Und jetzt hör auf, dir Gedanken zu machen, und geh zu Paul. Du musst dringend etwas essen. Lass dich ein bisschen verwöhnen.«

Amely gab Piper das Kommando, und er folgte ihr, ohne zu zögern. Die Zeit ohne sein Frauchen war ihm offenbar trotz Mollys Gesellschaft doch lang geworden.

»Und jetzt sei schön lieb, Piper. Paul, darf ich vorstellen? Das ist Piper.«

Paul streckte die Hand aus und ließ den Hund schnüffeln. Piper wedelte mit dem Schwanz und begrüßte Paul freundlich. Der streichelte ihn, klopfte ihm das Fell und kraulte ihn hinter den Ohren und am Kinn.

»Auf dich habe ich mich gefreut, Kumpel. Du bist ja ein toller Kerl.« Paul, der in die Hocke gegangen war, strahlte zu Amely hoch. »Da hast du dir wirklich einen wunderbaren Burschen ausgesucht.«

Als Piper die freundlichen Worte mit einem schlabbernden Kuss belohnte, lachte Paul. Er hatte offensichtlich nicht mit Pipers Schnelligkeit gerechnet, denn die Hundezunge hatte seine Nase voll erwischt.

Er wischte sich mit dem Jackettärmel über das Gesicht. »Ich glaube, wir sind schon Freunde. Was meinst du, Piper? Einverstanden?«

Das Stück Schinken, das Paul ihm hinhielt, erledigte den Rest. Piper schmatzte laut, und die Freundschaft war besiegelt.

Amely ließ sich ins Gras fallen. »Ich bitte auch«, sagte sie. Kurz riss sie den Mund auf, als Zeichen, dass sie gefüttert werden wollte. Aber da sie Paul zutraute, dass er genau das tun würde, schloss sie ihn auch schnell wieder. »Ich habe schon weiche Knie vor lauter Hunger.«

»Was darf es sein? Wir haben Sandwiches mit Roastbeef, Cheddar, Tomaten und Mozzarella und noch einiges mehr. Such dir etwas aus.«

Er streckte ihr den geöffneten Picknickkorb so hin, dass Piper die Aufforderung nicht auf sich beziehen konnte. Was den Hund natürlich nicht davon abhielt, eben das zu versuchen. Er schnüffelte gierig, schleckte sich mit der Zunge über die Nase und versuchte, den Kopf zwischen Amely und den Picknickkorb zu drängen.

»Nichts da, junger Mann.« Amely lachte und spürte, wie gut ihr dieses kleine bisschen Normalität tat. »Jetzt bin ich dran.«

Während Paul und Amely sich das Essen schmecken ließen und dabei natürlich immer wieder auch kleine Happen für Piper abfielen, sprachen sie nur wenig.

Amely nippte an dem Ginger Ale, das Maighread ebenfalls in den Korb gelegt hatte. Vom Wein hatte sie lieber die Finger gelassen. Ihre zum Zerreißen gespannten Nerven würden vielleicht nicht gut auf Alkohol reagieren, es war der falsche Zeitpunkt, das zu testen.

Ihr Handy meldete eine neue Nachricht. Schon bevor sie auf das Display sah, ahnte Amely, dass Peter geschrieben hatte, und ihr Gefühl wurde prompt bestätigt.

Liebling, weißt du schon, was du tun wirst? Ich bin mit der Arbeit in der Brennerei fertig. Soll ich etwas für dich kochen? Oder dich abholen?

Amely verstand Peter. Vermutlich würde sie sich ganz genauso verhalten, wenn er in ihrer Situation wäre. Am liebsten hätte sie Ja gesagt und wäre seiner Einladung gefolgt. Aber etwas hielt sie zurück. Der Gedanke an die kleine Wohnung und den übermütigen Piper darin war eine Sache, aber nicht der wahre Grund für ihre Zurückhaltung. Sie ahnte es mehr, als dass sie es erklären konnte. Aber sie hatte das Gefühl, nach dem Unglück etwas Abstand zu brauchen. Sie wollte ganz bei sich sein und herausfinden, was dieser Brand für sie bedeutete.

Gleichzeitig schimpfte sie sich in Gedanken selbst eine dumme Gans. Es hatte gebrannt. Das Haus musste repariert werden. Musste sie jetzt so ein Drama und eine allgemeine Lebensfrage daraus machen?

Doch schon im nächsten Moment gab ihr Inneres die Antwort. Ja. Genau das musste sie tun. Sie musste in sich hineinfühlen und herausfinden, wo sie stand, bevor sie Entscheidungen traf. Peter musste sich noch etwas gedulden, auch wenn er das vermutlich nicht verstand. Das wäre auch zu viel verlangt, sie verstand sich ja selbst gerade nicht. Aber so war das mit Gefühlen. Die konnte man oft nicht logisch erklären.

Entschuldige. Ich brauche noch einen Moment. Melde mich.

Piper hatte es sich, dicht an Amelys Beine gekuschelt, gemütlich gemacht. Sie spürte, wie froh er war, wieder bei ihr zu sein. Wahrscheinlich merkte er auch, dass sie sehr angespannt war, und wollte ihr deshalb noch näher sein als sonst.

Es war frisch geworden. Amely fröstelte.

»Es wird langsam Zeit.« Paul sah sie an.

Sie konnte seinen Blick in der aufziehenden Dämmerung nicht mehr deutlich erkennen, aber sie wusste, dass er auf ein Wort von ihr wartete. Sie musste entscheiden, wo sie die Nacht verbringen wollte. Nicht nur Peter wartete.

Die Gedanken an ihr zerstörtes Haus, die sie ein wenig hatte verdrängen können, kamen mit voller Wucht zurück. Sie hatte kein Zuhause. Keinen Platz zum Schlafen. Keine Kleidung. Kein Waschzeug. Einfach nichts außer dem, was sie am Leibe trug, und selbst das gehörte – abgesehen von ihrer Unterwäsche – nicht ihr, sondern Maighread.

»Ich glaube, ich ertrage heute nicht mehr viel. Ich weiß, sie würden sich alle überschlagen, damit ich mich gut fühle – egal, ob ich hier auf dem Castle bleibe, zu Elisabeth, Chloe oder Peter gehe. Aber ganz ehrlich, am liebsten würde ich mit zu dir kommen.« Sie erschrak und beeilte sich, das klarzustellen. »Bitte ziehe keine falschen Schlüsse. Aber wenn ich das richtig verstanden habe, hast du ein zweites Schlafzimmer. Und wirklich nur, wenn Piper und ich dich nicht stören.«

Sofort schob Paul sich das letzte Stück Gurke in den Mund und stand auf, um die Teller und Reste zusammenzusuchen und in den Picknickkorb zu packen.

»Es ist mir eine Freude, euch beide als meine Gäste auf dem Hausboot zu begrüßen!«

»Dann hoffe ich, das sagst du immer noch, nachdem Piper ein Seil angeknabbert oder versucht hat, mit dem Rettungsring Frisbee zu spielen.«

»Ach, da mache ich mir überhaupt keine Sorgen. Piper und ich werden prima miteinander auskommen. Aber was wird Peter dazu sagen, Amely? Ich möchte auf keinen Fall Grund für eine Beziehungskrise sein.«

Sie schüttelte lächelnd den Kopf. »Peter wird vermutlich enttäuscht sein, weil ich nicht zu ihm komme, aber er weiß, dass ich ihn liebe. Es gibt überhaupt keinen Grund für Eifersucht, er vertraut mir doch. Und wenn er die Enttäuschung überwunden hat, versteht er vielleicht sogar, dass ich etwas Abstand brauche. Obwohl ich mich schwertue, es zu erklären. Es ist so eine Bauchsache, weißt du. Nichts, wofür ich Worte habe.«

Hallo Peter, ich habe mich entschieden, erst mal zusammen mit Piper zu Paul auf das Hausboot zu gehen. Sei nicht enttäuscht, bitte. Es hat nichts mit dir zu tun. Es geht um mich. Dieser Brand hat mich aus der Bahn geworfen. Ich brauche etwas Abstand, um herauszufinden, wie ich mit der Situation umgehen werde. Ich liebe dich. Wir sprechen morgen, okay? Amely

»Paul, bitte lass uns auf dem Weg zum Hausboot an meinem Haus vorbeifahren. Ich verspreche dir, ich mache nichts Unüberlegtes. Aber ich muss wenigstens einen Blick darauf werfen.«

Kapitel 13

Peter

Die Luft im Verkostungsraum der Destillerie war erfüllt von lieblichen Aromen. Sherrynoten, sattes, süßes Malz, gemischt mit Aprikosen, grünen Äpfeln und jungem Gras im Frühling – eine sanfte Rauchnote rundete das Ganze ab und verlieh der fruchtig-leichten Komposition Tiefe.

Dazu die Klänge von *The Greatest Showman*. Amely liebte den Film, und Peter, der fest davon ausgegangen war, dass sie die Nacht bei ihm verbringen würde, hatte seine Liebste mit der Musik überraschen wollen. Einige der Songs hatten sie auch schon bei ihren mittlerweile legendären Karaoke-Sessions zusammen gesungen.

Aber auch wenn ihr heute der Sinn sicher nicht nach Singen stand, hätte die Musik vielleicht ihre Niedergeschlagenheit etwas mildern können. Die Kraft der Songs hätte ihr ganz sicher gutgetan.

Doch die wunderbare Musik und die köstlichen Aromen – das alles passte so gar nicht zu Peters Stimmung. Wenn es nach ihm ginge, müsste es nach Gift, Galle und Schwefel stinken, und das Kratzen von Fingernägeln über eine Schiefertafel wäre die perfekte akustische Untermalung. Das würde dem Zustand seines Inneren entsprechen.

Bedröppelt stand er da und begriff erst allmählich, was

er getan hatte. Jähzorn war nichts, was er von sich kannte. Doch die Gefühle hatten ihn übermannt. Bevor er wusste, was er tat, war es bereits geschehen gewesen.

Wenigstens war er sich treu geblieben. Bei dem Anflug von sarkastischem Humor lachte Peter bitter auf. Wenn er etwas machte, dann richtig.

Er hatte seine ganze Kraft und Wut in den Wurf gepackt. Mit einem lauten Knall war die Flasche in tausend Teile zerborsten. Jetzt lagen die Scherben weit in den Raum hinein verstreut.

Da, wo die Flasche die Wand getroffen hatte, hatte der Aufprall Putzstücke weggesprengt. Der Whisky war rundherum gespritzt und lief in Schlieren wandabwärts. Auf dem Boden hatte sich eine Pfütze gebildet.

Fünfzehn Jahre Liebe, Geduld und Know-how – innerhalb des Bruchteils einer Sekunde zerstört. Eine ganze Reihe von Flüchen sprangen ihm über die Lippen. Da er allein war, ließ er seinem Zorn über die Situation und vor allem über sich selbst freien Lauf.

Er sah auf das Handy, das er noch immer krampfhaft mit der linken Hand umklammerte. Gut, dass er das nicht dem Whisky hinterhergeworfen hatte. Die Nachricht stand noch auf dem Display.

Hallo Peter, ich habe mich entschieden, erst mal zusammen mit Piper zu Paul auf das Hausboot zu gehen. Sei nicht enttäuscht, bitte. Es hat nichts mit dir zu tun. Es geht um mich. Dieser Brand hat mich aus der Bahn geworfen. Ich brauche etwas Abstand, um herauszufinden, wie ich mit der Situation umgehen werde. Ich liebe dich. Wir sprechen morgen, okay? Amely

Zeile für Zeile studierte er Amelys Worte. Doch auch beim zehnten Lesen verstand er nicht, wie das hatte passieren können. Er war ihr Lebenspartner, der Mann an ihrer Seite, ihr Freund. Wenn es nach ihm ginge, sogar ihr zukünftiger Mann. Das wusste sie allerdings noch nicht.

Hatte er wirklich erst vor ein paar Stunden davon geträumt, ihr einen Antrag zu machen? Er konnte es kaum glauben. Zwischen Mittag und Abend hatten sich an diesem Tag tiefe Gräben und Abgründe aufgetan. Mächtige Beben hatten seine kleine – vermeintlich heile – Welt bis ins Mark erschüttert. Wie konnte ein einziges Ereignis plötzlich alles infrage stellen, was ihm wichtig schien?

Peter schob die Hand in seine Hosentasche, wo er eine kleine eckige Schachtel fühlte. Er zog sie heraus und öffnete den Deckel.

Rund um den Eternity-Ring aus neunhundertfünfziger Platin liefen abwechselnd Diamanten und Saphire. Die Edelsteine im Brillantschliff funkelten im Licht der Lampe. Es waren je vierzehn Steine, ein halbes Karat Diamanten und null Komma sieben Karat Saphire. Der Juwelier hatte den Ring richtiggehend angehimmelt und Peter für seinen ausgezeichneten Geschmack gelobt. Allerdings vermutete Peter, es könnte auch an dem deftigen Preis gelegen haben, den er bereit gewesen war hinzublättern.

Aber Amely war ihm jeden der fast achttausend Euro wert. Das Einzige, was er beim Kauf ausgehandelt hatte, war ein Umtauschrecht – für den Fall, dass der Ring ihr nicht gefiel.

Mit der Frage danach hatte er den Juwelier dazu gebracht, laut zu lachen.

»Das ist so unwahrscheinlich, das können wir sehr gern so vereinbaren. Für den Fall, dass dieses zauberhafte Schmuckstück wirklich nicht das Herz Ihrer Angebeteten erobert, wird sie bei meiner Auswahl sicher eine Alternative finden.« Die Worte waren klar, aber zwischen den Zeilen hatte Peter herausgehört, dass der Juwelier wohl eher empfehlen würde, im Fall der Fälle die Braut auszuwechseln und nicht den Ring.

Wenn Peter sich nicht irrte, war das ohnehin alles nur Theorie. Der Ring würde Amely fantastisch stehen. Und er war sicher, ihren Geschmack getroffen zu haben. Denn trotz all des Funkelns erschien das Schmuckstück schlicht und zart. Die blauen Saphire gaben ihm etwas Liebliches. Der Ring war edel, aber nicht protzig. Vor allem aber würde er auch passen – ein nicht unwichtiger Umstand, besonders bei Eternity-Ringen mit umlaufenden Steinen. Die ließen sich nicht so ohne Weiteres verkleinern oder vergrößern. Deshalb hatte Peter heimlich an einem von Amelys Alltagsringen Maß genommen, als sie ihren Schmuck beim Backen einmal abgelegt hatte.

Vorsichtshalber hatte Peter niemanden in seinen Plan eingeweiht. Nach der Zeremonie von Maighread und Joshua hatte er Amely zu den Pferdeställen lotsen wollen. Denn für ihn war das der Anfang gewesen. Ihr Ausritt damals, sein Unfall – ohne das hätten sie die Hürde, sich ihre Liebe zu gestehen, vielleicht nicht überwunden, und Amely wäre tatsächlich abgereist. Zurück nach Edinburgh.

Hätte er sie wirklich ziehen lassen? Vorstellen konnte Peter es sich nicht. Aber er erinnerte sich noch gut an seine Angst, Amely zu verlieren. Und gleichzeitig an die Furcht, von ihr zurückgewiesen zu werden.

Sie hatten sich seither so viel zusammen aufgebaut, eine vertrauensvolle Basis geschaffen. Peter hatte gedacht, die Zeit wäre reif für den nächsten Schritt. In seinen Träumen hatte er sie vor den Altar geführt. Er hatte sich eine wunderbare Zukunft mit ihr ausgemalt. Sich vorgestellt, eine Familie mit ihr zu gründen. Schritt für Schritt hatte er mit ihr diesen Weg gehen wollen.

Und nun sollte sich das alles wenden? Statt auf ihn zu bewegte sie sich von ihm weg? Das durfte nicht passieren. Die Vorstellung, ohne Amely sein zu müssen, raubte ihm den Verstand.

Jetzt krieg dich mal wieder ein, Junge, versuchte er sich selbst zu beruhigen. Sie hat doch geschrieben, dass sie dich liebt. Dich – nicht diesen lächerlichen, weltberühmten »Ich bin ja so smart und weichgespült«-Paul.

Wieder kochte Wut in Peter hoch.

War dieser verdammte Whiskybrand wirklich wichtiger gewesen als Amely? Hätte es etwas geändert, wenn er, statt zu arbeiten, zurück nach Callwell Castle gefahren wäre? Und was, verdammt noch mal, hatte er sich dabei gedacht, den wertvollen und an allem vollkommen unschuldigen Whisky gegen die Wand zu donnern?

Peter war über sich selbst erschrocken, aber als er Amelys Nachricht gelesen hatte, waren die Nerven mit ihm durchgegangen. Was war das mit diesem Paul? Gerade waren sie doch noch so glücklich gewesen, und jetzt hatte Peter wieder diese schreckliche Angst, er könnte Amely verlieren.

Er musste ihr endlich antworten, sicher wartete sie längst. Hastig tippte er:

Mach dir keine Sorgen, Amely. Erhole dich ein bisschen, und morgen sehen wir weiter. Ich unterstütze dich, du kannst dich auf mich verlassen. Amely, vergiss nicht: Ich liebe dich!

***

In seinem Kopf brummten tausend Hornissen. Einige davon hatten wohl zugestochen, nur so konnte er sich die heftigen Schmerzen erklären.

Mühsam versuchte Peter, die Augen zu öffnen, kniff sie aber gleich wieder zusammen. Das Licht der aufgehenden Sonne traf ihn wie der Strahl aus einem Laserschwert.

Verflixt noch mal. Er suchte in seiner Erinnerung nach dem Grund seines elenden Zustandes.

Er hatte die Scherben aufgesammelt, den Whisky weggewischt und alles für das Tasting vorbereitet, das für diesen Nachmittag gebucht war. Normalerweise übernahm James solche Termine, aber der lag ja leider im Krankenhaus. Im Laufe des Tages wollte Peter hinfahren. Er wollte wissen, wie es James ging. So ein Herzinfarkt war schließlich kein kleiner Schnupfen. Außerdem hatte er versprochen, ihm ein paar Sachen vorbeizubringen. James hatte ihm den Schlüssel für seine Wohnung gegeben, damit er etwas Wäsche, Waschzeug und einen Pyjama holen konnte.

Das Stöhnen aus Peters Kehle klang fremd. Sein Hals kratzte. Langsam kam die Erinnerung wieder. Er hatte sich schon während des Aufräumens einen Whisky gegönnt. Und lautstark gesungen. *The Greatest Showman* in Dauerschleife. Den Text hatte er auf dem Handy mitgelesen, weil er keine

Lust gehabt hatte, für sich allein die Karaoke-Anlage anzuwerfen. Es war nicht bei einem Whisky geblieben. Wie er ins Bett gekommen war, wusste Peter nicht mehr. Irgendwo zwischen »A Million Dreams« und »This is me« hörte seine Erinnerung auf.

Seine Zunge fühlte sich an und schmeckte wie ein fünf Wochen getragener Frotteesocken. Widerlich. Er goss sich ein Glas Wasser ein und trank gierig. Mit dem dritten Glas Wasser kippte er zwei Aspirin hinunter.

Als er das Fenster öffnete, verzog er das Gesicht. Frisch und klar strömte der neue Tag ins Zimmer. Peter wankte zurück zu seinem Bett und ließ sich rücklings darauffallen. Mit geschlossenen Augen wartete er darauf, dass die Schmerztabletten wirkten. Doch nachdem er nun wach war, hatte er keine Ruhe mehr. Er tastete nach dem Handy und blinzelte, um die Uhrzeit zu erkennen.

Es war kurz nach sechs. Ob Amely schon wach war? Normalerweise stand sie immer früh auf und versorgte die Tiere. Der Gedanke versetzte ihm einen heftigen Stich. Schlimmer noch als die Hornissenstiche in seinem Kopf.

Aufzuwachen und sich der Wucht der gestrigen Ereignisse wieder bewusst zu werden, musste schlimm für sie sein. Wie ein neuer Schock.

Auch wenn die Kopfschmerzen es ihm schwer machten, Peter hielt es nicht mehr aus, noch länger liegen zu bleiben. Er musste zu Amelys Haus. Er musste sich den Schaden ansehen und ein paar Telefonate führen. Sie würden Fachkräfte brauchen, um das Haus wieder bewohnbar zu machen. Und zwar so schnell wie möglich.

Drauf gepfiffen, was die Versicherung sagte, er würde das

nicht abwarten. Peter wollte, dass die Leute bereitstanden und sofort nach der Freigabe loslegten. Natürlich musste er das vorab mit Amely besprechen, aber sie würde sicher froh um jede Hilfe sein.

Sobald das geklärt war, musste er nach Glasgow ins Krankenhaus fahren und so schnell wie möglich wieder zurück in die Firma. Kurz überlegte er, ob er das Tasting am Nachmittag nicht absagen sollte. Aber den Gedanken verwarf er sofort wieder. Er konnte nicht seine Kunden vor den Kopf stoßen, nur weil ihm ein Termin nicht in den Kram passte.

Der Weg ins Bad gestaltete sich schwierig. Der Boden bewegte sich, als wäre die Wohnung ein Schiff bei Windstärke zwölf. Kein großer Dampfer, ein kleines Fischerboot, mit dem die Wellen spielten. Peter wankte. Sein Magen hob sich, und mit einem mutigen Satz schaffte er es gerade noch bis zur Kloschüssel.

Nachdem er sich die Seele aus dem Leib gewürgt hatte, saß er mit kaltem Schweiß auf der Stirn an die Fliesen gelehnt auf dem Boden neben der Toilette. Minutenlang traute er sich nicht, sich zu bewegen. Beim kleinsten Versuch zog sich sein Magen schmerzhaft zusammen.

Irgendwann stand er an das Waschbecken gelehnt da. Wacklig und mit weichen Knien, aber er stand. Der Blick in den Spiegel war ein Schock.

Beim stattlichen Highlander, so abgestürzt war er schon lange nicht mehr. Seine Augen lagen in dunklen Höhlen, die Wangen wirkten eingefallen, und die Haare standen ihm wie struppiges Stroh kreuz und quer vom Kopf ab.

Als Peter sich die Zunge rausstreckte, wusste er, weshalb sie sich wie ein stinkender Frotteesocken anfühlte – sie sah auch genauso aus. Dick weiß belegt, mit roten Flecken und irgendwie wie ein Fremdkörper, der da nicht hingehörte.

»Okay, Junge. Du weißt ja: Wer saufen kann, kann am nächsten Tag auch seinen Mann stehen. Also reiß dich verdammt noch mal zusammen. Ab unter die Dusche.«

Peter erzählte das dem Fremden, den er im Spiegel sah. Der nickte ihm zu und antwortete: »Krieg dich wieder ein. Du hast ja recht. Also los. Dann mach mal. Duschen und nüchtern werden, das wäre für den Anfang ein guter Plan.«

Zwanzig Minuten und zwei Espresso später fühlte Peter sich wieder halbwegs menschlich. Die Hornissen in seinem Kopf hatten sich in Moskitos verwandelt. Das war auch nicht angenehm, aber auszuhalten.

Zum dritten Mal checkte er sein Handy. Er hatte gehofft, dass Amely sich gleich nach dem Aufwachen melden würde. Doch nichts.

Also gut. Er war nicht das Kaninchen, das hypnotisiert wartete, bis andere aktiv wurden. Er mochte angeschlagen sein, aber er war bereit, den Kampf aufzunehmen. Entschlossen tippte er:

Guten Morgen, Amely. Ich fahre gleich zu deinem Haus, um den Schaden zu begutachten. Kommst du auch? Ich hoffe, du konntest etwas schlafen und fühlst dich besser. Kuss, Peter

Er betrachtete den Text, las ihn mehrfach und löschte ihn wieder. Das klang viel zu steif. Er tippte neu:

Guten Morgen, mein Schatz. Hoffentlich konntest du etwas schlafen. Ich mache mich gleich auf den Weg zu deinem Haus. Soll ich dich und Piper beim Hausboot abholen? Kuss, Peter

Das war immer noch mies, aber besser konnte er es gerade nicht. Natürlich stand zwischen den Zeilen fett gedruckt: Hoffentlich hat der Idiot dich nicht belästigt. Peter befürchtete, dass Amely das auch lesen würde. Aber er war ein bisschen stolz auf sich, dass er es nicht ausgeschrieben hatte. Bevor er es sich noch mal anders überlegen konnte, tippte er auf Senden.

Die Antwort kam prompt.

Guten Morgen, Peter. Ich wollte dich nicht wecken. Paul und ich sind schon beim Haus. Dann sehen wir uns gleich. Kuss, Amely

Paul! Schon wieder dieser vermaledeite Paul. So langsam hatte Peter die Nase gestrichen voll von dem Kerl. Er kippte den letzten Schluck Espresso hinunter und war schon auf dem Weg zum Auto.

Nur gut, dass Dorothy in der Destillerie die Stellung hielt und sich um die wichtigsten Abläufe kümmerte. Dafür, dass sie eigentlich längst in Rente hätte gehen können, war sie noch immer enorm fit und arbeitete zuverlässig.

Normalerweise kam sie an drei Vormittagen in der Woche. Aber nachdem James ausgefallen war, hatte sie sofort zugesagt, in nächster Zeit jeden Tag und, wenn Not an der

Frau war, auch nachmittags zur Verfügung zu stehen. Dorothy war die Beste. Sie hatte alle Bereiche der Firma im Blick. Zwar konnte sie nicht brennen, aber sie wusste genau, welche Arbeiten anstanden und wo Hände gebraucht wurden. Es graute Peter vor dem Tag, an dem sie ihm verkündete, dass sie nun doch in den verdienten Ruhestand gehen wollte.

Um das möglichst lange hinauszuzögern, bemühte er sich, ein besonders guter und aufmerksamer Chef zu sein. Er zahlte Boni, dachte an ihren Geburtstag und machte ihr Komplimente, wenn sie beim Friseur gewesen war. Das kam gut bei seiner Mitarbeiterin an.

Peter parkte direkt neben Pauls Wagen in der Auffahrt.

Amely hatte ihn entdeckt und kam, begleitet von Piper, auf ihn zu. »Hey, wie geht es dir?«

Bevor Peter sie umarmte, begrüßte er kurz den Hund. Er kannte den Schlawiner, hätte er ihn nicht beachtet, hätte Piper sich etwas einfallen lassen, um sich seine Aufmerksamkeit zu sichern.

Dann war Amely dran. Es fühlte sich so gut an, sie in die Arme zu ziehen und festzuhalten. Es kam ihm vor, als hätte er sie mindestens eine Woche nicht gesehen, dabei waren es nur ein paar Stunden gewesen.

Sie küssten sich, dann musterte er sie besorgt. Wie blass sie war. Und wie zerbrechlich sie wirkte.

»Ich bin okay.« Sie lächelte ihn an. »Stell dir vor, die Brandursache war ein Kabelbrand. Ich bin so erleichtert, dass ich nicht schuld bin.« Ihre Unterlippe zitterte. Peter sah ihr an, wie sehr die Angst sie mitgenommen hatte.

»Hattest du das denn vermutet?«

Amely schluckte und zuckte mit den Schultern. »Ich habe gestern noch gebügelt, bevor wir gegangen sind«, erklärte sie, und ihre Stimme klang piepsig.

»Oh.« Er ahnte, was sie durchgemacht haben musste. Und sie hatte ihm nichts erzählt. Es war albern, aber er fühlte sich ausgeschlossen.

»Ich habe es niemandem gesagt«, flüsterte Amely. Sie musste gespürt haben, was in ihm vorging, und dafür liebte er sie direkt noch ein bisschen mehr – obwohl das eigentlich kaum möglich war.

»Guten Morgen, Peter.« Paul war nun auch aus dem Haus gekommen. Er ging auf Peter zu und streckte ihm die Hand hin.

»Guten Morgen.« Zögerlich schüttelte er sie. Er hatte keine Lust, sich mit Paul zu unterhalten. Deshalb wandte er sich lieber wieder an Amely. »Wie sieht es drinnen denn aus?«

»Schlimm«, kam prompt die Antwort. »Ich weiß nicht, wie ich das schaffen soll. Im Moment fühle ich mich ausgelaugt und überfordert.«

»Wäre es okay für dich, wenn ich das übernehme?« Peter streichelte Amely über den Rücken. »Lass mich das bitte für dich tun, Liebes. Ich kümmere mich um den Versicherungskram, um Handwerker und eine Reinigungsfirma. Und du kommst etwas zur Ruhe und fängst dann an, dir deine Färbewerkstatt neu einzurichten. Es wird sicher eine Weile brauchen, bis du alles Material dafür wieder zusammenhast.«

»Das ist ja ein tolles Angebot. Wie wäre es, wenn wir mit dem Hausboot ein wenig über den See schippern, ein paar Tage bei den Inseln anlegen und du dich in dieser Zeit erholst?«, schlug Paul vor. »Wenn wir hierbleiben, bist du doch die ganze Zeit auf der Farm und packst mit an.«

Peter stockte der Atem. Er wollte lautstark protestieren. So hatte er das sicher nicht gemeint. Doch er konnte sein Angebot natürlich nicht zurücknehmen.

»Ich weiß nicht«, kam es zögerlich von Amely. »Ich kann doch nicht einfach abhauen und anderen meine Probleme aufladen.«

»Amely, sei vernünftig. Du bist heute Morgen beinahe umgekippt, wenn ich dich erinnern darf. Ich glaube, du brauchst dringend eine Auszeit.«

Umgekippt? Erschrocken fasste Peter Amely an den Armen. »Liebes, was soll das heißen, du wärst beinahe umgekippt? Was war los?«

Doch Amely schüttelte den Kopf. »Paul übertreibt. Ich hatte nur etwas Kreislaufprobleme. Nichts Schlimmes.«

Es war verflixt. Peter hasste es, aber Paul schien recht zu haben. Amely brauchte wohl wirklich eine Auszeit.

»Bitte geh auf jeden Fall zu Scott und lass dich untersuchen. Nimm das nicht auf die leichte Schulter. Versprich es mir, Amely.

Und wenn er sein Okay gibt, dann wäre es vielleicht wirklich eine gute Idee für dich, ein bisschen Abstand zu bekommen. Ich kann nur ahnen, was der Anblick des Hauses in dir auslöst.

Aber es lässt sich reparieren, Amely. Und mit fachkundiger Hilfe wird das alles schnell wieder in Ordnung kommen. Ich verspreche dir, noch vor Weihnachten werden wir hier bei dir im neuen alten Zuhause sitzen. Stell es dir vor. Die Welt ist überzogen von einer dicken Schneedecke. Drinnen prasselt ein Feuer im Kaminofen. Wir trinken einen heißen Whiskypunsch, und der Duft deines Weihnachtsbaumes erfüllt das Haus.«

Während er sprach, war sein Blick fest auf Amely gerichtet. Er konnte sehen, dass er sie mit seinen Worten erreichte. Sie entspannte sich. Die steile Falte zwischen ihren Augenbrauen glättete sich.

»Tannenduft«, hauchte sie. »Wir hören Musik und stricken.«

»Na ja«, wandte Peter grinsend ein. »Eine strickt. Ich halte mich lieber am Punsch fest. Oder streichle meine wunderschöne Frau.«

Ein sanftes Rot trat auf Amelys Wangen. Sie sah so zauberhaft aus, dass Peter sie an sich zog und küsste.

»Aber abhauen und andere meine Arbeit machen lassen? Kommt nicht infrage.« Ihr Blick wanderte über das vom Feuer gezeichnete Haus, blieb an den gezackten Rändern des geborstenen Fensterglases hängen. »Ich kann nur jetzt noch nicht entscheiden, wie es weitergehen soll. Das alles überfordert mich. Ich muss nachdenken.«

Kapitel 14

Maighread

Nach der ganzen Aufregung an ihrem großen Tag hatte Maighread zwar kurz, aber tief geschlafen. Jetzt fühlte sie sich gewappnet für die anstehenden Aufgaben. Es gab so viel zu tun, dass sie Listen geschrieben hatte, um den Überblick zu behalten. Nachmittags hatte sie einen Termin bei ihrem Frauenarzt, der sie bereits nervös machte. Hoffentlich konnte er ihr sagen, weshalb sie noch immer nicht schwanger geworden war. Vor allem aber musste sie sich um Amely kümmern und für sie da sein.

Schon früh saßen Joshua und sie mit ihren Gästen zusammen bei einem opulenten Frühstück. Eilidh hatte königlich aufgetragen, und alle griffen beherzt zu und schlemmten gut gelaunt. Die üppigen kalten Platten, die Pies und vielen anderen Speisen zeugten davon, dass es kein gewöhnlicher Montagmorgen war. Ansonsten war von der gestrigen Hochzeitsfeier nichts mehr zu spüren.

Jims Mannschaft hatte über Nacht die Räume von einem Märchenpalast wieder zurück in das schottisch-bodenständige Callwell Castle verwandelt. Nur die Pavillons standen noch, darum würden sich Joshuas Männer heute kümmern.

Während sie gemütlich am Tisch saßen und sich unterhielten, hatte Maighread ihr Strickzeug hervorgeholt. Die letzten Tage war sie viel zu wenig dazu gekommen, umso mehr genoss sie jetzt das Gefühl der Wolle in ihren Händen. Sie hatte die *Tweed Love* auf den Nadeln. Das war eine biozertifizierte Tweedwolle mit einem zehnprozentigen Viskoseanteil, mit der sie schon einiges gestrickt hatte. Gerade hatte sie einen Poncho mit verschiedenen Zopfmustern angefangen. Wenn die Strickschrift passte, würde sie heute noch die Anleitung zu Ende schreiben. Damit hatte sie besondere Pläne.

Während sie strickte und hin und wieder einen Schluck Tee trank, lauschte sie der fröhlichen Unterhaltung am Tisch. Sie war dankbar, dass niemand sich durch die schwierigen Umstände hatte die Laune verderben lassen.

»Es ist wunderschön bei euch. Joshua, du hast wirklich Glück, so eine tolle Frau wie Maighread gefunden zu haben. Ich hoffe, du vergisst das nie.« Penelope lächelte Maighread an. »Falls doch, ruf mich an, Maighread. Dann komme ich höchstpersönlich über den Ozean, um deinem Gemahl den Kopf zu waschen.«

Joshua lachte, und Maighread antwortete: »Ich hoffe sehr, dass ihr auch ohne einen solchen Anruf bald einmal wiederkommt und wir dann etwas mehr Zeit füreinander haben.«

Sie meinte es genau so, wie sie es sagte. Sie würde Penelope wirklich gern näher kennenlernen, sich mit ihr austauschen, etwas über ihre Sicht auf die Welt erfahren. Dieses kurze Treffen inmitten vieler anderer Menschen war nicht der richtige Rahmen, tiefergehende Gespräche zu führen. Aber zumindest kannten sie sich jetzt persönlich, das war ein Anfang.

Penelope schien fasziniert von Maighreads Strickkunst zu sein. Gebannt beobachtete sie, wie sie mit Nadeln und Wolle hantierte.

»Ich wusste ja, dass du den Strickladen hast und sehr gern strickst. Dass du zaubern kannst, habe ich allerdings nicht geahnt. Das ist ja unglaublich, was du da entstehen lässt. Und es sieht so leicht aus, wenn du das machst, dabei ist es sicher alles andere als das. Vermutlich hätte ich längst einen Knoten in den Fingern. Aber ich würde es total gern lernen. Ach, wenn ich das nächste Mal länger hier bin, hoffe ich, du zeigst mir, wie man das macht.«

Einen einfacheren Weg, Maighreads Herz zu gewinnen, gab es nicht.

»Wie wäre es, wenn du es online lernst?«, schlug sie vor. »Ich habe einen YouTube-Kanal, dort findest du auch Tutorials für Strickanfänger. Also wenn du wirklich möchtest, das wäre ein guter Start. Und wenn du Fragen hast, schickst du sie mir und ich nehme ein entsprechendes Video auf.«

»Genial!« Penelope strahlte Maighread an. »Könntest du mir aufschreiben, was ich für den Anfang brauche? Dann legen wir gleich noch einen kurzen Stopp bei dir im Laden ein, und ich nehme die Sachen direkt mit.«

»Meine Grandma ist dort, da brauchst du keinen Zettel von mir. Bei ihr bist du bestens aufgehoben, sie wird dich ganz sicher gut beraten.«

»Fantastisch. Warte nur, demnächst löchere ich dich mit Fragen.« Penelope lächelte. Es war ihr anzusehen, dass sie es kaum erwarten konnte, sich an Nadeln und Wolle auszuprobieren. Sie würde das bestimmt gut hinbekommen, Maighread war zuversichtlich. Sie hatte bisher noch jedem das Zaubern mit Stricknadeln beigebracht, der Lust gehabt hatte, es zu lernen.

Maighread atmete tief ein und wieder aus. Hier mit dem Rest der Gäste zu sitzen und zu plaudern, war schön. Auch wenn sie die Hochzeitsfeier direkt nach dem Höhepunkt hatten abbrechen müssen und der Brand eine fürchterliche Katastrophe war, war Maighread glücklich. Alle zusammen hatten sie gestern einen schwierigen, aber nichtsdestotrotz wertvollen Tag erlebt. Es war ein Wechselbad der Gefühle gewesen, unter dem Strich blieb die Dankbarkeit.

Immerhin hatten Joshua und sie im Kreis lieber Menschen ihre Gelübde erneuert – das hatten sie sich lange gewünscht, es war ihnen wichtig gewesen. Und dann hatten sie – allen voran natürlich Amely – so viel Glück im Unglück gehabt.

Trotz all der Aufregung und des Schadens am Haus, es war niemand verletzt worden, das war das Allerwichtigste. Maighread mochte sich gar nicht ausmalen, wie schrecklich anders dieser Brand hätte ausgehen können.

Natürlich war es trotzdem schlimm, und Amely würde ihre Unterstützung brauchen, aber die würde sie selbstverständlich auch bekommen, ob sie wollte oder nicht.

Maighread erinnerte sich, wie es gewesen war, als ihre Freundin sich vor lauter Trauer um ihre Mutter von der Welt zurückgezogen und beinahe sich selbst verloren hatte, weil sie nicht mehr wusste, wo sie überhaupt hingehörte und wie es für sie weitergehen sollte. Dieses Mal durfte es gar nicht erst so weit kommen. Maighread würde nicht zulassen, dass Amely sich in ihr Schneckenhaus verkroch.

Das Gebäude hatte das Feuer überstanden und konnte saniert werden. Das wurde sicher ein Kraftakt, aber es würde vermutlich trotzdem einfacher sein, als Amely nach dem Schock aufzufangen. Eine Wand konnte man einreißen und neu hochziehen, eine kaputte Seele ließ sich nicht so einfach reparieren.

Trotz ihrer Entschlossenheit, Amely aufzufangen, bereitete dieser Punkt Maighread noch etwas Sorgen. Aber sie vertraute auf die Kraft ihrer Freundschaft. Egal, wie schwierig es werden würde, sie würden es gemeinsam schaffen. Etwas anderes kam gar nicht infrage.

Amelys Platz war in Callwell. Sie und Peter gehörten zusammen, und Amely liebte ihr Haus und die Tiere. Mit diesem neuen Leben hatte sie sich einen Traum erfüllt. Vielleicht musste sie daran erinnert werden.

Nach einem sehr gemütlichen und unterhaltsamen gemeinsamen Frühstück verabschiedeten Joshua und Maighread die Gäste, die auf Callwell Castle übernachtet hatten.

Penelope und Matthew, Joshuas Freunde aus den Staaten, waren die Ersten, die aufbrachen. Sie wollten noch zwei Wochen mit einem Wohnmobil durch Schottland reisen.

»Und wenn ich verzweifle und mich in der Wolle verheddere, dann hoffe ich, du eilst herbei und rettest mich, Maighread«, ulkte Penelope. »Ich kann es jedenfalls kaum erwarten, mit meiner ersten Stricklektion zu beginnen.«

Es gab Umarmungen und Versprechen, einander bald wiederzusehen. Natürlich waren Maighread und Joshua eingeladen, zu ihnen in die Staaten zu kommen.

Nach und nach machten sich alle auf den Weg. Die letzten Gäste, die sich verabschiedeten, waren Vivian und Jason.

»Wenn ihr Hilfe braucht bei der Sanierung, meldet euch.

Ich kann zwar nicht hierbleiben, aber an den Ruhetagen kann ich kommen und mit anpacken«, bot Jason an.

Vivian, die ursprünglich etwas länger auf Callwell Castle hatte bleiben wollen, hatte Jasons Einladung angenommen und fuhr mit ihm zusammen in sein Pub. Seit Chloes Baby-Shower im letzten Jahr hatten die beiden sich angefreundet. Maighread lauerte seither auf Zeichen, dass es vielleicht sogar mehr als Freundschaft war – bisher allerdings vergeblich.

»Auf mich könnt ihr auch zählen. Wenn ich etwas helfen kann, meldet euch«, schloss Vivian sich Jasons Worten an. »Ansonsten werde ich die Zeit da oben im Nichts genießen. Ein bisschen Ruhe und ein wenig Bewegung in der Natur werden mir guttun. Ganz ehrlich, ich hatte keine Ahnung, wie anstrengend Studioarbeit sein kann.«

»Und wie aufregend!« Maighread umarmte Vivian. »Glaub nur nicht, dass ich mit diesem Kurzbericht zufrieden bin. Ich möchte mehr hören und alles wissen, was du erlebt hast. An diese Zeit solltest du dich immer erinnern, es ist der Start von etwas Großem. Davon bin ich überzeugt.«

Vivian zeigte Maighread auf ihre typisch direkte Art den Vogel. »Hol mal Luft, bevor du mich zum nächsten Weltstar kürst.«

Aber Maighread sah sehr wohl auch das versteckte Grinsen in ihren Mundwinkeln und wusste, dass Vivian genauso aufgeregt war wie sie angesichts der neuesten Entwicklungen. Sie machte nur auf cool.

Aber sie bekam ihren Erfolg nicht geschenkt, da machte Maighread sich nichts vor. Vivian hatte eine anstrengende Zeit hinter sich, da sie endlich – nachdem ein Produzent auf sie aufmerksam geworden war – den Schritt gewagt hatte, ihre eigene Musik zu machen. Damit ging gerade ein Traum für sie in Erfüllung, den Tausende aufstrebende Musikerinnen und Musiker mit ihr teilten.

Leider hatten sie und Maighread nicht so viel Zeit miteinander gehabt, wie Maighread es sich gewünscht hatte. Sie nahm sich vor, Vivian und natürlich Jason demnächst zu einem Essen einzuladen. Sie wollte alles wissen über die Studioarbeit, und vielleicht würde Vivian ihnen auch ein paar mehr ihrer Songs vorspielen. Maighread war davon überzeugt, dass dies ein Schritt in ein besonderes Abenteuer war. Zwei ihrer eigenen Lieder hatte Vivian gestern Abend bereits in kleiner Runde zum Besten gegeben, und Maighread bekam jetzt noch wohlige Gänsehaut, wenn sie daran dachte.

Nachdem wieder Ruhe auf Callwell Castle eingekehrt war, standen sie zu zweit in der großen Halle. Die Hunde hatten sie vor dem Frühstück rausgelassen, die stromerten mit Ewan bei den Pferden herum. Er hatte zugesagt, sich den Tag über um sie zu kümmern.

Aus der Küche hörte man fröhliches Trällern und Tellerklappern. Eilidh hatte ihr Reich wieder für sich allein und war glücklich.

Joshua zog Maighread in die Arme und küsste sie innig.

»Was für ein Wochenende. Ich kann es kaum erwarten, dich wieder eine Weile für mich allein zu haben«, flüsterte er ihr ins Ohr.

Er ließ seine Hand unter ihren Pullover wandern und streichelte zärtlich über ihren Rücken. Sie schmiegte sich an ihn und genoss seine Nähe und die wohlige Gänsehaut. Joshua fühlte sich perfekt an. Und wie gut er roch! Maighread war verrückt nach ihrem Ehemann. Und er nach ihr, das zeigte er ihr gerade wieder einmal sehr deutlich. Doch so schön es war, viel Zeit blieb ihnen nicht.

»Ich kann es kaum erwarten. Aber ich fürchte, unser Zeitplan lässt das gerade nicht zu.«

Joshua stöhnte und schmiegte seine Stirn an Maighreads Wange. »Das war nicht das, was ich gern hören wollte«, murrte er, nickte dann aber. »Leider hast du recht. Ich glaube, ich sollte los.«

Das sagte er zwar, aber er dachte gar nicht daran, sie loszulassen.

Es half nichts. Einer von ihnen musste vernünftig sein. Auch wenn es ihr schwerfiel, Maighread löste sich von Joshua und schob ihn eine Armeslänge von sich. Wenn sie ihn jetzt nicht stoppte, war es mit ihrer Willenskraft vorbei.

»Na los, weg mit dir.« Ihre Stimme klang rau, das hatte Joshua ausgelöst. Sie räusperte sich. »Ich hoffe, du kannst Amely helfen. Und ich halte mich ran, dass ich die Sachen für sie gerichtet bekomme. Wir sehen uns dann nachher.«

Maighread ging die Treppe hoch. Joshua blieb auf dem Weg nach draußen noch einmal stehen und pfiff ihr hinterher.

Lachend wackelte Maighread mit ihrem Hintern. »Die Hälfte gehört dir, wir sind ja verheiratet«, alberte sie und warf ihrem Liebsten eine Kusshand zu.

»Mit der Hälfte gebe ich mich nicht zufrieden«, protestierte Joshua. »Ich möchte alles!« Damit wandte er sich um. Er öffnete die Tür und trat ins Freie.

Während Joshua zu Amely fuhr, zog Maighread sich in ihr Schlafzimmer zurück und machte sich an die Arbeit. Sie wuselte zwischen ihrem Schrank und dem Bett hin und her, wo sie Shirts, Pullis und Hosen auslegte und immer noch mehr dazustapelte. Nach einer Weile blieb sie vor dem Bett stehen und unterzog alles einer eingehenden Musterung.

Amely war ein bisschen kleiner und zarter als sie. Die Sachen würden ihr passen. Aber was würde ihr gefallen? Und wie viel brauchte sie überhaupt? Es war noch nicht klar, ob ihre eigene Kleidung das Feuer überstanden hatte – und selbst wenn, mussten die Stücke erst gründlich von giftigen Rußpartikeln gereinigt werden.

Zu viel wollte Maighread Amely auch nicht geben, denn auf dem Hausboot war sicher nicht so viel Platz.

Wieso Amely wohl bei Paul untergeschlüpft war statt bei Peter? Dass sie nicht bei ihnen auf Callwell Castle hatte bleiben wollen, konnte Maighread sogar ansatzweise verstehen.

Zum einen war Eilidh zwar ein absoluter Schatz, aber auch eine nicht unanstrengende Glucke, wenn es einem ihrer Küken nicht gut ging. Vermutlich graute Amely davor, von vorn bis hinten betüdelt zu werden.

Zum anderen hatte sie hier Unterschlupf gefunden, als es ihr nach dem Tod ihrer Mutter so elend gegangen war. Auch wenn dieser Brand etwas vollkommen anderes war, ahnte Maighread, dass er ähnliche Gefühle auslöste und die gerade erst verheilten Wunden aufriss. Dann würde ein Aufenthalt hier im Castle Amely nicht helfen, sondern sie durch die aufkommenden Erinnerungen stattdessen zusätzlich Kraft kosten.

Aber wieso war sie nicht zu Peter gegangen?

Als hätte Chloe ihre Gedanken gespürt, rief sie in diesem Moment auf Maighreads Handy an.

»Hey, Chloe. Alles klar? Ich suche gerade ein paar Anziehsachen für Amely heraus. Hast du heute schon mit ihr gesprochen?«

»Ich habe versucht, sie anzurufen. Aber sie hat mich weggedrückt und mir geschrieben, dass sie gerade nicht reden möchte.«

»So etwas habe ich schon erwartet. Dieses Feuer wirft sie komplett aus der Bahn.« Maighread seufzte. »Ich würde ihr so gern die Augen öffnen, ihr zeigen, dass das alles nur Sachschaden ist, der sich mit ein bisschen Anstrengung problemlos beheben lässt. Ich meine, hey, sie hat doch uns. Sie muss da nicht allein durch.«

»Mir musst du das nicht sagen, ich sehe das wie du. Aber ich fürchte, es geht nicht um Fakten, sondern um Altlasten. Die Verzweiflung gestern hat sie getriggert und die gerade erst verheilten Wunden wieder aufgerissen. Amely wird im Moment von ihren Gefühlen überwältigt.«

»Und deshalb muss sie zu Paul auf das Hausboot, statt sich von Peter auffangen zu lassen?«

»So verflixt das für Peter ist, aber ja, ich fürchte, genauso ist es«, bestätigte Chloe. »Peter hängt in den alten Wunden mit drin. Ihr Tanz, bis die beiden sich zueinander bekannt haben, ist eng mit Amelys Trauer verknüpft. Das hat nichts mit Peter direkt zu tun. Wenn du mich fragst, ich glaube nicht, dass die Liebe der beiden ernsthaft gefährdet ist. Aber er muss das aushalten und Amely Zeit geben. Das wird kein einfacher Weg für ihn.«

»So wie du das sagst, wird das für niemanden einfach.«

Maighread grübelte und versuchte, einen Weg zu finden, um diese Verwicklungen zu lösen.

»Hör auf, dir den Kopf zu zerbrechen. Im Moment ist die Zeit unsere Verbündete. Pass auf, du bringst Amely die Anziehsachen, und ich rede mit Peter. Und, Maighread, bedränge sie bitte nicht. Soll sie bei Paul unterkriechen, sich ein bisschen von ihm verwöhnen lassen …«

An dieser Stelle schnaubte Maighread laut, doch Chloe ließ sich nicht beirren. »Nicht, so wie du schon wieder denkst. Wenn Paul und Amely mehr als Freundschaft füreinander empfinden würden, hätten sie tausend Gelegenheiten gehabt zueinanderzufinden. Die beiden sind nur Freunde, davon bin ich überzeugt. Und Paul wird sich gut um sie kümmern. Wir nutzen die Zeit und kümmern uns um Amelys Tiere und das Haus. Wenn sie sich etwas beruhigt hat und sieht, wie viel sie uns bedeutet, wird sie auch wieder erkennen können, wo ihr Platz ist.

Wie sieht es bei dir aus, kommst du nachmittags auf einen Tee vorbei? Sheona würde sich bestimmt freuen. Und ich sowieso.«

»Das tut mir leid, Chloe. Ich kann nicht. Ich fahre jetzt gleich zu Amely, dann muss ich in den Strickladen und nachmittags nach Glasgow.«

»Glasgow? Sag nur, du gehst shoppen. Ach, schade, dass Sheona von gestern so k. o. ist, sonst würden wir dich begleiten.«

Maighread lachte, und es klang in ihren Ohren schrecklich falsch. Danke, Sheona, dachte sie. »Ach, das holen wir demnächst mal nach, wenn unser Schatz ausgeruht ist«, schlug sie vor.

Sie konnte gar nicht sagen, weshalb, aber sie wollte mit niemandem über ihren Arztbesuch sprechen. Erst wollte sie wissen, ob alles mit ihr in Ordnung war.

»Dann lass uns jetzt Schluss machen, damit ich zu Amely kann. Bis dann, Chloe. Ich melde mich, wenn ich wieder zurück bin.«

Vielleicht hatte sie dann schon Antworten und konnte Chloe erzählen, weshalb sie in Glasgow gewesen war. Sie hasste es, etwas vor ihrer Freundin zu verheimlichen.

Nachdem sie sich verabschiedet hatten, beeilte Maighread sich, mit den Vorbereitungen fertig zu werden. Zuletzt startete sie ihr Notebook und schrieb die Anleitung für den Poncho zu Ende. Sie hatte ihn nach der Wolle *Tweed Love* genannt.

Damit würde sie gleich Amely und später Chloe überraschen. Die Wolle hatte sie schon im Auto.

Mit einem Koffer voller Kleidung für Amely saß Maighread eine halbe Stunde später in ihrer Mini. Im letzten Moment fiel ihr ein, dass sie Amely besser fragen sollte, wo sie überhaupt war. Instinktiv wäre sie zum Haus gefahren. Schnell tippte sie. Die Antwort kam prompt.

Paul und ich sind auf dem Hausboot. Ich konnte nicht bei mir auf der Farm bleiben. Der Ruß und Gestank, die zerstörte Küche … das Schlafzimmer ist in einem desolaten Zustand! Ich musste da weg.

Nur gut, dass sie gefragt hatte. Maighread startete den Motor und brauste gleich darauf die Straße am Loch Lomond entlang.

Mit gekonntem Schwung steuerte sie die Mini auf den Parkplatz direkt beim Steg. Sie stieg aus und winkte zu Amely und Paul hinüber.

»Hey, ihr beiden«, grüßte sie und ging mit dem Koffer in der Hand auf das Boot zu.

»Maighread, wie schön, dich zu sehen. Komm an Bord. Kann ich dir etwas anbieten?« Paul ging ihr entgegen und nahm ihr den Koffer ab.

»Hallo, Maighread«, grüßte auch Amely. Sie wirkte verhalten.

Doch Maighread ließ sich nicht beirren. Sie tat so, als merkte sie nichts, und begrüßte sowohl Paul als auch Amely mit einer herzlichen Umarmung.

»Danke, Paul. Ich möchte nichts. Ich komme ja gerade von zu Hause. Ich wollte nur mal nach Amely sehen und ein paar Sachen vorbeibringen.« Sie schob den Koffer, den Paul neben ihr abgestellt hatte, zu ihrer Freundin hin. »Schau es durch, und nimm dir, was dir gefällt. Es ist nichts Besonderes, aber für den Moment vielleicht eine Hilfe. Und wenn du noch etwas brauchst – du weißt ja, wie du mich erreichst.«

»Ich habe Amely gerade vorgeschlagen, shoppen zu gehen. Wir wollten nach Glasgow.«

»Gute Idee«, stimmte Maighread zu. »Shirts und Hosen sind im Koffer. Aber du brauchst auch Unterwäsche – da wollte ich dir nichts Gebrauchtes zumuten. Eine Zahnbürste hatte ich noch neu und verpackt im Schrank. Genau wie Zahnpasta, Seife, Shampoo. So musst du nicht alles neu kaufen. Sicher kannst du auch einiges aus dem Haus retten. Aber das braucht natürlich Zeit. Ich verstehe das.«

»Ich kann da gerade nicht reingehen. Es zerreißt mich.« Amely sah auf den Boden und sprach leise.

Ihr Schmerz traf Maighread mitten ins Herz. Wie gern hätte sie ihr das abgenommen.

»Weißt du, ich habe noch etwas eingepackt. So eine Art Aufgabe.« Sie legte den Stoffbeutel auf den Tisch und zog zwei Knäuel *Tweed Love* hervor. Eins in Blau und eins in Mint. Dann kramte sie das Blatt mit der Anleitung und die passenden Stricknadeln aus der Tasche.

»Was strickst du?«, wollte Amely wissen. Maighread spürte, dass ihre Freundin froh war, das Thema wechseln zu können.

Sie grinste.

»Ich stricke das Gleiche wie du und Chloe – die aber noch nichts von ihrem Glück weiß. Weißt du, Amely, ich war traurig, weil ich ahne, was uns für eine schwierige Zeit bevorsteht. Und da dachte ich mir, es wäre doch perfekt, wenn wir etwas hätten, was wir gemeinsam machen können. Freundinnenzeit. Ein bisschen Leichtigkeit. Plaudern, Lachen, Pläne schmieden – all so was eben. Weg von den Problemen.«

Amely schnaubte. »Klingt verlockend«, sagte sie. »Und die Ruine, die mein Haus war, blenden wir mal eben aus?«

»Ja, genauso dachte ich mir das.« Maighread sah ihr geradewegs in die Augen. »Sag nicht, du willst dich Tag und Nacht nur mit Problemen beschäftigen. Wann willst du durchatmen? Kraft tanken? Siehst du, genau dafür ist das gedacht. Wer sagt denn, dass wir uns nicht in all dem Elend trotzdem gemeinsame Strickstunden gönnen können? Und selbst wenn wir nicht immer zusammen sein können beim

Stricken, wissen wir doch, dass die anderen am gleichen Strickstück arbeiten. Das verbindet.«

Amely verzog das Gesicht. Maighread sah, dass sie sich sträubte, doch Paul strahlte. »Was für eine zauberhafte Idee, Maighread«, sagte er. »Und was soll es werden?«

»Ein Poncho. Zwei lange Rechtecke, die dann jeweils verbunden werden – die kurze Seite kommt an die lange Seite und umgekehrt. Ganz einfach, aber ich glaube, mit dem Zopfmuster, das ich mir ausgedacht habe, und dem Farbakzent – todschick.«

»Und absolut nützlich, morgens kann man jetzt schon etwas Warmes zum Drüberziehen gebrauchen.« Paul nickte begeistert, und Amelys Widerstand schien zu bröckeln.

»Ich denke drüber nach.«

Immerhin. Mehr hatte Maighread gar nicht erwartet. Sie erinnerte sich an Chloes Warnung, Amely nicht zu bedrängen, und verkniff sich weitere Fragen, obwohl sie sehr gern gewusst hätte, was in Amely vorging und welche Pläne sie hatte. Sie würde später Peter fragen. Der wusste vielleicht mehr.

»Also gut, ihr Lieben. Ich wollte euch gar nicht lange stören. Amely, erhol dich ein bisschen. Glaub mir, alles wird gut.«

Beschwingt machte Maighread sich auf den Weg. Immerhin hatte Amely sie nicht vom Boot gejagt, das verbuchte sie als Erfolg.

Nach einem kurzen Abstecher in den Strickladen saß sie bald darauf wieder im Auto und war auf dem Weg zu dem Termin, der ihr im Magen lag.

Eine Stunde später waren Maighreads Hoffnungen auf die Größe einer Wollfluse geschrumpft.

»Danke, Doktor Anderson. Ich melde mich.«

Wie betäubt verließ sie die Praxis. *Es wäre möglich, dass Sie auf natürlichem Weg nicht schwanger werden können,* hallten die Worte des Arztes in ihr nach.

Kapitel 15

Amely

Kaffeeduft zog in ihre Kajüte. Amely schnupperte, reckte sich und fühlte sich einen Moment wohlig und unbeschwert. Doch in der nächsten Sekunde schwappte die Realität wie eine eiskalte Welle des Loch Lomond über sie hinweg. Sie schnappte entsetzt nach Luft.

Wie hatte sie vergessen können, was für ein Desaster ihr Leben gerade war? Mit der Erkenntnis kam die Erschöpfung zurück, die sie im Schlaf für ein paar Stunden hatte abstreifen können.

Am liebsten hätte sie sich die Decke über den Kopf gezogen. Doch aus der Kombüse drangen ein helles Klappern und das Pfeifen des Wasserkessels zu ihr. Bestimmt bereitete Paul gerade Rühreier vor und wartete darauf, dass sie zum Frühstück kam. Statt sich also die Decke über den Kopf zu ziehen, schlug Amely sie zurück und schwang die Beine aus der Koje.

Sofort stand Piper, der in seinem neuen Körbchen neben der Koje geschlafen hatte, schwanzwedelnd vor ihr. Wie jeden Morgen hatte er auf Amelys erste Regung gelauert. Das Körbchen hatte Paul ihm geschenkt. Er hatte es sich nicht nehmen lassen, einen Haustierladen zu stürmen und halb leer zu kaufen, als sie gestern in Glasgow gewesen waren.

Pipers Lieblingsfutter für mindestens einen Monat, Hundeleckerchen, drei Hundekörbchen – ein wasserfestes lag an Deck, das dritte im Wohnbereich –, ein schickes neues Halsband, Spielzeug, einen Bademantel und mehrere Hundehandtücher hatte er gekauft.

Auf Amelys Protest hatte Paul mit Schulterzucken und einem vergnügten Funkeln in den Augen reagiert. »Lass mir doch den Spaß, ich habe schließlich keine Kinder, die ich verwöhnen könnte.«

»Aber ein Bademantel? Ist das nicht ein wenig übertrieben?« Piper war schließlich kein verhätscheltes Zuckerpüppchen, sondern ein ungestümes Riesenbaby, das keine Angst vor Wasser hatte.

»Na ja.« Paul hatte gegrinst. »Die Handtücher und der Bademantel sind weniger dazu da, ihm eine Freude zu machen, sondern vielmehr dafür, unsere Nerven zu schonen. Ich habe schon mitbekommen, dass Piper Matsch und Wasser liebt. Ich mag ihn wirklich sehr gern und freue mich, dass er – natürlich zusammen mit dir – mein Gast ist. Und ich gönne ihm den Spaß im See von Herzen. Ihm zuzuschauen, wie er tobt, ist mir ein echtes Vergnügen. Ich habe übrigens schon ein paar witzige Fotos von ihm und fliegenden Wassertropfen.

Aber ich mag mein Hausboot auch, und so ein nasser Hund in den Kajüten kann schwierig werden. Also sieh es bitte einfach als Selbstschutz und lass uns machen. Piper und ich sind ein prima Shoppingteam.«

»Dagegen kann ich ja schlecht argumentieren.« Amely hatte ihren Widerstand aufgegeben und geseufzt.

»Wieso nicht gleich so?« Paul hatte ihr zugezwinkert und weiter den Einkaufswagen vollgepackt.

Für Piper war das alles sehr in Ordnung. Dieser Laden war ganz nach seinem Geschmack. Hunde waren nicht nur erlaubt, sondern wirklich willkommen. Es gab viel zu schnuppern, er durfte Futter testen und verschiedene Körbchen probeliegen. Amely hatte sich an ein Regal gelehnt und Paul und Piper beobachtet. Die beiden hatten Spaß, das konnte sie deutlich sehen. Vor allem war Piper so beschäftigt, dass er ganz vergaß, Unsinn anzustellen.

Beim Beladen des Kofferraums war er Paul dann aber keine Hilfe mehr gewesen. Neugierig hatte er alles beschnuppert und sich Paul immer wieder gekonnt in den Weg gestellt. Also hatte Paul seinen Einkaufsassistenten auf die Rückbank des Autos verfrachtet. Dort hatte er gesessen, Paul beobachtet und dabei laut auf einem Stück Trockenfleisch herumgeschmatzt. Die neue Stoffente, die vor ihm auf dem Sitz lag, hatte er mit einer Pfote gesichert, damit sie nicht versehentlich davonflog.

Die Ente hatte er auch jetzt im Maul, als er Amely einen guten Morgen wünschte – natürlich auf Hundeart mit wedelndem Schwanz.

»Guten Morgen, du Strolch«, grüßte Amely zurück.

Sie streichelte ihn unter dem Kinn und über den Kopf und lächelte ihn an. Als sie ein bisschen an der Stoffente zupfte, hielt Piper sofort dagegen. Zerrspiele waren seine Leidenschaft. Er gab ein dumpfes »Wuff« von sich.

»Ich kann dich gar nicht verstehen, du bellst so undeutlich, als hättest du eine Ente im Maul«, scherzte sie und zog Piper an sich. Sie legte die Arme um ihn und war so dankbar, dass sie ihn hatte. »Na, mein Schöner, hast du gut geschlafen?«

Pipers Schwanzwedeln wurde stürmischer, und Amely nickte. Sie wusste genau, was er wollte. »Gib mir fünf Minuten«, sagte sie. »Dann geh ich ein Stück mit dir spazieren.«

Dieses Versprechen bereute Amely, kaum dass sie es ausgesprochen hatte. Erst jetzt registrierte sie, dass der Regen schräg gegen das Bullauge prasselte und das Boot ordentlich schaukelte.

»Ich lasse dich raus, und du beeilst dich mit deinem Morgengeschäft bitte«, korrigierte sie sich. »Den Spaziergang verschieben wir auf später. Es wird ja hoffentlich nicht den ganzen Tag regnen.«

Amely gähnte und streckte sich. Dann huschte sie ins Bad und warf sich zwei Hände voll Wasser ins Gesicht. Danach fühlte sie sich wach.

Zwanzig Minuten später betrat sie die Wohnkajüte. Paul saß am Esstisch, trank einen Kaffee und las Zeitung. Bei gutem Wetter liebte er es, an Deck zu sitzen. Aber das wäre heute reichlich ungemütlich geworden, da der Herbst sich von seiner nasskalten Seite zeigte.

»Guten Morgen, Paul«, grüßte Amely. »Ganz schön kalt geworden.«

In den paar Minuten, die sie mit Piper draußen gewesen war, hatte der frische Wind, der über den See pfiff, sie ordentlich durchgepustet. Amely rieb ihre kalten Hände aneinander und schüttelte sich fröstelnd.

Eigentlich hatte sie heute zu den Alpakas gehen wollen. Sie hatte Sehnsucht nach ihren Tieren. Auch die Hühner fehlten ihr. Und wie es Joel und Maggie wohl ging? Amely hatte die beiden Tigerkatzen am Sonntag bei den Stallungen gesehen und noch ein wenig mit ihnen geschmust. Ein Glück, dass sie Freigänger waren, sie würden in der neuen Umgebung zurechtkommen.

Die Tiere waren gut versorgt, das wusste Amely. Egal ob Alpakas, Hühner oder Katzen. Auf Joshua und seine Leute konnte sie sich verlassen. Aber darum allein ging es nicht. Tiere brauchten mehr als nur Futter. Ihr Zuhause war ihnen entrissen worden. Der Gedanke daran trieb ihr erneut Tränen in die Augen. Sie fühlte sich elend.

»Amely, guten Morgen.« Paul stand auf und gab ihr einen Kuss auf die Wange. »Ich habe euch schon draußen gesehen, nicht gerade ein einladender Tag für einen Spaziergang.«

»Da hast du allerdings recht.«

»Möchtest du Tee? Kaffee? Ich habe beides gekocht. Und die Rühreier sind auch gleich fertig, es ist alles vorbereitet.«

»Setz dich doch, du musst mich nicht bedienen, Paul. Ich kann mir meinen Tee wirklich auch selbst nehmen. Und wieso lässt du mich nicht die Rühreier braten?« Amely versuchte, Paul zu bremsen, doch er dachte gar nicht daran, auf sie zu hören.

»Ich weiß, dass ich dich nicht bedienen muss.« Er lächelte sie warm an. »Aber was, wenn ich es möchte? Lass mich dein Frühstückskoch und Kellner sein. Bitte!« Er senkte den Kopf und warf ihr einen Blick zu, der Piper Konkurrenz machte.

»Hast du ihm das beigebracht?«, fragte Amely an Piper gerichtet und konnte gar nicht anders, als zu lächeln.

»Ich lerne von den Besten«, rühmte sich Paul und grinste zufrieden. »Ich nehme dein Lächeln als ein Ja. Also los. Du setzt dich hin, und Piper und ich kümmern uns um die Eier und natürlich um sein Frühstück. Der junge Mann hat sicher schon ordentlich Appetit.«

Wie geheißen setzte Amely sich auf die Bank. Sie nahm die Wolldecke und legte sie sich über die Beine. Die Heizung direkt neben ihrem Sitzplatz kam ihr sehr gelegen, da konnte sie ihre kalten Hände wärmen.

Paul kam mit einer Tasse Tee und stellte sie vor Amely hin. »Bitte schön, die Dame. Wohl bekomm's. Der Rest folgt. Bin gleich wieder da.«

Amely wechselte mit den Händen von der Heizung zur Teetasse, stellte sie aber gleich hastig wieder ab. Verflixt, war die heiß.

Sie ließ ihren Blick durch den Raum wandern. Paul hatte ein Händchen für eine behagliche Einrichtung. In dem überwiegend mit Mahagoniholz ausgestatteten Raum hatte er mit LED-Kerzen, Kissen und Decken dekoriert, alles in Cremeweiß und einem satten Orange, das sehr gut zum Ton des Holzes passte. Selbst das große Hundekörbchen für Piper fügte sich farblich harmonisch ein.

Auf der Bank neben Amely lag der Stoffbeutel, den Maighread ihr gestern vorbeigebracht hatte. Einen Moment zögerte sie, doch dann griff sie zu. Sie zog die Wolle und die Stricknadeln aus der Tasche und legte die Sachen vor sich auf den Tisch. Dann nahm sie Maighreads Anleitung zur Hand. *Tweed Love*-Poncho.

Da Amely es bisher noch nicht geschafft hatte, die Dinge im Haus zu sichten, wusste sie nicht, was von ihren Stricksachen überlebt hatte. Sie könnte gerade jetzt, mit der beginnenden kühleren Jahreszeit, dringend einen Poncho gebrauchen. Maighread hatte den Nagel auf den Kopf getroffen mit dieser Anleitung.

Ohne sich dessen richtig bewusst zu sein, hatte Amely

sich den Faden um den Finger gewickelt und die ersten Maschen angeschlagen. In der linken Hand hielt sie den Faden zwischen Daumen und Zeigefinger gespannt. Die Länge des Anfangsfadens hatte sie in etwa abgeschätzt. Dabei kam ihr die langjährige Strickerfahrung zugute.

Für die Anfangskante wählte sie, wie Maighread es in der Anleitung vorgegeben hatte, den elastischen Anschlag. Dafür führte sie die Stricknadel immer einmal extra unter den gespannten Fäden hindurch erst nach hinten und von dort über die Fäden in die Mitte und dazwischen hinunter. Erst dann holte sie in einer Drehung von vorn nach hinten den gespannten Faden vom Zeigefinger, um damit die neue Masche zu bilden. Dieser Extraschlenker beim Anschlag generierte eine hübsche Kante, die obendrein schön elastisch war.

Inzwischen machten ihre Hände das von allein, ohne dass sie darüber nachdenken musste. Anfangs allerdings hatte ihr der Kopf geschwirrt vor lauter Drunter und Drüber. Sie hatte befürchtet, das nie zu kapieren. Und plötzlich – zack – hatte sie den Schwung herausgehabt und liebte diesen Anschlag seither sehr. Sie nutzte ihn fast immer.

Während sie strickte, gingen Amely viele Gedanken durch den Kopf. Sie war sich noch immer nicht schlüssig, ob sie das Haus sanieren und wieder einziehen oder es verkaufen und zurück nach Edinburgh gehen sollte. Und dann wiederum musste sie sich darüber klar werden, ob sie trotzdem sanierte und erst dann verkaufte. Im jetzigen Zustand würde es vermutlich schwer werden, einen Käufer zu finden. Zumindest einen, der einen fairen Preis zahlen würde. Aasgeier gab es sicher, aber Amely hatte keine Lust, sich über den Tisch ziehen zu lassen.

Dieser Brand warf sie derart in allem zurück, dass sie einfach nicht wusste, ob sie die Kraft hatte, all ihre Pläne trotzdem weiterzuverfolgen.

Wie sollte das eben erst begonnene Alpaka-Projekt weitergehen? Sie hatte die Tiere nicht nur zur Wollproduktion angeschafft, sondern auch Pläne für Alpaka-Begegnungen gehabt. Ihr Hof sollte Anziehungspunkt für gestresste Menschen werden – Kinder ebenso wie Erwachsene. Jetzt wäre er allenfalls etwas für Schaulustige.

Falls sie sich entscheiden sollte, all das hier aufzugeben, konnte sie sich gut vorstellen, dass Joshua ihre Tiere übernehmen würde. Er hatte genug Fläche, um eine kleine Alpaka-Herde langfristig zu beherbergen. Vielleicht würde er sogar Spaß daran finden und größer in die Alpaka-Zucht einsteigen. Auch das schien Amely möglich.

Da sie spürte, wie ihre Kehle eng wurde und Panik in ihr aufstieg, konzentrierte sie sich auf ihre Atmung. Einatmen, zwei, drei, vier, ausatmen, zwei, drei, vier. Einatmen, zwei, drei, vier, ausatmen, zwei, drei, vier.

Indem sie sich in Gedanken den Rhythmus vorgab, schaffte sie es, die Konzentration bei der Atmung zu halten. Das hatte Chloe ihr damals beigebracht, als sie nach dem Tod ihrer Mutter so verzweifelt gewesen war.

Obwohl das Feuer und der Tod ihrer Mutter vollkommen unterschiedliche Ereignisse waren, katapultierte der Schock Amely wieder zurück in die Vergangenheit. Sie fühlte sich ebenso hilflos, verzagt und überfordert wie in ihrer Trauerzeit.

Der Verlust ihrer Mutter hatte ihr Leben komplett verändert, und wenn sie jetzt nach Edinburgh zurückging, dann hätte das Feuer genau das Gleiche verursacht.

Wieder zurück auf Anfang, dachte Amely bitter. Wenn doch nur ihre Mutter bei ihr wäre und ihr einen Rat geben könnte. Dieser Wunsch war seit Sonntagnachmittag da und wurde mit jeder Stunde stärker.

Natürlich wusste Amely, dass es unmöglich war, aber zumindest hatte sie noch das Gedicht ihrer Mutter. Die Kopie war bereits zerfleddert, da sie das Blatt zusammengefaltet in ihrer Handtasche trug. Seit damals. Jetzt zog sie es hervor, faltete es vorsichtig auseinander und las die Zeilen, die ihr damals Trost gespendet hatten.

Denk an mich in diesen Tagen.
Wenn das Herz dir schwer ist,
wenn Traurigkeit dich überflutet.
Denk an mich in diesen Tagen.
Lass zu, dass die Erinnerung dich wärmt.
Denk an das Lachen, an die Liebe und Nähe.
Denk an mich in diesen Tagen,
und spüre, wie die Erinnerung den Schmerz heilt.
Denk an mich in diesen Tagen,
und wecke das Glück, das wir teilen durften.
Denk an mich in diesen Tagen, und ich verspreche dir,
ich denke an dich, wo auch immer ich jetzt bin.

»Alles okay? Ach Amely, Schatz. Komm mal her.«

Paul, der mit den Rühreiern an den Tisch getreten war, stellte die zwei Teller hastig ab und nahm Amely in die Arme. Er hielt sie einfach nur und ließ sie weinen.

Piper hatte sich dicht neben Amely und Paul gesetzt und drückte sich gegen ihre Beine.

Amely versuchte, sich zu fangen, aber es gelang ihr minutenlang nicht. Während sie weinte und sich von Paul halten ließ, dachte sie nach.

Folge deinem Herzen, hatte ihre Mutter sie aufgefordert. Aber was bedeutete das? Was, wenn ein Teil ihres Herzens sich in die Stadt zurücksehnte? Oder war es nur die Angst vor dem Neuanfang, der sie so viel Kraft kosten würde? Ein Umzug nach Edinburgh würde auch nicht einfach werden, da musste sie sich nichts vormachen. Sie müsste komplett von vorn beginnen, und sie wäre allein.

Paul war ein guter Freund, aber er war meistens in der Welt unterwegs. Der Kontakt zu ihren alten Freunden war eingeschlafen. Wie würden sie reagieren, wenn Amely plötzlich wieder zurückkam?

Und was würden Maighread und die anderen sagen, wenn sie sich entschied, Callwell und damit zumindest teilweise auch ihnen den Rücken zu kehren? Natürlich konnte man befreundet sein, auch wenn man nicht am selben Ort lebte. Edinburgh war nicht aus der Welt. Aber es wäre eine andere Art von Freundschaft. War sie wirklich bereit, all das Gute, was sie hier erfuhr, loszulassen?

Und was war mit Peter?

Sie hatten zu Beginn ihrer Beziehung darüber gesprochen. Es war klar, dass Peter an Callwell gebunden war. Er konnte nicht einfach die Koffer packen und umsiedeln. Sie müssten für die Zeit, in der Amely in der Stadt lebte, eine Fernbeziehung führen. Amely war sich nicht sicher, ob sie dazu bereit war. Verlieren wollte sie Peter aber auch nicht. Sie liebte ihn.

Sosehr sie im Moment alles infrage stellte, an ihren Gefühlen für Peter bestanden keine Zweifel. Sie wollte mit ihm zusammen sein.

Aber war es nicht möglich, die Sache umzudrehen? Vielleicht konnte er statt zu ihr eine Fernbeziehung zu seiner Destillerie aufbauen. Dieser Gedanke schien Amely verlockend. Was, wenn Peter sich ein Büro in der Stadt einrichtete, eine Dependance? Das könnte vielleicht sogar wirtschaftlich interessant sein. Schließlich ging es doch darum, zu wachsen und den Umsatz zu steigern. In Edinburgh könnte er sich einen neuen Markt erobern.

Was Peter wohl zu dieser Idee sagen würde? Sie war sich nicht sicher, ob sie den Mut haben würde, ihm den Vorschlag zu machen. Was, wenn er sie für verrückt erklärte und die Idee direkt abschmetterte?

»Besser? Was meinst du, wollen wir den Rühreiern eine Chance geben, von uns vernascht zu werden?«

»Entschuldige. Jetzt machst du dir schon so viel Mühe, und dann halte ich dich auch noch vom Essen ab.«

»Ach, das hast du getan? Du dachtest wohl, der Kerl bekommt ein Bäuchlein, den setze ich auf Diät.«

»Ach Paul.« Amely seufzte, schluchzte und lachte in einer eigenartigen Mischung.

»Magst du mir sagen, was dich umtreibt?« Paul schob sich etwas Rührei in den Mund und biss ein Stück vom Toast ab.

»Wenn ich das so genau wüsste.« Auch Amely probierte. Das Rührei war ausgezeichnet. Dass es sich in ihrem Mund in Stroh zu verwandeln schien, dafür konnte Paul nichts. Sie kaute lange und spülte das Ei letztlich mit reichlich Tee herunter. »Weißt du, ich habe das Gefühl, dass jeder Schritt, den ich mir als Möglichkeit überlege, in eine Sackgasse führt. Das Problem ist, dass ich mich so unglaublich erschöpft fühle. Ich bin mit der Situation total überfordert, und gleichzeitig ärgere ich mich darüber. Ich weiß ja, dass das Kopfsache ist. Andere Menschen haben weit schwierigere Situationen und meistern sie.«

Nachdem Amely Paul ihr Herz ausgeschüttet hatte, saßen sie eine Weile schweigend am Tisch. Piper lag neben ihnen in seinem Bett und schnarchte.

Paul aß und steckte mit seinem guten Appetit letztlich Amely an.

»Was würdest du davon halten, wenn wir beide uns jetzt wirklich eine Auszeit nehmen?«, fragte er schließlich. »Hör auf, dich wegen der Entscheidung verrückt zu machen, wie es weitergehen soll. Lass es auf dich zukommen. Ich bin mir sicher, mit etwas Ruhe wirst du auch die Antworten finden, die sich dir jetzt verweigern.«

Im ersten Moment wollte Amely die Idee von sich weisen. Sie konnte doch nicht ihr Haus in Schutt und Asche liegen lassen und Urlaub machen.

Doch dann dachte sie: Wieso eigentlich nicht?

Sie konnte sich sicher keinen teuren Urlaub leisten, und natürlich musste sie auch wieder Geld verdienen. Aber ein paar Tage Aufschub waren sicher kein Problem.

Sie nickte. »Die Idee ist gar nicht schlecht, Paul. Ich muss nur Peter Bescheid geben. Ich möchte nicht, dass er sich Zeit für die Baustelle frei hält, wenn ich noch gar nicht so weit bin, mit der Sanierung zu beginnen. Aber ist es denn für dich in Ordnung, wenn Piper und ich eine Weile bei dir auf dem Boot bleiben?«

Die Vorstellung gefiel Amely ausgesprochen gut. Sie sah sich mit Paul angeln und spazieren gehen. Sie konnten zusammen kochen und abends ein Glas Wein trinken.

»Viel mehr als in Ordnung! Ich freue mich.« Paul sah Amely ernst an. »Aber nur, wenn du mir versprichst, dass du mit der Grübelei aufhörst.«

»Ich werde es auf jeden Fall versuchen. Also gut, Kapitän. Ich werde Peter anrufen, dann stehe ich für den Kombüsendienst bereit. Was wollen wir denn heute kochen? So wie es aussieht, wird das Wetter nicht besser, da machen wir es uns eben unter Deck gemütlich.«

»Wie wäre es, wenn du Peter anrufst, ihm von unseren Plänen erzählst und ich ein paar Vorräte einkaufen gehe? Dann können wir später in aller Ruhe den Anker lichten und losschippern.«

»Wie bitte?« Amely sah ihn überrascht an. »Hast du gesagt, wir schippern los? Ich dachte, wir bleiben hier vor Anker. Wo willst du denn hin?«

»Ich dachte mir, etwas räumlicher Abstand und ein Besuch bei den Wallabys würden dir guttun.«

»Du möchtest nach Inchconnachan?« Sie erinnerte sich, dass er gestern schon von der Insel gesprochen hatte. Da hatte sie es nicht für ernst genommen und deshalb gleich wieder vergessen. Aber wie es aussah, war es kein Scherz gewesen.

»Wir wollen Urlaub machen, schon vergessen? Ich würde sagen, wir erkunden erst mal Inchconnachan, und dann sehen wir weiter.«

Amely spürte, wie die Idee ein Kribbeln in ihr auslöste. Ein kleines Abenteuer auf dem Loch Lomond, zusammen mit Paul – ganz ohne Druck, ganz ohne Verpflichtungen –, das schien ihr überaus verlockend. Auch wenn sie natürlich wusste, dass es eine Flucht war. Eine vorübergehende Flucht, korrigierte sie den Gedanken direkt. Nur um Kraft zu tanken und sich dann der Realität zu stellen.

»Das klingt gerade unglaublich verlockend. Peter ist mit mir letztes Jahr auf der Insel gewesen. Die Wallabys sind zauberhaft. Auch wenn ich vermute, sie werden von Piper nicht ganz so begeistert sein wie er von ihnen. Wir müssen ihn auf alle Fälle an der Leine halten. Danke, Paul. Für alles. Du tust mir gut.«

Paul lächelte.

»Alles, was ich möchte, ist, dass es dir besser geht, Amely. Bitte sag Peter liebe Grüße, und ich verspreche, dass ich dich wohlbehalten wieder zu ihm zurückbringe.«

»Das werde ich ausrichten.«

Amely nahm Piper mit und zog sich in ihre Kajüte zurück. Sie legte sich in die Koje und rief Peter an.

»Hey, Amely, wie schön, dass du dich meldest. Ich wollte dich auch schon anrufen, aber dann kam Kundschaft dazwischen. Wie geht es dir, Liebling? Sehen wir uns nachher? Ich habe Pläne gemacht, wie wir zügig mit den Arbeiten …«

»Peter, warte bitte. Ich weiß, du versuchst mir zu helfen. Aber bitte, im Moment kann ich das nicht. Ich weiß einfach nicht, wie ich mit der Situation umgehen soll.«

»Mit der Situation?«, echote Peter.

»Mit dem Haus, dem dadurch notwendigen Neuanfang und der ganzen Bürokratie, die daran hängt.«

Sie hörte Peter aufatmen. Es tat ihr furchtbar leid, dass sie es nicht schaffte, ihm glaubhaft zu machen, dass sie ihn liebte und das nicht infrage stellte. Sie startete einen neuen Versuch.

»Peter, Liebling, bitte glaub mir, das hat nichts mit uns zu tun. Bitte vertraue mir. Ich liebe dich. Es geht um mich, um das Haus, um die Kraft, die mir fehlt …«

»Aber dafür sind wir doch da. Ich kümmere mich um alles, Amely. Ich mache das total gern für dich. Mit der Versicherung bin ich bereits im Gespräch, das weißt du ja. Das wird auch gar nicht so schwierig wie befürchtet.«

»Das ist gut. Aber ich kann das nicht annehmen, Peter. Ich kann dich nicht meine Sachen regeln lassen und derweil Wallabys besuchen und über den See schippern. Da käme ich mir schäbig vor.«

»Wieso über den See schippern? Ich dachte, du bist zu Paul aufs Boot gezogen, weil du etwas Ruhe brauchst. Aber das liegt doch vor Anker. Du hast doch gesagt …«

»Ich weiß, was ich gesagt habe, Peter. Aber wir werden den Anker lichten. Ich muss mir einfach eine kleine Auszeit nehmen, um einen klaren Kopf zu bekommen. Ich weiß, es ist für einen Außenstehenden vielleicht albern. Aber ich kann gerade nicht in dieses nach Ruß und Vernichtung stinkende Haus. Das zerreißt mir das Herz. Ich muss erst wieder etwas mehr Kraft haben.«

»Na, dann wünsche ich dir viel Spaß mit deinem Paul. Tschüss, Amely, ich muss jetzt wieder arbeiten.«

»Peter? Peter!«

Doch er hatte das Gespräch beendet.

Kapitel 16

Maighread

Nach dem Arztbesuch ließ Maighread sich noch lange durch Glasgows Straßen treiben, ohne die Welt um sich herum wirklich wahrzunehmen. Sie fühlte sich wie in einer Blase, die sie vor der Realität abschirmte. Der Straßenlärm, Unterhaltungen, Lachen – alles kam gedämpft bei ihr an, so wie durch einen Filter.

Es regnete. Maighread hatte zwar eine Jacke an, aber sie hatte keinen Schirm dabei. Nicht lange und die nassen Haare hingen ihr ins Gesicht. Es war ihr egal. Ebenso wie die nasse Jeans und die durchnässten Schuhe.

Am späten Abend kam sie wieder nach Callwell Castle zurück, das sie mit Stille begrüßte. Während der Fahrt waren ihre Kleidung und die Haare etwas getrocknet, aber noch immer klamm. Sie war froh, dass sie allein war, so musste sie keine Fragen beantworten.

Joshua war noch unterwegs. Er hatte ihr eine Nachricht geschrieben, dass es wahrscheinlich spät werden würde. Eilidh hatte sich bereits zurückgezogen. Die Quizshow mit ihrem Lieblingsmoderator Alastair McPherson lief auf Channel Six. Diese Ausstrahlungen waren unantastbare Termine für Eilidh. Wenn Alastair über den Bildschirm flackerte, wollte sie auf keinen Fall gestört werden. Dafür nahm sie es sogar hin, dass Joshua sie regelmäßig damit aufzog und behauptete, dass sie für den charmanten Schotten schwärmte. Was Eilidh selbstverständlich vehement bestritt. Das Funkeln in ihren Augen und die rot überzogenen Wangen erzählten allerdings eine andere Geschichte.

Maighread durchquerte die Halle und sah nach den Hunden, die auf ihren Decken vor dem Kamin schliefen. Molly blinzelte Maighread verschlafen an. Sie hob kurz den Kopf und legte ihn sogleich wieder ab. Ganz sacht wedelte die Hündin zweimal mit dem Schwanz, dann schnarchte sie auch schon leise weiter. Bonny und Lennox bekamen gar nicht mit, dass jemand zur Tür hereinschaute. Lennox schnarchte, und Bonnys Pfoten zuckten im Traum.

Es war eindeutig – die Hunde hatten keine Lust, aufzustehen, um Maighread ins Schlafzimmer zu folgen. Offenbar hatte Ewan sie ordentlich müde gemacht. Für Maighread war das in Ordnung.

»Schlaft gut, ihr Süßen«, sagte sie leise und schloss die Tür. Bevor sie nach oben ging, machte Maighread noch einen kurzen Abstecher in die Küche. Sie wusste, dass Eilidh immer eine Kanne heißen Tee und ein paar Kekse bereitstellte, wenn sie vor den anderen Hausbewohnern zu Bett ging. Heute war Maighread dankbar dafür, denn sie fror innerlich und äußerlich.

Mit einer großen Tasse Tee und einem kleinen Teller Shortbread, den sie auf der Tasse balancierte, stieg Maighread ein paar Minuten später die Stufen der Haupttreppe hinauf. Die Wärme tat ihren eiskalten Fingern gut.

Mit dem Ellbogen öffnete sie die Tür zum Schlafzimmer und trat ein. Das Betthupferl platzierte sie auf dem

Nachttisch. Die noch immer feuchte Jeans wanderte auf die Heizung. Maighread machte sich fertig zur Nacht. Sie zog Bettsocken über die kalten Füße und kroch gleich darauf mit einem erleichterten Seufzen und ihrem Strickzeug ins Bett.

Die Stille um sich herum empfand sie als sehr wohltuend. Nur sie und ihre Gedanken. Maighread war nicht nach Fernsehen oder anderer Ablenkung.

Während sie das Strickzeug betrachtete, ohne die Maschen wirklich zu sehen, nippte sie an dem Tee. Es war eine von Chloes Mischungen, und Maighread spürte die wohltuende Wirkung mit jedem Schluck. Das feine, fruchtige Aroma wurde von einem Hauch Zimt begleitet, und im Nachgang spürte sie die scharfe Ingwernote. Dieser Tee wärmte nicht nur ihren Körper, sie hatte das Gefühl, er würde ihre Seele streicheln. Genau das, was sie jetzt dringend brauchte.

Das musste Chloes neuer Wintertee sein. *Sonne an einem kalten Wintertag* hatte sie ihn genannt und Maighread letzte Woche schon mal kosten lassen. Danke, Chloe, dachte Maighread. Ihre wunderbare Freundin hatte intuitiv wieder einmal die perfekte Mischung für den richtigen Moment gefunden. Auch wenn sie bei der Zusammenstellung der Zutaten nicht einmal ansatzweise hatte ahnen können, was für eine schwierige Zeit ihnen allen bevorstand und wie dringend nötig sie diese *Sonne an einem kalten Wintertag* selbst jetzt schon, im beginnenden Herbst, brauchen würden. Maighread nahm sich vor, auch Amely etwas von der Mischung zu bringen. Das würde ihr sicher guttun.

Mit einem Mal fühlte Maighread sich so erschöpft, dass sie am liebsten losgeheult hätte. Aber sie kämpfte dagegen an und schluckte die an die Oberfläche drängenden Tränen hinunter.

Das Ergebnis ihrer Untersuchung beim Frauenarzt hatte sie hart getroffen. Auch wenn sie schon geahnt hatte, dass es ein Problem geben könnte – es aus dem Mund des Arztes zu hören, hatte eine andere Qualität.

Es wäre möglich, dass Sie auf natürlichem Weg nicht schwanger werden können. Sie konnte nicht aufhören, diesen Satz zu denken.

Wie unscheinbar er daherkam. So harmlose Worte und doch solch eine zerstörerische Wucht dahinter.

Maighread versuchte, sich mit dieser Möglichkeit vertraut zu machen. Sie spürte in sich hinein, um herauszufinden, wie schlimm es für sie wäre, wenn der Verdacht sich bestätigen würde. Wenn am Ende nur sie und Joshua blieben. Waren sie einander genug?

Überwältigt von der Flut der Emotionen, gab Maighread den Widerstand auf und ließ die Tränen doch fließen. Sie spürte die Trauer, aber eine wirkliche Antwort fand sie nicht, weil sie an diesem Punkt ihrer Vorstellung stockte und nicht weiterkam.

Etwas in ihr weigerte sich, die Möglichkeit, kinderlos zu bleiben, wirklich in Betracht zu ziehen. Sie wollte so nicht denken, deshalb schaffte sie es nicht, sich in dieses Szenario hineinzufühlen. Es kam ihr vor, als wäre sie mit Jim Knopf und Lukas dem Lokomotivführer in diesem schwarzen Tunnel unterwegs. Ein falsches Gefühl und die Schwärze würde sie verschlingen. Das durfte nicht geschehen!

In diesem Moment übernahm diese Kraft, die Maighread in sich trug, die zu ihrem Wesen gehörte wie das Atmen zum Leben, die Führung. Ohne es bewusst zu steuern, drehte sie die Sache um.

Wenn die Möglichkeit bestand, dass sie nicht schwanger werden konnte, bedeutete das genauso gut, dass es auch die Möglichkeit gab, dass sie nicht nicht schwanger werden konnte.

Wieder zog Maighread den Vergleich zu der Kindergeschichte von Michael Ende, die sie in ein paar Jahren auf jeden Fall Sheona vorlesen wollte. Und vielleicht …

Kaum hatte sie angefangen, in diese Richtung zu denken, ging es ihr besser. Sie wollte sich auf die guten Möglichkeiten fokussieren. Gute Gedanken waren wie der zu Schnee kristallisierende Dampf der Lokomotive, der den beiden Helden der Geschichte den Weg wies und die Gefahr bannte.

Am Ende dieser doppelten Verneinung sah Maighread ein Baby in ihren Armen liegen. *Ihr* Baby. An dieses Bild klammerte sie sich.

Maighread genoss die Zeit für sich allein. Joshua war zuerst bei einer Klimabesprechung und später bei Peter aufgehalten worden, das kam ihr ganz gut zupass. So hatte sie noch einen kleinen Aufschub, bevor sie sich der Realität stellen musste.

Sie griff nach ihrem Strickzeug, das sie zwischendurch in ihren Schoß gelegt hatte, und während sie Reihe für Reihe arbeitete und langsam die Zöpfe entstanden, die sie für den *Tweed Love*-Poncho in der Strickschrift kombiniert hatte, wurde die Angst in ihr kleiner und der Mut und die Zuversicht wurden größer. Irgendwann fielen ihr die Augen zu, und sie musste das Strickzeug zur Seite legen.

Als ihr Liebster spät neben sie ins Bett kroch und sie küsste, zog Maighread ihn an sich. Sie genoss es, ihn so nah bei sich zu haben.

»Ich habe dich auch vermisst«, flüsterte Joshua heiser in

ihr Ohr. Er knabberte sacht an ihrem Hals und küsste sich von dort langsam bis zu ihren Lippen. Maighread ließ sich in die Zärtlichkeiten fallen und erwiderte seine Leidenschaft.

»Wie war es denn heute Nachmittag bei Dr. Anderson?«, fragte Joshua sehr viel später.

Natürlich wollte er das wissen, und Maighread würde auch mit ihm darüber sprechen. Aber nicht gerade jetzt. Sie wollte noch ein bisschen in diesem Schwebezustand bleiben, in den er sie katapultiert hatte. Deshalb tat sie, als wäre sie schon eingeschlafen. Morgen, dachte sie noch. Morgen sprechen wir und überlegen uns die nächsten Schritte. Und dann war sie, dicht an Joshua gekuschelt, wirklich eingeschlummert.

***

Leider dauerte ihr Schlaf nur kurz. Bald schon schlug Maighread die Augen wieder auf und starrte in die dunkle Nacht. Joshua neben ihr atmete tief und regelmäßig. Sie dagegen lag wach und grübelte.

Zu dem bis jetzt unerfüllten Kinderwunsch gesellte sich das schlechte Gewissen, das sie Joshua gegenüber hatte. So zu tun, als würde sie schlafen, war unfair. Nur weil es ihr besser in den Kram gepasst hatte. Sie schämte sich für ihre eigene Feigheit. Und so wälzte sie sich lange von einer Seite zur anderen und versuchte dabei, Joshua nicht zu stören.

»Guten Morgen, meine wunderschöne Ehefrau.«

Sofort öffnete Maighread, die nur halb geschlummert hatte, die Augen und sah Joshua dicht vor sich. Er hatte sich zu ihr gedreht und lächelte sie an.

Bevor sie richtig wusste, wie ihr geschah, liefen ihr die Tränen über die Schläfe aufs Kissen.

»Liebling!« Erschrocken setzte Joshua sich auf und zog Maighread in seine Arme. »Hey, was ist denn los?« Er drückte sie an sich, streichelte über ihren Rücken und über ihre Haare.

Maighread brauchte einen Moment, bis sie sich wieder unter Kontrolle hatte. Sie lächelte Joshua schief an und murmelte eine Entschuldigung.

»Hör auf, dich zu entschuldigen, Liebling. Aber sprich mit mir, bitte. Was ist denn los? Hattest du einen Albtraum? Ist es wegen Amely? Machst du dir Sorgen?«

»Stopp!« Maighread gab ihm einen Kuss, dann richtete sie sich auf und lehnte sich mit dem Kissen im Rücken an ihr Bettkopfteil. Sie zog sich die Decke fast bis zum Kinn.

Joshua setzte sich im Schneidersitz ihr gegenüber und ließ sie nicht aus den Augen.

Stockend erzählte Maighread ihm von der Vermutung des Gynäkologen. »Er sagt, meine Eierstöcke haben Verwachsungen, die es schwierig machen können, auf natürlichem Weg schwanger zu werden.«

Sie konnte den Schreck sehen, den sie mit ihrem Bericht bei Joshua auslöste. Seine Mimik verriet ihn. Er brauchte ein paar Sekunden, dann holte er tief Luft, nahm Maighreads Hände und sah sie eindringlich an. »Ich verstehe, dass du erschrocken bist über diese Diagnose. Aber hey, er hat nicht gesagt, dass es unmöglich ist, oder?«

Da Joshua sie ansah und auf eine Antwort wartete, nickte sie.

»Na also. Schwierigkeiten haben uns doch noch nie von etwas abgehalten. Das werden sie auch jetzt nicht.«

»Und was ist, wenn es nicht klappt?« Ihre eigene Stimme klang fremd in Maighreads Ohren. Es fiel ihr schwer, die Frage auszusprechen, aber sie mussten über diese Möglichkeit reden.

»Noch ist es nicht so weit«, wehrte Joshua den Gedanken jedoch ab. Genau wie Maighread es gestern Abend getan hatte.

»Aber was, wenn?« Sie wollte selbst nicht in diese Richtung denken, aber sie fand es wichtig, dass sie beide als Ehepaar sich der Situation stellten und nichts verdrängten. »Versteh mich nicht falsch, Joshua. Ich glaube auch, dass es möglich ist, und ich wäre überglücklich, wenn es einfach so klappt. Aber ich finde, wir sollten für uns herausfinden, was wir tun wollen, wenn ich nicht schwanger werden kann. Liebst du mich auch, wenn ich dir keine Kinder schenken kann?«

Sie hatte ihn das nicht so direkt fragen wollen, aber als sie es aussprach, merkte sie, dass genau das ihre tief sitzende Angst war. Maighread bebte. Was war sie für Joshua, wenn sie nicht die Mutter seiner Kinder sein konnte?

Sie hörte ihn keuchen.

»Ist das dein Ernst?« Er beugte sich zu ihr, legte ihr die Hände auf die Schultern und schüttelte sie sacht. »Maighread, ich liebe dich! Wie kannst du das infrage stellen? Wie kommst du darauf, dass eine Schwangerschaft oder Nicht-Schwangerschaft etwas daran ändern könnte? Liebling!«

»Ich weiß, dass du dir eine Familie wünschst. Aber ich weiß nicht, ob ich dir diesen Wunsch erfüllen kann.«

»Zuallererst bist du meine Familie. Maighread, ich habe mich mit Haut und Haaren in dich verliebt, im ersten Moment, als ich dich sah. Auch wenn mein Verstand eine Weile gebraucht hat, das zu kapieren, mein Herz war längst deins.

Und wenn es so sein sollte, dass du nicht auf natürlichem Weg schwanger werden kannst, dann haben wir immer noch andere Möglichkeiten. Solltest du gar nicht schwanger werden können, finden wir auch eine Lösung. Wir könnten darüber nachdenken, Kinder zu adoptieren.«

»Aber …«

»Aber das wäre nicht das Gleiche, meinst du?«, fiel Joshua ihr ins Wort. Jetzt wirkte er nachdenklich. »Ich bin mit wunderbaren Eltern aufgewachsen. Ich hatte einen Vater, der mir ein Vorbild war. Er hat dazu beigetragen, dass ich der Mann bin, den du heute vor dir siehst. Er liebt mich, und ich liebe ihn. Und das, obwohl ich nicht sein leiblicher Sohn bin. Wer, wenn nicht ich, sollte einer Adoption offener gegenüberstehen?«

Damit hatte er natürlich recht. Maighread dachte an damals, als die Tatsache, dass Joshua nicht ihr Halbbruder war, ihre Liebe gerettet hatte.

Eigentlich hatte ihr gemeinsamer Vater seiner Frau am Sterbebett versprochen, das Geheimnis über Joshuas Adoption zu wahren. Aber am Ende hatte Johns Wort, das er seiner sterbenden Frau gegeben hatte, gegen das Glück oder Unglück seines Adoptivsohnes und seiner Tochter gestanden, und John hatte sich für das Leben und die Liebe entschieden und Joshua die Wahrheit gesagt.

Nach dem ersten Schock hatte Joshua es gut angenommen. Vielleicht zu gut? Maighread fiel auf, dass sie nie sehr viel darüber gesprochen hatten. Joshua hatte das mit sich ausgemacht. Über seine leiblichen Eltern hatte er nichts erfahren und auch nicht nach ihnen gefragt. Vielleicht war es an der Zeit, das zu ändern.

»Hast du je darüber nachgedacht, wer deine leiblichen Eltern sind? Was aus ihnen geworden ist?«

»Nein. Oder ja, aber ich wollte es nicht zulassen und habe das Thema verdrängt. Wir haben ein glückliches Leben. Diese Menschen wollten nicht, dass ich zu ihnen gehöre, also interessieren sie mich nicht.«

Maighread ließ Joshuas Aussage unerwidert stehen, obwohl sie das durchaus diskussionswürdig fand. Sie hatte das Gefühl, es wäre gerade nicht der richtige Moment, das Thema zu vertiefen.

Aber vielleicht war es Schicksal, dass Joshua, der selbst adoptiert wurde, nun seinerseits über die Möglichkeit nachdachte, Kinder zu adoptieren. Oder steigerte sie sich da gerade in etwas hinein? Auch das war möglich. Immerhin war es noch nicht so weit. Bevor sie an eine Adoption dachten, gab es noch einige Alternativen. Und es bestand immer noch die Möglichkeit, dass alles sich löste und sie trotz der Schwierigkeiten schwanger wurde.

»Lass uns Ruhe bewahren, Maighread, und nicht so schnell aufgeben. Immer einen Schritt nach dem anderen. Okay? Wir können einfach zu zweit glücklich leben, und alles andere wird sich zeigen, wenn die Zeit dafür reif ist. Ich glaube, jetzt gerade sind wir beide sowieso etwas angeschlagen. Die letzten Tage waren hart, und unser Hochzeitsfest hätten wir uns wahrhaft anders gewünscht. Weißt du was? Wenn sich alles etwas beruhigt hat, machen wir beide etwas Schönes. Nur du und ich. Was sagst du? Möchtest du mit mir im Mondschein tanzen?«

Joshua hatte recht, die letzten Tage waren wirklich anstrengend und wie verhext gewesen. Sie hatten funktioniert, aber sie hatten das alles – das Feuer, die vermurkste Hochzeitsfeier und obendrein die Hiobsbotschaft beim Arzt – noch nicht einmal ansatzweise verarbeitet. Wann denn auch? Sie hatten überhaupt keine Zeit für sich gehabt.

Was für ein schöner Gedanke, das Fest nur zu zweit zu einem schönen Abschluss zu bringen. Mit Joshua würde Maighread immer tanzen. Im Mondschein, im Regen oder bei Sonnenschein – das war alles unwichtig, solange sie in seinen Armen liegen konnte. In diesem Moment wurde sie überflutet von der Liebe zu ihrem wundervollen Mann.

Maighread schob die Decke zurück und krabbelte über die Matratze zu Joshua. Sie kletterte auf seinen Schoß und küsste ihn.

»Oder wir versuchen, schwanger zu werden«, flüsterte sie. »Vielleicht wäre jetzt gerade ein sehr guter Zeitpunkt. Und wenn es nicht klappt, dann versuchen wir es wieder. Vielleicht nach dem Tanz im Mondschein.«

Bevor Joshua antworten konnte, klingelte Maighreads Handy.

»Mieses Timing«, grummelte er.

»Chloe«, erklärte Maighread nach einem Blick zum Nachttisch. Sie nahm den Anruf an. »Hey, Chloe. Ist es wichtig? Ich wäre hier gerade beschäftigt …« Sie zwinkerte Joshua zu. Doch im nächsten Moment rutschte sie von ihm weg und stellte den Lautsprecher an. »Joshua ist auch da, wir hören zu.«

»Ich brauche eure Hilfe«, tönte es vom anderen Ende der Leitung. »Eigentlich hatte ich Peter so weit, dass er Amely

Freiraum geben und warten wollte, bis sie sich gefangen hat. Aber vorhin hat sie ihn angerufen und erklärt, dass sie für eine Weile mit Paul zusammen auf dem Hausboot über den Loch Lomond schippern möchte. Peter hat aber viel mehr gehört als das, was sie gesagt hat. Er glaubt, sie will ihn verlassen und wieder nach Edinburgh zurückkehren – zusammen mit Paul. Aber das existiert nur in Peters Kopf, Amely hat es nicht gesagt. Ich glaube, er ist kurz davor, durchzudrehen. Er braucht uns.«

Schon während Chloe redete, war Joshua aufgestanden und in seine Jeans geschlüpft.

»Ich fahre zu ihm und hole ihn zu uns nach Callwell Castle.« Joshua kramte in der Hosentasche und zog den Autoschlüssel hervor.

»Beeile dich bitte, Joshua. Ich glaube, Peter ist kurz davor, zum Boot zu fahren und Paul zu verprügeln. Wenn er das macht, wird Amely sich von ihm abwenden. Das wäre eine Katastrophe.«

»Wo ist er jetzt? In der Destillerie?«

»Ja, in seinem Büro. Er hat mich rausgeworfen. Ich stehe auf dem Parkplatz.«

»Bleib, wo du bist, Chloe, und pass auf, dass Peter nicht wegfährt. Bin schon unterwegs!« Joshua warf Maighread eine Kusshand zu und eilte zur Tür hinaus.

Sie legte das Handy aufs Bett, stand auf und zog sich an, während sie weiter mit Chloe sprach.

»Ich kümmere mich um das Frühstück. Bestimmt hat Peter seit Sonntag nicht mehr vernünftig gegessen. Unterzuckerung ist nicht gerade gut für die Nerven. Wo ist Sheona gerade?«

»Bei meiner Grandma. Die beiden gehen am See spazieren. In einer Stunde kommt Scott und kann sich um unsere Kleine kümmern.«

»Prima. Also gut, ich geh jetzt hinunter und sage Eilidh Bescheid. Wir sehen uns gleich. Und dann überlegen wir gemeinsam, wie wir Amely überzeugen können, dass ihr Platz hier ist.«

Kapitel 17

Amely

Am späten Vormittag parkte Paul das Auto in der Auffahrt zu Amelys Haus.

»Hier wären wir!« Er drehte sich halb zu Amely und musterte sie. »Bist du sicher?«

Sie hatte unbedingt noch einmal hierherkommen wollen, bevor sie mit Paul in See stach. Besonders nach Peters Reaktion vorhin am Telefon. Ein Teil von ihr hoffte, ihn hier zu treffen, um noch einmal mit ihm sprechen zu können. Der andere Teil war erleichtert, dass weder sein Auto noch Peter zu sehen war. Ihr Zuhause stand still und verlassen da.

Sie wusste gerade gar nicht, ob Peter sich nun wirklich noch um das Haus kümmern würde oder ob ihr Rückzug für ihn so etwas wie ein Stopp gewesen war. Genauso wenig war sie sich darüber klar, was sie selbst wollte. Die Vorstellung, Peter hier schuften zu lassen, während sie ihr verletztes Seelchen hätschelte, schien ihr äußerst unfair.

Ach, wie gern sie einfach weglaufen und das alles hinter sich lassen würde. Aber das wäre auch keine Lösung. Das hier war ihr Leben. Wenn sie das hinter sich ließ – was blieb ihr dann noch?

Der Regen hatte eine Pause eingelegt. Gerade als Paul den Motor abstellte, riss die Wolkendecke auf, und die Sonne bahnte sich ihren Weg durch die entstandene Lücke. In Sekundenschnelle wich das trübe Grau in Grau einem verheißungsvollen Glitzern der unzähligen Regentropfen auf dem nassen Gras.

Wie schön es aussah! Und so falsch. Das fröhliche Funkeln und die Sonne passten so gar nicht zu Amelys Stimmung.

Aus dem Fond des Wagens drang ein Winseln nach vorn. Piper, der auf der Rückbank gelegen hatte, saß jetzt mit gespitzten Ohren da. Er scharrte an der Autotür und wollte hinaus. Doch Paul griff nach hinten und streichelte ihm über das Fell. »Ruhig, mein Junge. Für dich ist das hier nichts zum Rumrennen. Wir lassen dein Frauchen besser allein gehen.«

Amely atmete durch. Ihr Herz klopfte ihr bis in den Hals. Nervös rieb sie ihre Hände an den Oberschenkeln. War sie bereit, einen weiteren Versuch zu wagen, das Haus zu betreten? Würde sie es dieses Mal schaffen oder wieder die Flucht ergreifen?

War es überhaupt richtig hierherzukommen? Was hoffte sie denn, hier zu finden? Was, wenn ihr gleich wieder alles zu viel wurde und sie es nicht aushielt?

Der Streit mit Peter hatte ihr zugesetzt und ihre ohnehin dünnen Nerven strapaziert. Wieso legte er einfach auf, statt ihr zuzuhören? Es tat ihr schrecklich leid, dass er so verletzt war, aber sie war auch enttäuscht, weil er sie so gar nicht verstand.

Sie hätte sich Unterstützung von ihm gewünscht, keine Vorwürfe. Vor allem keine kochende Eifersucht. Was dachte er denn von ihr? Sowieso grundsätzlich, aber auch und besonders gerade jetzt? Dass sie angesichts ihrer derzeitigen

Lage nichts Besseres im Sinn hatte, als fremdzugehen? Er musste doch wissen, dass sie gerade vieles im Kopf hatte, aber ganz sicher keine Liebelei. Und eigentlich hatte sie gedacht, dass er wusste, wie sehr sie ihn liebte. Wie konnte er nur annehmen, dass sie etwas mit einem anderen anfangen würde?

Aber Peter bekam nichts von dem mit, was in ihr vorging. Alles, was er registrierte, war sein vermeintlicher Rivale Paul an ihrer Seite. Wie ein Stier, der nur noch das rote Tuch wahrnahm.

»Es ist alles in Ordnung, Amely. Geh ruhig. Piper und ich warten hier. Er sollte hier nicht herumlaufen. Der Ruß ist giftig, überall liegen Glasscherben, und ich weiß nicht, was noch alles. Aber ich kümmere mich um ihn. Nimm dir die Zeit, die du brauchst.« Paul stockte, dann sprach er weiter: »Was hältst du davon, wenn ich ein Stück die Straße hinunterfahre und mit Piper spazieren gehe? Das ist vielleicht noch besser, dann kannst du dich ganz auf dich konzentrieren und weißt, dass es ihm gut geht. Ich habe mein Handy dabei. Wenn wir dich abholen sollen, schickst du mir eine Nachricht. Was meinst du? Okay?«

Das war wirklich eine gute Idee. Amely nickte zustimmend. »Danke, Paul.«

Bevor sie es sich doch noch anders überlegen konnte, zog sie entschlossen am Türgriff und stieg aus. Ohne sich noch einmal umzusehen, ging sie mit zügigen Schritten auf das Haus zu. Vor der Tür blieb sie stehen. Sie war kurz davor hineinzugehen, überlegte es sich dann aber doch anders und ging in den Garten. Am Brunnen vorbei marschierte sie bis zum Gartentor. Sie wischte das Regenwasser von der Kante und lehnte sich darauf. Ihr Blick wanderte über die weiten Wiesen der Highlands, den etwas tiefer liegenden See und nach rechts bis zum Waldrand. Der Loch Lomond lag friedlich da. Als schiene er auf sie zu warten.

Hier zu stehen, die wilde Landschaft außerhalb des Zauns und den lieblichen Garten innerhalb zu bewundern, die vom Regen gewaschene Luft einzuatmen und den Geräuschen der Natur zu lauschen, all das war Balsam für Amelys schmerzende Seele. Egal, wie schlecht sie sich fühlte, wie verzweifelt und unsicher – dieser Ort war magisch.

Ohne es bewusst zu steuern, strich sie über das Holz. Die Erinnerung an den Tag, als Peter den Reitunfall gehabt hatte, blitzte auf. Damals hatte sie hier am Brunnen Wasser geholt. Der Zauber des Gartens hatte sie gefangen genommen und seither nicht mehr losgelassen. Deshalb war sie auch hierhin zurückgekommen, nachdem es Peter wieder besser ging. Sie liebte diesen Ort noch immer von ganzem Herzen, auch wenn das Leben hier an ihrem Seelenort nicht nur ein Tanz über samtweiche Rosenblätter war.

Das nasse Gras und die deutlich abgekühlte Luft erzählten vom Abschied des Sommers. Fröstelnd legte Amely sich das Tuch, das sie locker über die Schultern gelegt hatte, richtig um, sodass sie rundherum geschützt war.

Ihr Blick ging zu der Stelle, an der Peter damals nach seinem Sturz verletzt gelegen hatte. Sie hatte solche Angst um ihn gehabt, dass sie sämtliche Vorbehalte über Bord geworfen und ihm ihr Herz geschenkt hatte. Genau wie er ihr seines.

Hatte er das denn alles vergessen? Wie konnte er nur annehmen, dass sie etwas mit Paul hatte? Was war ihre Liebe wert, wenn er bei der ersten Gelegenheit alles infrage stellte und ihr das Vertrauen entzog?

Vielleicht war es wirklich besser, wenn sie für eine Weile Abstand hielt. Auch wenn das sicher nicht einfach werden würde. Sie musste auf alle Fälle so bald wie möglich wieder färben, um etwas Geld zu verdienen. Und sie musste zusehen, dass sie einige ihrer Sachen aus dem Haus holte. Doch so wichtig und dringend das alles war, zuerst kam die Auszeit mit Paul auf dem Hausboot. Das würde ihr hoffentlich helfen, ihre ausgefransten Nerven zu säumen. Danach würde sie sich um alles kümmern und entscheiden, wie und vor allem wo sie weitermachen wollte.

Wie schlecht es um ihre innere Kraft bestellt war, zeigten die Tränen, die ihr gerade vom Kinn tropften. Sie wischte sich mit dem Handrücken über das Gesicht, aber das half nur kurz. Wie gut, dass sie allein war. Sie wollte nicht, dass jemand sie so sah. Sie würden sich alle gleich wieder überschlagen, um ihr zu helfen, ihr beizustehen und sie zu trösten. Im Moment wollte sie das alles gar nicht. Sie wollte einfach nur hier stehen, ein bisschen weinen und ihre Gedanken treiben lassen.

Das Handy vibrierte in ihrer Hosentasche. Sie zog es hervor und tippte auf das Display.

Amely, ich bin so ein Idiot. Bitte verzeih mir. Ich werde mich um dein Haus kümmern und alles Notwendige in die Wege leiten. Mach dir keine Gedanken deshalb. Das verpflichtet dich zu nichts, aber es ist mir eine Herzenssache. Und wenn du zurückkommst, bin ich hier. Ich warte auf dich. Amely, ich liebe dich!

Peters Worte lösten die nächsten Tränen aus. Doch dieses Mal weinte Amely vor Erleichterung. Sie war unendlich dankbar, dass er einlenkte und wohl endlich verstanden hatte, dass es nicht um ihre Liebe ging, sondern ausschließlich um Amely, um ihre Ängste, ihre Unsicherheit und die Suche nach ihrem Weg.

Durch den Tränenschleier hindurch war es nicht einfach, die Buchstaben zu erkennen. Trotzdem tippte Amely eine Antwort. Sie versuchte, Peter noch einmal alles zu erklären, merkte, dass sie sich im Kreis drehte, und löschte das Geschriebene, um von vorn zu beginnen.

Sie hörte ein Auto auf die Auffahrt fahren. Paul? War er ungeduldig geworden? Hatte sie doch zu lange gebraucht? Amely hatte überhaupt kein Zeitgefühl, sie konnte nicht sagen, wie lange sie am Gartentor gestanden und ihre Gedanken hatte fliegen lassen. Als gleich darauf ein zweites Auto heranfuhr, wurde sie neugierig. Sie steckte das Handy weg, die Antwort würde sie später in Ruhe schreiben. Es war ohnehin Zeit, sich aus ihren Tagträumen zu lösen.

Sie ging durch den Garten um das Haus herum zur Auffahrt und lief geradewegs Peter in die Arme.

»Hey.« Amely blieb stehen.

»Hey!« Peter starrte sie an wie einen Geist. Als es ihm bewusst wurde, lachte er und schüttelte den Kopf. »Entschuldige, Amely. Ich bin nur, ich dachte, also, was ich sagen möchte …«, stammelte er. Dann schüttelte er wieder den Kopf und lachte über sich selbst. Er holte tief Luft und nahm einen neuen Anlauf. »Ich dachte, du bist auf dem See unterwegs.«

»So gut wie. Ich musste vorher noch mal herkommen.«

Obwohl er ihr gerade geschrieben hatte, stand eine unsichtbare Wand zwischen ihnen. Amely spürte es und machte einen Schritt auf Peter zu. Sie umarmte ihn und küsste ihn auf den Mund. »Ich bin froh, dich zu sehen, Peter.«

Die unsichtbare Wand zerbröselte und fiel in sich zusammen.

»Und ich erst«, gab er zurück und drückte Amely so eng an sich, dass sie sich lachend wehrte.

»Wenn du mich zerquetschst, haben wir beide nichts davon«, protestierte sie.

Sofort lockerte Peter den Griff und setzte eine schuldbewusste Miene auf. Aber er ließ Amely nicht los.

Joshua und zwei seiner Leute waren inzwischen aus dem anderen Wagen gestiegen. Sie hatten weiße Anzüge und Handschuhe an. Atemmasken hielten sie in den Händen.

»Hallo, Amely. Schön, dich zu sehen«, sagte Joshua im Vorbeigehen.

»Joshua!«

Er blieb stehen und drehte sich zu ihr. Amely löste sich aus Peters Armen, lief zu Joshua hinüber und umarmte auch ihn. »Danke«, flüsterte sie, den Kopf an seine Brust gedrückt.

»Wozu hat man denn Freunde?« Er beugte sich zu ihr hinunter und gab ihr einen Kuss auf die Wange. »Komm wieder zu Kräften und verlass dich auf uns.«

Eigentlich hatte Amely ins Haus gehen und alles inspizieren wollen. Aber sie hatte nicht daran gedacht, dass Schutzkleidung sinnvoll wäre. Und von drinnen ertönte bereits das erste Rumpeln und Poltern.

Plötzlich fiel es ihr schwer, sich abzuwenden und zu gehen. Sollte sie vielleicht doch besser hierbleiben?

Peter, der sich zwischenzeitlich auch in einen weißen Anzug gehüllt hatte, kam zu ihr und legte den Arm um sie.

»Es ist in Ordnung, Liebling. Wenn du dort hineingehst, bricht es dir nur das Herz, alles in diesem desolaten Zustand zu sehen. Lass uns das machen. Du wirst deine Kraft brauchen, um später alles wieder zum Laufen zu bringen.«

Wie er das sagte, klang es, als wäre es keine Frage, dass Amely in Callwell blieb. Und sie hatte gerade nicht die Kraft und keine Lust, darüber zu sprechen, dass sie sich dessen gar nicht so sicher war.

»Danke.«

Peter zog sie noch einmal an sich, küsste sie. Dann machte er sich entschlossen los und marschierte in das Haus hinein, ohne sich noch einmal umzudrehen.

Dafür, dass er solche Probleme damit hatte, dass sie mit Paul Zeit auf dem See verbringen wollte, ging er sehr locker mit der Situation um. Amely sah ihm etwas irritiert hinterher. Natürlich war sie froh, dass es ihm gut ging. Dennoch …

***

Leises Plätschern erklang, als die kleinen Wellen gegen den Schiffsrumpf schlugen. Paul hatte eine kleine, ruhige Bucht im hinteren Bereich einer der Inseln angesteuert und setzte den Anker. Sie hatten großes Glück mit dem Wetter. Nachdem der Tag so nasskalt gestartet war, hatte sich im Laufe des Nachmittags die Sonne immer weiter durchgesetzt. Es war zwar frisch, aber in eine Decke gewickelt konnte Amely sehr gut an Deck sitzen und die frische Luft genießen.

Piper machte sich sehr gut als Bootshund. Anfangs war ihm das Schaukeln unheimlich gewesen. Er hatte sich an Amely gedrängt und Schutz gesucht. Aber mit der Zeit hatte er sich daran gewöhnt und Mut gefasst. Während der Fahrt stand er wie eine Galionsfigur am Bug des Schiffes. Seine Ohren hatten geflattert, während er die Nase in den Wind hielt. Fast schien er enttäuscht zu sein, als die Fahrt vorbei war.

»Keine Angst, Kumpel, morgen oder übermorgen fahren wir wieder.« Paul steckte ihm einen Kauknochen zu. »Jetzt geh ins Körbchen und pass auf dein Frauchen auf. Ich habe zu tun.« Dann drohte er Amely mit dem Zeigefinger. »Und du bleibst liegen und ruhst dich aus. Verstanden?« Sein Lächeln strafte den strengen Ton seiner Worte Lügen.

»Aye, Käpt'n«, schnarrte Amely. Statt die Handkante wie ein Matrose an die Stirn zu legen, streckte sie ihm jedoch kurz die Zunge raus, um ihm zu zeigen, was sie von seiner Autorität hielt.

»Sei froh, dass ich nicht kielholen kann«, kam es prompt zurück. »Und eine neunschwänzige Katze habe ich zu deinem Glück auch keine an Bord.«

Amely lachte. »Na, scheint, als wäre heute mein Glückstag«, konterte sie, obwohl sie keine Ahnung hatte, welche Strafen ihr erspart blieben. Das Geplänkel mit Paul tat ihr unheimlich gut. Sie genoss das Gefühl der Leichtigkeit.

Kaum war Paul verschwunden, zückte sie ihr Handy, um herauszufinden, was kielholen bedeutete und was eine neunschwänzige Katze überhaupt war. Sie fand einen Artikel über Strafen in früheren Zeiten.

Beim Kielholen wird der zu Bestrafende gefesselt über Bord geworfen und an einem langen Seil unter dem Schiff hindurch – über den Kiel – auf die andere Seite gezogen. Je langsamer das Seil gezogen wurde, desto lebensgefährlicher wurde die Strafe, die nicht selten mit dem Tod endete – entweder durch Ertrinken oder durch die schweren Verletzungen, die sich der Bestrafte bei der Prozedur zuzog.

Amely schauderte und war froh, in der jetzigen Zeit zu leben. Sie scrollte weiter.

Die häufigste angewandte Bestrafung für Delinquenten war das Auspeitschen mit der neunschwänzigen Katze. Dabei handelte es sich um einen mit Leder ummantelten Stock, an dem neun mit Knoten versehene Riemen befestigt waren.

Die Bilder dazu verursachten Amely eine Gänsehaut. Schnell schloss sie die Seite, steckte das Handy weg und nahm stattdessen ihr Strickzeug zur Hand. Unfassbar, wie grausam Menschen zueinander sein konnten. Leider nicht nur damals.

In der Kombüse schepperte es. Gleich darauf hörte sie einen unterdrückten Fluch. Ob sie zu ihm gehen und helfen sollte? Amely war drauf und dran, sich aus der Decke zu schälen.

»Nichts passiert!« Paul streckte den Kopf aus der Luke. »Mag Piper Joghurt?«

Bevor Amely auch nur nachfragen konnte, war Piper schon aufgesprungen und zu Paul gerannt. Wild mit dem Schwanz wedelnd, machte er »wuff«, um zu versichern, dass er Joghurt ausgesprochen gern mochte. Wenn Amely ihm einen Klecks in den Napf gab, schlabberte er immer so gierig, dass es in alle Richtungen spritzte.

Paul nickte zufrieden. »Ich hatte es gehofft. Na, dann los, Kumpel. Auf zum Putzdienst. Und du, meine Liebe, bleibst gefälligst liegen. Lass die Männer mal arbeiten und für dich sorgen.«

»Das ist absolut köstlich«, lobte Amely eine halbe Stunde später. Paul hatte Steak serviert. Dazu Salat, Gemüsesticks, einen Joghurtdip mit Kräutern und Knoblauch und geröstetes Brot.

»Nur gut, dass ich genug Joghurt gekauft habe.« Er grinste und nickte zu Piper, der immer noch weiße Kleckse über der Augenbraue hatte. »Wenn es nach Piper geht, darf ich die Schüssel wohl öfter fallen lassen.«

»Das würde ihm sicher gefallen.«

Eine Weile genossen sie das köstliche Essen schweigend. Paul legte drei Karottensticks für Piper zur Seite. Amely hatte ihn gebeten, ihr Riesenbaby nicht zu füttern, während sie aßen. Sie wollte nicht, dass Piper bettelte. Es genügte, dass er sehr aufmerksam auf seinem Platz lag und jeden ihrer Bissen mit dem Blick verfolgte.

Obwohl sie gar keinen Appetit gehabt hatte, sah sie nun erstaunt auf ihren Teller. Sie hatte tatsächlich die ganze Portion verdrückt und fühlte sich satt und träge. Und schuldbewusst.

»Wie es Peter und den anderen wohl geht.« Sie nahm einen Schluck Rotwein, den Paul zum Steak serviert hatte. »Hoffentlich haben sie auch etwas zu essen gehabt. Wie sie wohl vorankommen? Ich weiß immer noch nicht, ob es richtig ist, dass ich die Aufgabe Peter überlassen habe. Das ist so viel Arbeit.«

»Du machst dir ernsthaft Gedanken, ob die Jungs etwas zu essen bekommen?« Paul wirkte amüsiert. »Also ich kenne die Menschen hier noch nicht sehr lange, aber nach allem, was ich gesehen und gehört habe, wird niemand in Eilidhs Dunstkreis je Hunger leiden müssen.«

Ob sie wollte oder nicht, Amely musste lachen. Nickend stimmte sie Paul zu. Sich um die Verpflegung Sorgen zu machen, war mit Eilidh in der Nähe wirklich albern.

Aber was die Arbeit anbelangte, blieb das dumpfe Schuldgefühl. Amely schämte sich für ihre Schwäche.

»Hey, wirst du wohl sofort aufhören zu grübeln«, forderte Paul in liebevollem Ton. »Ich bin doch nicht mit dir einmal um die halbe Welt geschippert, damit du in dunklen Gedanken versinkst.«

»Entschuldige.« Amely versuchte zu lächeln und ihre Stirn zu glätten. Aber die Bilder vor ihrem inneren Auge blieben. Peter, Joshua und Joshuas Mitarbeiter, die für sie schufteten. Sie sah den Schweiß auf ihren rußverschmierten Gesichtern. Mit jedem neuen Bild, das in ihr auftauchte, fühlte sie sich elender.

»Weißt du, Amely, ich bin überzeugt davon, dass Dinge, denen man Aufmerksamkeit schenkt, Kraft bekommen. Worauf man sich fokussiert, das wächst. Wenn du jetzt also ständig an dein schlechtes Gewissen denkst, dann wird das immer mehr Gewicht bekommen. So lange, bis du nichts anderes mehr wahrnehmen kannst.«

»Wie kommst du denn darauf, dass ich ein schlechtes Gewissen habe?« Sie spürte die Hitze, die ihr in den Kopf stieg. Natürlich hatte Paul ins Schwarze getroffen. Aber das mochte sie nicht zugeben.

Doch mit ihrem Protest konnte sie Paul nicht imponieren. Er lachte laut auf. »Soll ich dir einen Spiegel holen?«, fragte er. »Es steht dir in Leuchtbuchstaben auf die Stirn geschrieben, Darling. Dazu muss man keine Gedanken lesen können. Und außerdem kenne ich dich schon ein paar Tage. Ich weiß, was für ein weichherziger Mensch du bist und wie schwer du dich tust, Hilfe anzunehmen.«

»Aber ich bin hier mit dir auf dem Hausboot«, versuchte Amely weiter, sich zu verteidigen.

»Ja, das bist du. Zumindest körperlich. Aber deine Gedanken schaukeln nicht auf dem Wasser. Die putzen Ruß von den Wänden und leiden mit deinen Helfern mit. Aber weißt du, Peter und Joshua machen das nicht, weil sie müssen. Sie machen es, weil sie dich mögen. Weil sie wollen, dass es dir gut geht. Und ganz sicher würde es ihnen nicht gefallen, wenn sie wüssten, dass du ihre Bemühungen, dir eine Auszeit zu schenken, mit deiner Grübelei zunichtemachst.«

Zack. Schon wieder schwappte das schlechte Gewissen über Amely hinweg. Sie war sauer auf sich selbst, weil sie nicht aus ihrem Gefühlskarussell herauskam.

»Pass auf. Ich gehe uns einen Kaffee kochen, und du denkst bitte über meine Worte nach. Gib dir einen Ruck, Amely. Nimm die Hilfe nicht nur äußerlich an, sondern auch innerlich. Wie ich gesagt habe: Worauf man sich fokussiert, das wächst. Also hör auf, nur die Probleme zu sehen, und schau dir die schönen Dinge an, die es um dich herum gibt. Je stärker du dich auf das Positive konzentrierst, desto mehr wird es wachsen.«

Paul steckte Piper die Karottensticks zu, die er für ihn zur Seite gelegt hatte. Dann stapelte er das Geschirr aufeinander und marschierte in die Kombüse.

Amely blieb sitzen und ließ seine Worte nachklingen. Hatte er recht? Eine leise Stimme in ihr meldete sich und sagte: Ja, das hat er.

Ein Gespräch, das Amely nach dem Tod ihrer Mutter geführt hatte, fiel ihr wieder ein. Sie konzentrierte sich und versuchte, sich an Chloes Worte zu erinnern. Es war ihr, als hätte sie ihre Stimme im Ohr.

»Natürlich kannst du dich in dem Schmerz verlieren und um all das weinen, was verloren ist. Das ist eine vollkommen normale und auch gesunde Reaktion. Aber irgendwann musst du den Schmerz loslassen.

Vielleicht findest du die Freude und Dankbarkeit für das, was sein durfte. Denke an all das Schöne, was du erleben konntest. Und dann schaust du nach vorn und lässt dem Leben und der Freude auf das, was kommen wird, wieder Raum.«

Amely atmete tief ein und wieder aus. Und zum ersten Mal seit dem Feuer hatte sie das Gefühl, dass am Ende vielleicht doch wieder alles gut werden könnte. Sie spürte die Dankbarkeit für ihre wunderbaren Freunde und beschloss, sich darauf zu fokussieren.

Kapitel 18

Peter

Peter musste seine gesamte Willensstärke aufbringen, um nicht umzudrehen und zu Amely zurückzulaufen. Alles in ihm sehnte sich danach, sie in die Arme zu ziehen und nicht mehr loszulassen. Doch das wäre ein Fehler. Damit würde er alles kaputt machen. Chloe hatte es ihm eindringlich eingetrichtert.

Es machte ihn wahnsinnig, aber er wusste, dass sie recht hatte. Wieso fühlte es sich dann nur so verdammt falsch an? Am liebsten hätte er seine Zerrissenheit in die Welt hinausgeschrien. Doch statt der Versuchung nachzugeben, hielt er stumm und stur auf den Hauseingang zu. Es war ein fieser Kampf. Jeder Schritt schmerzte, als würde er barfuß über Glasscherben gehen. Als er endlich die Tür erreicht hatte und hineinging, zitterten Peters Beine.

»Gut gemacht, Kumpel.«

Joshua hatte auf ihn gewartet und klopfte ihm anerkennend auf die Schulter.

Doch Peter schüttelte den Kopf. »Was für ein mieses Schauspiel«, zischte er und hielt sich die Hände vor das Gesicht.

Er hatte das Gefühl, sich jeden Moment übergeben zu müssen. Er ekelte sich vor sich selbst. Was für ein Waschlappen er doch war! Nicht mal genug Mumm in den Knochen, um zu seinen eigenen Gefühlen zu stehen. Wieso hatte er Amely nicht gesagt, wie es in ihm aussah? Wie konnte sie ihm das antun? Sie musste doch spüren, dass es ihn zerriss! Hatte er wirklich einmal gedacht, Liebe sei etwas Schönes? Offen, ehrlich, voller Vertrauen? Im Moment kam ihm das alles wie ein ziemlich mieses und verlogenes Spiel vor. Das widerstrebte ihm zutiefst.

Erschöpft lehnte Peter sich an die Wand. Von hier aus hatte er durch das Fenster die Auffahrt im Blick. Amely telefonierte kurz, steckte dann das Telefon weg und ging wie ein Tiger im Käfig immer ein paar Schritte erst in die eine und dann in die andere Richtung. Sie schien in Gedanken versunken zu sein, denn sie hob kaum den Blick.

Wie wunderschön sie aussah.

Die blonden, sanft gelockten Haare fielen ihr bis auf die Schultern. Die Jeans war ihr ein kleines bisschen zu groß. Sie hatte die zu langen Hosenbeine umgekrempelt. Ihren süßen Hintern brachte der lockere Sitz perfekt zur Geltung. Um die Schultern hatte sie eins von Maighreads Riesentüchern geschlungen.

Alles in Peter schrie danach, zu ihr zu gehen. Er wollte ihr sagen, wie sehr er sie liebte. Sie festhalten, trösten, an seiner Seite haben und für sie sorgen. Er wollte sie fragen, wieso sie das nicht zulassen konnte. Doch er gab der Versuchung nicht nach.

»Vertrau mir«, hatte Chloe ihn vorhin auf Callwell Castle beschworen. »Du musst dich zurücknehmen, Amely Zeit lassen und ihr zeigen, dass du auf eure Liebe vertraust. Versprich mir, dass du dich zusammenreißt, Peter McDurmann.«

Seinen Einwand, dass er Amely nicht anlügen wollte, hatte Chloe nicht gelten lassen.

»Das hat überhaupt nichts damit zu tun, nicht ehrlich zu sein. Vielmehr geht es um Respekt und Freiraum. Wenn du sie jetzt bedrängst, wird sie sich von dir entfernen. Solltest du durchdrehen und Paul die Prügel verpassen, von denen du vorhin gesprochen hast, kann es sein, dass du Amely verlierst – und zwar, obwohl sie dich liebt. Mach keine Dummheiten, Peter!«

Ein Auto hielt vor der Auffahrt. Es war Paul. Peter ballte seine Hände zu Fäusten. So fest, dass die Fingerknöchel weiß hervortraten. Die Kiefer presste er mit aller Kraft zusammen, bis die Muskeln brannten.

Natürlich vertraute er Amely, aber diesem Paul traute er nicht, so weit er spucken konnte. Die Vorstellung, dass seine Liebste mit diesem Kerl auf dem Hausboot lebte, machte ihn wahnsinnig. Was, wenn er sie, während sie irgendwo einsam vor Anker lagen, bedrängte? Amely hätte keine Chance. Peters Fantasie schlug Purzelbäume.

Er sah, wie Amely in den Wagen stieg, und sein Magen zog sich schmerzhaft zusammen. Als hätte jemand einen Knoten darauf gemacht und würde ihn jetzt langsam festziehen. Peter stöhnte. Er ließ sich an der Wand entlang zu Boden sinken und blieb zusammengekauert sitzen. Sein Gesicht verbarg er in den Händen.

»Komm, Peter, steh auf. Es bringt nichts, hier zu sitzen und dich in deinem Herzschmerz zu suhlen. Pack mit an. Du wirst sehen, das hilft.«

Peter holte Luft, um Joshua abzuwehren. Doch bevor er etwas sagen konnte, setzte sein Freund nach: »Und außerdem machst du es für Amely. Also los jetzt. Lass uns, so gut es geht, vorarbeiten und sortieren, dann kommen die Leute der Brandschadensanierung schneller voran.«

Peter ergriff die Hand, die Joshua ihm hinstreckte, und ließ sich von ihm auf die Beine ziehen. Vielleicht brachte es Amely zur Vernunft, wenn sie sah, wie sich alle für sie ins Zeug legten.

Zu viert schleppten sie die Sachen, die nicht mehr zu retten waren, aus dem Haus und lagerten sie auf der überdachten Veranda zwischen.

Am nächsten Tag würde der Container aufgestellt werden, dann konnten sie alles entsorgen. Amelys Wäsche, die nicht vom Feuer direkt, sondern nur von Ruß und Löschwasser betroffen war, packten sie in Säcke. Um die Reinigung würde sich die Spezialfirma kümmern, die Peter beauftragt hatte.

Nachdem das Schlafzimmer leer war, begannen Peter und einer von Joshuas Männern, den Putz von der Wand zu klopfen. Eimer für Eimer schleppten sie hinaus. Joshua und sein zweiter Mann räumten um das Haus herum auf und sammelten die Glasscherben zusammen. Es war nervig, aber extrem wichtig. Besonders da Piper und Amelys andere Tiere bald wieder um das Haus herumtollen sollten.

Irgendwann sah Peter auf die Uhr und fluchte. Er hatte einen Termin mit einem Vertreter vergessen und war schon eine halbe Stunde über der Zeit. Dorothys Anruf hatte er nicht gehört – was kein Wunder war bei dem Lärm, den sie hier veranstalteten.

Eigentlich konnte Peter sich gar nicht erlauben, in Amelys Haus zu arbeiten. Da James im Krankenhaus lag, müsste er sich um die Firma kümmern. James würde sicher noch einige Wochen ausfallen, und er fehlte an allen Enden.

Peter trat ins Freie. Er kletterte aus dem ehemals weißen Anzug und warf ihn samt Maske und Handschuhen in den Müll. Dann ging er zum Brunnen und wusch sich, so gut es ging, Ruß und Schweiß ab. Aber er brauchte auf jeden Fall eine Dusche – so konnte er nicht in der Firma auftauchen.

Er rief Dorothy zurück.

»Entschuldige bitte, Dorothy. Ich bin aufgehalten worden. Ist Arthur noch da?«

»Ja, er sitzt neben mir.«

Wenigstens das. Der Termin war wichtig, Peter musste demnächst wieder Flaschen bestellen und brauchte die neuesten Informationen über Sondereditionen und Liefermengen. Arthur kam nur alle paar Wochen in die Gegend, den Termin zu verschieben war deshalb keine Option.

»Hör mal, ich weiß, das ist eigentlich nicht deine Aufgabe. Aber kannst du bitte das Gespräch mit Arthur übernehmen? Lass dir die neuen Kataloge geben und bitte ihn um eine aktuelle Preisliste. Und sag ihm einen schönen Gruß, er soll dir auf jeden Fall auch die Angebote für besondere Kunden verraten. Ich schaffe es frühestens in einer halben Stunde, so lange möchte ich ihn nicht warten lassen.«

Peter und Arthur arbeiteten schon so viele Jahre zusammen. Er wusste genau, dass der erfahrene Vertreter immer das ein oder andere Schätzchen in petto hatte, das er nicht jedem anbot.

»Ach Peter, was glaubst du denn, was ich hier tue? Das ist doch selbstverständlich. Arthur und ich sind mitten im Gespräch.«

Er stieß erleichtert den Atem aus. Dorothy war fantastisch.

»Danke. Oh, und Dorothy, in meinem Büro, rechts unten, neben dem Fenster …«

»Steht eine Flasche für besondere Gäste bereit. Peter McDurmann, was glaubst du denn, wofür du mich bezahlst?«

»Guter Tropfen!«, rief Arthur im Hintergrund. »Mach dir keinen Kopf, Peter. Ich habe von dem Brand gehört. Dorothy und ich kommen klar.«

Auf dem Weg zu sich machte Peter einen kurzen Stopp bei Maighread im kleinen Strickladen. Dort sah es einigermaßen wild aus, Maighread packte gerade Wolle für das Festival, das bald steigen sollte.

»Ach du meine Güte.« Mit einem Karton in den Händen stand sie da und starrte Peter an.

Der grinste. Ein Blick in den Rückspiegel seines Wagens hatte ihn vorgewarnt. Sein Gesicht war rußverschmiert. Gegen solchen Dreck kam das kalte Brunnenwasser nicht an, da musste er unter der Dusche gleich stärkere Geschütze auffahren.

»Ja, ich weiß. Schick, oder? Das trägt man jetzt so. Du, Maighread, ich brauche bitte Wolle und eine Anleitung für eins von deinen Monstertüchern. Irgendwas mit Blau. Kannst du es hübsch einpacken?«

»Hast du es verbockt? Ich verkaufe dir natürlich gern Wolle, aber meinst du, damit erreichst du was bei Amely? Außerdem habe ich ihr gerade erst Wolle für einen Poncho gebracht. Ach Peter, Chloe hat dir doch …«

»Stopp. Es geht nicht um Amely. Ich möchte Dorothy

eine Freude machen. Sie hat mir heute den Hintern gerettet. Und sie schwärmt immer von deinen riesigen Tüchern.«

»Sag das doch gleich.« Maighread lachte erleichtert und ging sofort zielstrebig an ihren Regalen entlang. »Da weiß ich direkt, worüber sie sich freuen wird. Letzte Woche war sie hier und hat Sockenwolle gekauft. Und das hier bewundert.«

Sie zeigte auf ein großes Tuch mit einem hübschen Muster. Zöpfe und irgendwelche Rauten oder so. Peter hatte keine Ahnung, wie Maighread aus einem Faden solche Sachen entstehen lassen konnte. Aber er sagte lieber nichts. Darauf angesprochen, würde sie sich sonst in Begeisterung verlieren und ihm einen Vortrag halten – dafür hatte er heute keinen Nerv.

Maighread packte Wolle und Anleitung in einen Stoffbeutel, auf dem ihr Strickladen-Logo aufgedruckt war.

»Das ist doch hübscher und praktischer als Geschenkpapier, findest du nicht? Die passenden Nadeln hat Dorothy, das weiß ich. Sag ihr liebe Grüße, und falls sie Probleme mit dem Muster hat – sie weiß ja, wo sie mich findet. Oder sie soll auf meinem YouTube-Kanal nachschauen. Dort habe ich ein Tutorial dazu veröffentlicht.«

»Danke, Maighread. Das hat sie sich echt verdient. Nicht nur wegen heute.«

Peter zückte seine Karte, bezahlte und verließ eilig den Laden. Wäre er länger geblieben, wäre das Gespräch ganz sicher auf Amely gekommen – aber über sie wollte er gerade nicht reden.

»Dorothy, jetzt bin ich da«, verkündete er wenig später frisch geduscht und mit noch feuchten Haaren. »Danke, dass du so lange die Stellung gehalten hast.« Er legte den Stoffbeutel vor ihr auf den Schreibtisch. »Das ist für dich.«

»Hallo, Peter. Für mich?« Dorothy sah ihn fragend an. »Wie komme ich zu der Ehre? Habe ich einen Jahrestag verpasst?« Schon ging ihr Blick zum Kalender.

»Nein. Kein Jahrestag, kein Geburtstag. Einfach eine Geste der Anerkennung. Ich bin wirklich froh, dass du den Laden auffängst. James' Ausfall und gleichzeitig die Baustelle in Amelys Haus sind eine ungute Kombination.«

Während Dorothy in den Stoffbeutel sah und ein paar Knäuel Wolle hervorzog, sagte sie: »Apropos ... Im Besucherraum sitzt ein junger Mann und wartet auf dich. Owen Strummings.«

»Sagt mir nichts. Was will er denn?«

»Den Chef sprechen«, kam es trocken von Dorothy zurück. Dann hielt sie die Anleitung in der Hand und schrie begeistert auf. »Ernsthaft, Peter? Du hast mir die Wolle für ein *Cozy and Warm*-Tuch geschenkt?«

»Ähm, also wenn das Ding so heißt, dann ja. Maighread meinte, es hätte dir so gut gefallen.«

»Das ist die Untertreibung des Jahres.« Dorothy hatte vor Freude rote Wangen bekommen. Sie streichelte andächtig über die Wolle. »Seit ich das Tuch gesehen habe, geht es mir nicht mehr aus dem Kopf. Ich war schon drauf und dran, mir die Wolle zu holen. Ich hatte nur noch keine Zeit.«

»Ich soll dir liebe Grüße von Maighread ausrichten. Falls du Probleme hast, sollst du zu ihr kommen oder auf YouTube schauen, dort hat sie wohl ein Tutorial veröffentlicht.«

Dorothy nickte. »Ja, das hat sie, und ich habe es mir längst angeschaut. Danke, Peter. Ich freue mich sehr.«

Er nickte zufrieden. »Das war der Plan. Also gut, dann geh ich mal nachsehen, was dieser junge Mann denn vom Chef möchte.«

Es ging ihm noch immer mies, aber Dorothy so strahlen zu sehen war ein kleines Trostpflaster. Wenigstens eine Frau, die nicht vor ihm davonlief.

***

Die Tage klebten an Peter wie der Ruß aus Amelys Haus. Er hatte die ganze Woche kaum gegessen, nur ein Minimum an Schlaf gehabt und den Rest der Zeit abwechselnd bei sich in der Firma oder in Amelys Haus geschuftet.

Die bleierne Müdigkeit in den Knochen lenkte ihn ein wenig von dem Schmerz ab, den er fühlte, wenn er an Amely auf dem Hausboot irgendwo auf dem Loch Lomond dachte.

Zweimal hatte sie sich mit einem idyllischen Bild von den Inseln gemeldet. Ansonsten herrschte Schweigen.

Wenigstens erwies sich Owen Strummings als kleiner Lichtblick im Schwarz von Peters aktuellem Leben. Der junge Mann hatte die Destillerie im Vorbeigehen entdeckt. Die Initiativbewerbung bei Peter war nicht geplant gewesen. Eigentlich hatte Owen nur eine Woche in Callwell bleiben wollen.

Peters neuer Mitarbeiter kam aus Inverness. Er hatte gerade die Schule abgeschlossen und war in einer Orientierungsphase. Während er versuchte, sich über seine berufliche Zukunft klar zu werden, reiste er kreuz und quer durch das Land. Da Owen sich für die Whiskyherstellung und alles Drumherum interessierte, hatte er spontan beschlossen, sich bei McDurmanns als Junge für alles zu bewerben.

Owen war wissbegierig, hatte eine schnelle Auffassungsgabe und keine Angst vor körperlicher Arbeit. Für Peter war er gerade in der angespannten Situation ein echter Glücksgriff. Er war so froh, dass er nicht lange überlegt, sondern den Jungen vom Fleck weg engagiert hatte.

Am Wochenende war die Destillerie geschlossen. In Amelys Haus hatten jetzt die Profis übernommen, dort konnte Peter vorerst nichts weiter ausrichten. Deshalb war er fast dankbar, dass das Callwell Yarn Festival anstand. Von frühmorgens an war Peter auf dem Festplatz und half, wo immer eine Hand gebraucht wurde.

»Peter, du bist wirklich ein Schatz. Danke für deine Unterstützung.« Maighread wirkte blass, aber sie lächelte und umarmte ihn.

»Wenn ich arbeite, muss ich nicht nachdenken.« Peter biss sich auf die Zunge. Der Satz war ihm einfach so rausgerutscht. Hoffentlich nahm Maighread das nicht als Einladung, über seine Probleme zu sprechen. Er versteifte sich, war bereit, Fragen abzuwehren.

Doch Maighread drückte ihn nur kurz an sich und seufzte. »Sie fehlt mir auch.«

»Hey, Peter. Das ist ja cool hier.« Owen tauchte neben ihnen auf. »Ich steh zwar nicht auf Wolle, aber beim Kuchenwettessen bin ich dabei.« Er rieb sich mit breitem Grinsen den Bauch.

»Na, so ein dünner Hering, wie du einer bist, kann auch ordentlich was vertragen.« Eilidh, die gerade mit einem Korb Backwaren an ihnen vorbeiging, warf Owen einen abschätzenden Blick zu. »Bekommst du überhaupt manchmal etwas zu essen?«

Maighread lachte und schüttelte den Kopf. »Peter, möchtest du mir den jungen Mann nicht vorstellen?«, fragte sie.

»Na klar. Das ist Owen. Er arbeitet seit ein paar Tagen bei mir. Owen, das ist Maighread. Sie ist die Inhaberin des kleinen Strickladens, Organisatorin des Festivals und meine beste Freundin.«

»Angenehm, Owen. Herzlich willkommen in Callwell. Und das mit der Wolle kriegen wir auch noch in den Griff. Warte nur ab, bis du mich besser kennst, ich werde die Liebe zu Wolle schon in dir wecken.«

»Hallo, Maighread, ich freue mich, dich kennenzulernen.«

»Du kommst nicht von hier, oder?«

In ihrer typisch offenen Art ging Maighread auf Owen ein. Peter bewunderte wieder einmal ihre Fähigkeit, Menschen im Handumdrehen für sich einzunehmen. Owen war keine Ausnahme. Peter sah ihm an, dass er Maighread sympathisch fand.

»Hey, Maighread, kannst du bitte mal kommen?« Der Ruf kam von einer der Ausstellerinnen.

»Es tut mir leid, Leute. Ihr hört ja, mein Typ wird verlangt.«

»Ich geh auch mal weiter.« Owen hob die Hand zum Gruß und tauchte in dem Gewusel unter, das zwischen den Ständen herrschte.

Peter, der nichts mehr zu tun hatte, beschloss, zu den Tieren zu gehen und dort nach dem Rechten zu sehen. Joshua hatte mit Amelys Erlaubnis Mary Poppins und Finni auf einer Weide neben dem Festplatz untergebracht. Daneben standen fünf seiner Wensleydales. Die Schafe mit den langen Locken waren seine Lieblinge.

Maighread hatte neben den Weiden einen Stand platziert.

Sie hatte Wollmuster der Alpakas und der Schafe bereitgelegt und den Stand mit Infotafeln ausgestattet. Sie wollte, dass die Menschen nicht nur die Wolle in Strängen oder Knäuel sahen, sondern auch etwas über die Herkunft und Verarbeitung erfuhren. Nur wenn man den Weg der Wolle kannte, hatte man auch den Respekt, den dieses Produkt verdiente.

Es ging nicht darum, möglichst viel und möglichst billig zu kaufen, sondern darum, beginnend beim Tier oder der Pflanze bis zum Endprodukt nachhaltig und wertschätzend zu handeln. Für Maighread war das ein wesentlicher Teil ihrer Woll- und Strickleidenschaft, und sie liebte es, diese Begeisterung mit anderen Menschen zu teilen und etwas von ihrem Wissen weiterzugeben.

Dass sie mit Joshua den perfekten Partner an der Seite hatte, machte für sie die Sache rund. Darüber und über ihren persönlichen Weg zum Glück hatte Peter schon oft mit ihr philosophiert. Maighread war sich ihres Glücks sehr bewusst und nahm nichts als selbstverständlich. Das bewunderte er sehr an ihr.

»Na, Mary Poppins.« Er ging langsam auf die Stute zu und streichelte ihr den Hals. Es hatte eine Weile gebraucht, bis er sich an die Tiere gewöhnt hatte, aber inzwischen mochte er die flauschigen Wolllieferanten. »Du vermisst sie auch, was?«, fragte er.

Mary Poppins wandte sich wieder von ihrem Besucher ab und widmete sich dem saftigen Gras.

»Noch ein paar Wochen, dann könnt ihr wieder nach Hause.« Mit dem Alpaka zu sprechen gab Peter das Gefühl, Amely näher zu sein. Deshalb blieb er auf der Weide stehen und sah Mary Poppins und Finni beim Grasen zu.

»Hey, Peter, hallo!« Die glockenhelle Stimme durchfuhr ihn wie ein Blitz. Die Haare auf seinen Armen standen senkrecht. Er wandte sich um, und – wirklich – Amely kam auf ihn zu.

Sein Mund wurde trocken. Sein Herz schlug wild.

»Was …?« Er brach ab. Sie zu fragen, was sie hier machte, war nicht die Art der Begrüßung, die sie verdient hatte.

»Es hat mir gutgetan, ein bisschen auf dem See zu schippern. Ich habe die Wallabys besucht, aber das war nicht so schön. Du hast mir gefehlt, Peter. Callwell hat mir gefehlt.«

Hieß das, sie blieb hier? Peter traute sich nicht, die Frage zu stellen. Als Amely ihn erreichte, ihn umarmte und auf den Mund küsste, war ohnehin nicht die Zeit zu reden.

Kapitel 19

Maighread

Gut gelaunt wanderte Maighread am frühen Morgen mit dem Staubwedel die Regale in ihrem kleinen Strickladen entlang. Fach für Fach wedelte sie gründlich ab. Sie ließ sich Zeit dabei und genoss jede Sekunde dieser wunderbaren Ruhe. Es gab nur sie und ihre Wolle.

Manchmal, wenn die Knäuel nicht mehr ordentlich gestapelt im Fach lagen, nahm sie alles heraus und sortierte es neu. Natürlich nicht, ohne über die Wolle zu streicheln und sich über die schönen Garne zu freuen. Automatisch überlegte sie dabei, was sie als Nächstes auf die Nadeln nehmen wollte und welche Anleitung ihre Kundinnen wohl begeistern könnte.

Fast leere Fächer füllte sie auf. Einzelne Restknäuel einer bestimmten Partie kamen in den großen Angebotskorb neben der Eingangstür, der bei ihren Kundinnen sehr beliebt war. Hier ließen sich oft echte Schätze für kleinere Projekte finden. Chloe nannte die Wolle in dem Korb immer »Springwolle«, weil die Knäuel, ohne dass die Kundinnen es geplant hatten, quasi wie von Geisterhand in deren Taschen sprangen.

Maighread erinnerte sich daran, wie sie auf dem Sofa gesessen und darüber gesprochen hatten. Sie hatte laut gelacht, als Chloe ihr das mit der Springwolle erklärt hatte. »Na ja, wenn es danach geht, dann ist mein Laden voll davon – nicht nur der Korb. Mir jedenfalls springen ständig neue Knäuel in die Tasche. Das ist so ähnlich wie bei Büchern. Du gehst in eine Buchhandlung, suchst einen bestimmten Titel, und wenn du bezahlst, merkst du, dass du viel mehr als nur das Gesuchte gefunden hast. Die Bücher sind dir einfach so in die Hände gesprungen. Und natürlich dürfen sie alle mit.«

»Du sprichst von Lustkauf. Sehr zu empfehlen. Man sollte immer zu dem Produkt greifen, das einem ein gutes Gefühl gibt. Und das ist nicht immer nur das Vernünftige.«

»Wer braucht schon Vernunft?«

Maighread hatte gegrinst und ihrer Freundin spontan ein Küsschen auf die Wange gedrückt. Sie liebte es, wenn bei Chloe die Psychologin durchschimmerte und sie kluge Sachen sagte, über die Maighread dann nachdenken konnte. Chloe schaffte es immer wieder, unterschiedliche Seiten eines Themas an die Oberfläche zu holen und ihre Gesprächspartner dazu zu bringen, die eigene Perspektive zu hinterfragen oder zumindest das Verständnis für andere Meinungen zu wecken.

Während sie arbeitete und in Erinnerungen schwelgte, sang Maighread leise vor sich hin und wagte auch den ein oder anderen Tanzschritt.

Sie konnte gar nicht aufhören zu lächeln, so glücklich war sie. Endlich konnte sie wieder dauerhaft in ihrem kleinen Laden stehen und musste nicht mehr ständig auf dem Sprung sein. Nach all den Anstrengungen und der vielen Aufregung fühlte sie sich wie im Himmel auf Erden. Das hier war so viel mehr für sie als nur ein Geschäft. Es war ihr persönliches Paradies.

Maighread war dankbar, dass ihre Großmutter während der letzten Wochen immer wieder die Stellung gehalten hatte und für sie eingesprungen war, damit sie sich um alles kümmern konnte. Das Hochzeitsfest, das Wollfestival und Amelys Not durch den Brand – an Aufgaben und Herausforderungen hatte es in letzter Zeit wirklich nicht gefehlt. Aber was jetzt noch zu tun war, konnte sie vom Strickladen aus oder nach Feierabend regeln. Sie war wieder zu Hause – genau so fühlte es sich für Maighread an. Hier gehörte sie hin.

Und auch ihre Granny war froh, nicht mehr jeden Tag im Laden stehen zu müssen. Sie hatte es zwar nicht gesagt, aber Maighread hatte ihr die Erschöpfung angesehen. Sie würde sich etwas überlegen, um das wiedergutzumachen. Eine Idee dazu hatte sie schon. Wenn sie später Zeit hatte, würde sie Chloe fragen, was sie dazu meinte. Denn ein Dankeschön hatte nicht nur Maighreads Großmutter Elisabeth verdient, sondern auf jeden Fall auch Eilidh und Chloes Granny Gwendolyn, die so oft auf Sheona aufpasste, wenn Chloe arbeiten musste oder für ihre Freunde im Einsatz war.

Nachher würde Maighread zu Chloe in den Laden gehen und mit ihr sprechen. Es war schon sehr praktisch, dass ihre Geschäfte quasi Tür an Tür lagen. Aber erst einmal wollte sie noch ein wenig ihre Zeit allein bei sich genießen. Ihr blieb noch eine halbe Stunde, bevor sie öffnete.

Da sie den Laden in den letzten Wochen etwas vernachlässigt hatte, war sie extra früh gekommen, um ohne Störung gründlich zu putzen und alles zu ordnen. Als sie eingetroffen war, hatte sie erst mal die Heizung höher drehen müssen. Es war lausig kalt geworden. Inzwischen war es angenehm, und

Maighread hatte die dicke Jacke ausgezogen und auf das Sofa gelegt.

Molly hatte sie auf Callwell Castle gelassen, damit sie ihr nicht beim Aufräumen und Putzen zwischen die Beine lief. Nach der Mittagspause durfte sie dann mitkommen, wenn sie Lust hatte.

Wie schön war es doch, endlich keine lange To-do-Liste mehr im Genick zu haben. Es gab keinen dringenden Termin und keine Planung, die darauf wartete, in Angriff genommen zu werden. Das durfte jetzt auch gern eine Weile so bleiben.

Sosehr Maighread es liebte, ihre und die Welt ihrer Freunde mit Events und Ideen auf den Kopf zu stellen, so sehr liebte sie nach diesen Stürmen auch die Ruhe. Dann konnte sie eine ganze Weile die Gemächlichkeit ihres Alltags genießen. Na ja, zumindest so lange, bis wieder irgendwo in ihr drin ein Kribbeln begann und eine neue Idee sich ihren Weg bahnte.

Wie hatten sie und Chloe einmal festgestellt? Zu viel Gemächlichkeit macht träge.

Maighread lachte über sich selbst und war nur froh, dass dieses Kribbeln gerade nicht zu spüren war. Jetzt wollte sie sich nur in ihrem Leben einkuscheln und die Zeit genießen. Tagsüber im Laden und abends mit Joshua auf dem Sofa vor dem Kamin. Die Witterung war auch genau richtig für diese Cozy-Zeit, wie Maighread diese gemütlichen Lebensphasen nannte, in denen sie zur Ruhe kam.

Unvermittelt seufzte sie, als ihre Gedanken weitersprangen. Hoffentlich schaffte Amely es auch bald, wieder bei sich anzukommen. Noch wirkte sie unstet und verloren.

Seit dem Wollfestival schien es ihr zwar langsam besser zu gehen, aber sie blieb noch immer auf Abstand, wohnte bei Paul und ging oft stundenlang mit Piper spazieren. Sie grübelte eindeutig zu viel.

Immerhin hatte sie bei der Haussanierung helfen wollen, doch im Moment gab es dort für sie nichts zu tun. Da mussten nun die Maurer, Elektriker und Glaser ran. Peter hielt die Fäden in der Hand und kümmerte sich um alles.

Maighread hatte Amely schon zweimal zum Essen nach Callwell Castle eingeladen, aber ihre Freundin hatte dankend abgelehnt. Nicht einmal zusammen mit Paul hatte sie kommen wollen.

Die Türklingel bimmelte, als die Ladentür geöffnet wurde. Maighread drehte sich um und erkannte Chloe.

»Guten Morgen. Du bist aber früh dran. Hat Sheona dich aus dem Bett geholt?«

»Guten Morgen, Maighread. Nein, Sheona schläft noch, sie ist zu Hause bei Scott. Er muss erst nachmittags los. Deshalb dachte ich, nutze ich die Zeit und geh ein bisschen arbeiten. Und da hier auch schon Licht war – na ja, hier bin ich. Hast du Zeit für eine Tasse Tee?« Während sie sprach, kam Chloe zu Maighread und umarmte sie. Ihre Augen blitzten fröhlich, um ihren Mund spielte ein zufriedenes Lächeln.

Maighread wurde stutzig.

»Hast du in der Lotterie gewonnen?«

Doch Chloe schüttelte den Kopf. »Besser! Na los, komm. Tee und Sofa, dann erzähl ich es dir.«

Gesagt, getan.

Sie brühten Tee auf und machten es sich mit Strickzeug auf dem Sofa bequem. Genau wie Maighread es vor Augen gehabt hatte, strickten sie beide an dem *Tweed Love*-Poncho. Maighread war allerdings schon bei der Mitte des zweiten

Teils angekommen, und Chloe strickte gerade das letzte Drittel des ersten Rechteckes.

Maighread arbeitete an einer Rückreihe. Da musste sie nicht aufpassen, das ging flott von der Hand. Sie sah Chloe an und sagte: »Jetzt spuck es aus. Hast du das Kraut für nie vergehende Schönheit gefunden? Oder das immerwährender Jugend? Wobei, wer will schon immer jugendlich bleiben? Eine der schwierigsten Lebensphasen überhaupt – nein danke.«

Chloe pustete sich den Pony aus der Stirn und verdrehte grinsend die Augen. »Bist du jetzt fertig? Oder willst du es gar nicht wissen?«

»Ganz Ohr!« Maighread setzte sich aufrecht hin und hielt für einen Moment sogar die Stricknadeln still. »Du bist wieder schwanger«, platzte sie jedoch schon mit dem nächsten Vorschlag heraus.

Sie war heute so gut gelaunt, dass sie gar nicht anders konnte, als herumzualbern. Und sie war froh, dass sie es geschafft hatte, so unbefangen mit dieser Idee herauszuplatzen, obwohl das Thema für sie gerade durchaus sensibel war. Sie spürte einen leichten Stich, aber es war okay. Sie konnte gut damit umgehen und freute sich aus ganzem Herzen mit Chloe über das Geschenk, Mutter sein zu dürfen.

Chloe war ein wunderbarer Mensch. Sheona hatte wirklich Glück, so eine tolle Mama zu haben. Bei diesem Gedanken ließ Maighread automatisch die Hand zu ihrem eigenen Bauch wandern. Sie hoffte so sehr, dass sie auch eines Tages dieses Wunder würde erleben dürfen. Auch wenn der Weg zu ihrem Kinderglück noch unsicher war, Maighread glaubte fest daran, dass sie und Joshua es schaffen konnten.

Endlich verriet Chloe ihre Neuigkeit.

»Seit dem Yarn Festival habe ich ein paarmal mit Amely telefoniert und geschrieben, und jetzt rate, wer gerade bei mir im Kräuterladen steht und alles zum Wollefärben vorbereitet.«

»Was?« Maighread kam nicht so schnell mit. Sie sah Chloe mit großen Augen ungläubig an. »Amely? Das gibt es doch nicht. Sie hat sich doch mit Händen und Füßen gewehrt, als du es ihr angeboten hast.«

Chloe lachte und zuckte mit den Schultern. »Tja, so schnell können sich die Dinge ändern. Ich kann eben sehr überzeugend sein, wenn ich etwas möchte.«

Maighread nickte. »Das kannst du, das gebe ich dir sofort schriftlich. Aber überzeugend und überzeugend sind zweierlei. So, wie Amely drauf war, hätte ich wirklich nicht gedacht, dass sie deine Hilfe annimmt. Hast du sie betäubt und verschleppt? Drogen? Ah, doch der Kräutertee. Ein Imperius-Kräuter-Fluch?«

»Ich würde eher sagen: kluge Verhandlungsstrategie«, erklärte Chloe. »Ich musste nur Amelys Perspektive etwas ändern. Sie hat keine Hilfe von mir angenommen, es ist andersherum: Amely hilft mir. Und das ist keine Schummelei, es stimmt wirklich.«

»Das hast du geschickt eingefädelt. Du gibst Amely das Gefühl, gebraucht zu werden, lässt zu, dass sie dir hilft, und hilfst ihr damit selbst. Sehr klug.«

»Pragmatisch. Ich habe mir in letzter Zeit viele Gedanken gemacht. Seit Sheona da ist, kann ich nicht mehr so viel im Laden sein. Aber ich kann das auch nicht auf Dauer meiner Großmutter aufladen. Du weißt ja, wie sie ist. Immer da, wenn ich sie brauche – ohne Rücksicht auf sich selbst. Sie sollte ihr Leben genießen und nicht für ihre Enkelin schuften. Und als Babysitterin für Sheona möchte ich sie auch nicht überlasten. Ich freue mich, wenn sie abends auf sie aufpasst und Scott und ich ein bisschen Paarzeit oder Freundeszeit haben. Oder tagsüber, wenn sie mit ihr spazieren geht – das ist super, denn Grandma muss unbedingt an die frische Luft und in Bewegung bleiben. Das tut ihr gut. Aber dazwischen braucht Sheona mich, und das Babysitten wäre für Grandma vermutlich noch anstrengender, als im Laden zu stehen. So ein Kleinkind, das die Welt entdecken möchte, kann eine echte Herausforderung sein.«

Maighread strickte und staunte. Sie wusste ja, dass Chloe klug und empathisch war, aber das war wieder einmal einer ihrer Meisterstreiche.

Die Türglocke erklang.

»Guten Morgen, Maighread«, grüßte Amely und kam lächelnd zum Sofa. Sie legte ihren Stoffbeutel auf den Sessel und gab Maighread einen Kuss auf die Wange.

»Amely, wie schön. Trinkst du einen Tee mit uns? Chloe hat mir gerade erzählt, dass du drüben bist und färbst.«

»Unglaublich, oder?« Amely strahlte Chloe an. »Keine Ahnung, wie sie mich dazu gebracht hat.«

Als Maighread aufstehen wollte, hielt Amely sie davon ab. »Bleib sitzen, ich hole mir eine Tasse. Chloe, ich hab das Schild in die Tür gehängt, dass ich im Strickladen bin, falls ein Kunde kommt.«

»Prima, danke, Amely. Aber um die Zeit ist es meistens noch ruhig.«

Amely setzte sich, trank einen Schluck Tee und holte ebenfalls ihren angefangenen Poncho hervor. Sie hatte gerade die ersten Reihen des zweiten Teils gestrickt.

Eine Zeit lang saßen sie zu dritt in der gemütlichen Ecke des Strickladens und nur das leise Klappern der Nadeln war zu hören. Doch lange hielt Maighread die Ruhe nicht aus. »Hört mal, da wir gerade so gemütlich beisammensitzen. Ich habe zwei Ideen, die ich mit euch beiden besprechen möchte.«

»Na, das hat ja nicht gerade lange angehalten.« Chloe zwinkerte Amely zu.

»Wie?« Maighread sah Chloe an. »Was meinst du?«

»Die Ruhe nach dem Sturm«, kam es lakonisch von Chloe zurück. »Normalerweise genießt du die Zeit nach einem Abenteuer und kommst nicht mit neuen Ideen um die Ecke, kaum dass du wieder atmen kannst.«

Maighread lachte und nickte. »Und wie ich die Ruhe genieße«, bestätigte sie. »Keine Angst, ich habe vorerst genug Aufregung gehabt. Nein, es geht um unsere Grannys und um Eilidh. Die drei haben uns so fantastisch unterstützt, obwohl ich sicher bin, dass ihre Knochen an dem ein oder anderen Tag ziemlich deutlich Stopp gerufen haben. Ich würde den dreien gern zeigen, wie dankbar ich bin, und ihnen etwas schenken. Bist du dabei?«

»Was für eine schöne Idee.« Chloe nickte begeistert.

»Glaubt nur nicht, dass ihr das zu zweit macht. Die drei waren oft genug auch meinetwegen im Einsatz. Ich möchte selbstverständlich auch dabei sein.«

Damit hatte Maighread nicht gerechnet, aber sie war glücklich, das zu hören. Nicht wegen des Geschenks, aber damit zeigte Amely einmal mehr, dass sie dabei war, ihre Rückzugsphase zu überwinden.

»Hast du denn eine Idee?«, wollte Chloe nun wissen. »Ein Geschenk für unser Granny-Kleeblatt zu finden, ist nicht gerade einfach.«

»Wie wäre es mit einer Reise nach Edinburgh im Dezember? Wir buchen ihnen ein Hotel für zwei Nächte. Sie könnten sich das Castle of Light anschauen und über den Weihnachtsmarkt schlendern.«

»Oh, das Castle of Light«, seufzte Amely. »Sie werden es lieben. Das ist so, so wundervoll. Maighread, das ist eine fantastische Idee. Wir können Paul nach Hotelempfehlungen fragen. Soll ich?«

»Ja, mach das bitte. Chloe, bist du denn einverstanden?«

»Am liebsten würde ich mitfahren. Wirklich gut. Ich hatte schon befürchtet, wir würden ewig nach dem richtigen Geschenk suchen, aber du hast es locker auf den Punkt gebracht, Maighread.«

Amely trank ihren Tee aus und packte das Strickzeug weg. »Es tut mir leid, dass ich die gemütliche Runde schon wieder verlassen muss, aber die Wolle ruft. Vielleicht schau ich später noch mal bei dir rein, Maighread. Und du, Chloe, gib Sheona einen Kuss von mir.« Damit rauschte Amely zur Tür hinaus.

»Wow.« Maighread sah ihrer Freundin hinterher und dann zu Chloe. »Du weißt schon, dass du ein kleines Wunder vollbracht hast, Chloe, oder?«

Chloe winkte ab. »Ich glaube, Amely erkennt langsam, dass Probleme Herausforderungen sind und wie gut es sich anfühlt, wenn man diese annimmt und nicht davor wegläuft. Letztlich kann doch niemand vor dem Leben davonlaufen. Was man aber in der Hand hat, ist die Entscheidung, in welchem Umfeld man sich der Herausforderung stellen möchte. Und da ist Callwell mit uns allen als Verstärkung bestimmt nicht die schlechteste Wahl.«

»Bei dir klingt das so einfach und so selbstverständlich. Ich kann Amelys Fluchtgedanken schon verstehen.«

»Das allerdings kann ich auch. Es wäre ja schlimm, wenn nicht. Aber wenn man verstanden hat, dass sich nichts geschickter als Schwierigkeit tarnt als eine Chance, dann verändert das die innere Haltung und der Fluchtimpuls wird schwächer.«

Da war sie wieder, die kluge Chloe, die Maighreads Hirnwindungen in Wallung brachte. Diesem Satz musste sie sich langsam nähern. Wie war das? Nichts tarnte sich geschickter als Schwierigkeit als eine Chance?

»Puh, du forderst mich«, gestand Maighread. »Aber ja, ich glaube, ich kann dir folgen. Wenn ich ein Problem löse, kann sich dahinter eine Chance offenbaren, die ich vor lauter Schwierigkeiten gar nicht wahrgenommen hatte. Richtig?«

»Absolut. Und Amelys Schwierigkeit war das Feuer. Die Chance dahinter – zumindest sehe ich es so – ist die Erkenntnis, dass Amely hierhergehört. Ich glaube, sie hatte zwischendurch immer mal wieder leise Zweifel. Jetzt, da ihr Haus fast verloren war, ist ihr klar geworden, dass sie nicht wegmöchte. Nicht ernsthaft. Ein bisschen Sehnsucht nach der alten Heimat ist normal, das heißt nicht, dass sie wieder dorthin zurückmöchte.«

»Und Peter hat mir erzählt, dass er den Schuppen neu bauen lässt. Er richtet ihr eine kleine Lagerhalle für Heu und Stroh ein und eine abgetrennte Färbewerkstatt. Das wird ein echter Gewinn sein.«

»Sage ich doch. Chancen.«

»Zwischendurch hatte ich wirklich Angst, Amely könnte uns den Rücken kehren und nach Edinburgh zurückziehen«, bekannte Maighread. »Sie hat es nicht so klar ausgesprochen, aber ich müsste mich sehr täuschen, wenn sie nicht in diese Richtung gedacht hätte.«

»Ganz sicher lag da was in der Luft. Stell dir vor, Peter hat sogar überlegt, mit ihr wegzuziehen, falls sie sich für Edinburgh entscheidet.«

»Nein!« Vor lauter Schreck rutschten Maighread etliche Maschen von der Nadel. Sie schimpfte und fädelte sie vorsichtig wieder auf.

»Er liebt sie wirklich. Es wäre schlimm für ihn gewesen, aber er hatte bereits Ideen, wie er das mit der Destillerie über einen Geschäftsführer regeln könnte, um selbst nur hin und wieder vor Ort sein zu müssen«, erzählte Chloe.

»Wie gut für Peter und überhaupt für uns alle, dass Amely sich zu besinnen scheint. Heute wirkte sie nicht mehr, als wäre sie auf der Flucht.«

»Paul ist ein toller Mensch«, sagte Chloe. »Ich habe ihn zweimal getroffen, er hat mich um Rat gefragt, wie er am besten mit Amelys Kummer umgehen kann. Er hat das direkt richtig eingeschätzt und gesehen, dass Edinburgh die falsche Wahl für sie gewesen wäre. Aber das hat er ihr natürlich nicht gesagt, darauf musste sie von selbst kommen.«

»Wenn doch nur das Haus bald fertig wäre.« Maighread seufzte. »Solange sie nicht wieder mit ihren Tieren dort wohnt und arbeitet, werde ich diese leise Befürchtung, dass sie sich doch noch umentscheidet, wohl nicht los.«

Die Ladentür wurde schwungvoll geöffnet. Peter trat ein. »Hey, Ladys«, grüßte er. »Was ist, habt ihr für einen hart arbeitenden Kerl auch einen Tee? Es ist verflixt kalt geworden.«

»Hallo, Peter. Dir müssten die Ohren klingeln. Wir haben gerade von dir gesprochen.«

Peter tat, als müsste er sich das Ohr ausschütteln. »Ach deshalb, mir war doch so.« Im nächsten Moment ließ er seine fröhliche Maske fallen. »Ich war gerade bei Amelys Haus. Verflixt, das dauert alles so ewig. Bis sie einziehen kann, vergehen sicher noch ein paar Wochen. Ende November, hat der Maurer heute gemeint. Ehrlich, ich weiß nicht, wie lange ich das noch aushalte mit Amely und diesem Paul.«

»Vorsicht!«, zischte Maighread. Schon trat Amely ein.

»Amely, guten Morgen.« Peter stand auf, umarmte sie und küsste sie auf den Mund.

»Guten Morgen, Peter. Alles in Ordnung? Gibt es Probleme?« Sofort wirkte sie angespannt.

Doch als er den Kopf schüttelte und sie beruhigte, ließ sie die Schultern, die sie hochgezogen hatte, wieder fallen.

»Paul kommt gleich«, erklärte sie Maighread und Chloe. »Er meinte, er hätte ein paar interessante Tipps für uns. Und eine Überraschung.«

Peters Miene verfinsterte sich. Doch bevor er etwas sagen konnte, war Paul auch schon da.

Nach der allgemeinen Begrüßung sagte er: »Ich dachte mir, das ist eine sehr gute Gelegenheit, euch jemanden vorzustellen.« Schon ging er wieder zur Ladentür und öffnete sie. »Komm rein, Cliff.«

Ein gut aussehender Mann trat ein. Dunkelbraune, etwas wilde Locken, braune Augen und ein markantes Kinn.

Was für ein schöner Kerl, dachte Maighread.

Paul räusperte sich. Er streckte diesem Cliff die Hand hin und zog ihn näher zu sich. »Darf ich vorstellen? Das ist Cliff, mein Ehemann.«

Kapitel 20

Amely

»Was für eine tolle Idee von dir, Dorothy. So etwas macht sicher nicht jede Angestellte für ihren Chef. Peter wird sich ganz sicher freuen.« Amely packte den Tee und die Seifen, die sie zusammen mit Dorothy ausgesucht hatte, hübsch ein und band um jedes der vier Päckchen eine Schleife.

»Jeden Adventssonntag eine kleine Überraschung. Weißt du, Peter ist ein ungemein großzügiger und guter Chef. Ich finde, bei all der Arbeit, die er in den letzten Wochen geschultert hat, ist so eine kleine Aufmerksamkeit das Mindeste. Und Whisky hat er selbst genug, das wäre – wie sagt man dazu? Irgendwas mit Eulen, ich komm nicht drauf.«

»Du meinst: Wolle zu Maighread tragen«, antwortete Amely und lachte laut los, als sie Dorothys verdutzten Blick sah.

Doch die ältere Frau schaltete schnell. »Ja, natürlich, genau das meinte ich. Wer braucht schon Eulen, wenn er Wolle hat?«

»Genau so. Sollen die Eulen in Athen bleiben, Callwell hat Wolle.«

»Und Whisky!«

»Und Kräuter, Seifen und uns«, ergänzte Chloe und lächelte.

Amely hatte sie gar nicht reinkommen hören und sah sie erstaunt an.

»Hey, Chloe, willst du mich ablösen? Ich dachte, ich bin heute bis nachmittags hier?«

Chloe zog ihre Jacke aus und schälte sich aus ihrem dicken Schal. »Es gab eine kleine Planänderung. Das erkläre ich dir gleich.«

»Alles klar.« Damit wandte Amely sich wieder an Dorothy. Sie lächelte sie über den Tresen hinweg an und reichte ihr den Einkauf. Dabei versuchte sie, das schlechte Gewissen zu ignorieren, das Dorothys Worte in ihr ausgelöst hatten und das sie jetzt zwickte.

Natürlich war ihr klar, dass Peter ihretwegen so viel Arbeit hatte. Sie hatte Dorothys dezent gesetzte Spitze durchaus zur Kenntnis genommen und konnte es ihr nicht einmal verübeln. Dorothy vergötterte Peter und versuchte, ihn zu beschützen.

Auch wenn Amely sich darum bemühte, sich nichts anmerken zu lassen, blieb es Dorothy offensichtlich nicht verborgen, dass etwas nicht stimmte.

Im nächsten Moment wurde ihr klar, dass Amely ihre Worte auf sich bezogen hatte, denn sie beeilte sich, die Sache klarzustellen. »Ich merke gerade, dass das, was ich gesagt habe, merkwürdig rübergekommen sein könnte. Als ob ich dir Peters Überlastung ankreiden würde. Entschuldige bitte, Amely, das war so gar nicht gemeint. Wirklich nicht. Dein Haus war nicht Peters Problem. Im Gegenteil, je weiter die Sanierungsarbeiten fortschreiten, desto besser wird seine Laune. Er macht das so gern für dich, das kannst du dir gar nicht vorstellen. Es ist ja auch fast geschafft.

Aber dass ausgerechnet in dieser Zeit James weg war … na ja, mieses Timing eben. Und dieser junge Mann, Owen, den Peter eingestellt hat, kann so einen alten Haudegen, der sein Handwerk aus dem Effeff beherrscht, natürlich nicht ersetzen. Für Peter war das eine harte Nuss. Und neben all der Arbeit waren da auch noch die Sorgen um James. Anfangs wussten wir gar nicht, ob er überhaupt noch mal arbeiten kann. Aber das ist zum Glück Schnee von gestern.

Morgen fängt James wieder an zu arbeiten. Ich freue mich richtig darauf, den alten Brummbär wieder um mich zu haben. Die Ärzte haben ihn wohl ordentlich auf die Beine gestellt. Er war gestern kurz da, um Hallo zu sagen. Sieht richtig gut aus, der alte Highlander. Ich glaube, er ist jetzt fitter als vor seinem Infarkt.«

Bei diesen Worten blitzte etwas in ihren Augen auf, das Amely nur zu gut kannte. Waren da etwa Gefühle im Busch?

Sie kam nicht dazu, das Gespräch unauffällig in diese Richtung zu lenken. Dorothy sah auf ihre Uhr. »Ach du meine Güte. Ich quassle hier munter und trödle herum, dabei muss ich dringend los. Ich sollte längst im Büro sein.« Schnell packte sie ihr Wechselgeld weg, und mit einem fröhlichen »Tschüss, ihr beiden, und danke, Amely« rauschte sie auch schon zur Tür hinaus.

Jetzt ist es bald geschafft. Die Worte hallten in Amely nach. Unfassbar, wie schnell die Wochen dahingerast waren. Es ging langsam, aber sicher auf Weihnachten zu. Gestern hatte es das erste Mal ein wenig geschneit, und für heute Abend waren weitere Schneefälle angekündigt.

Seit Amely regelmäßig Chloe im Kräuterladen aushalf, ging es ihr viel besser. Und auch das Leben auf dem

Hausboot mit Paul und Cliff war kurzweilig. Cliff wollte über Weihnachten in Callwell bleiben.

Dass Paul homosexuell war, hatte Amely gar nicht so sehr überrascht, tief in ihrem Inneren hatte sie es wohl geahnt. Aber da er für sie immer nur ein guter Freund gewesen war, hatte es keine Bedeutung. An ihrer Beziehung änderte das nichts.

Aber dass Paul sogar verheiratet war, hatte sie aus den Socken gehauen. Sie konnte nicht fassen, dass er das so lange vor ihr geheim gehalten hatte.

»Ach, weißt du, es ging gar nicht darum, etwas geheim zu halten. Ich wollte es dir sagen, aber dann fand ich, du hast mit deinen eigenen Themen genug zu tun. Da war kein Platz für meine Hochzeitsgeschichte. Ich habe auf die passende Gelegenheit gewartet.«

Er war unglaublich. Die Welt bräuchte mehr Pauls, die auf ihre Mitmenschen achteten und nicht nur die Oberfläche sahen. Amely hatte ihn spontan umarmt, auf die Wange geküsst und ihm für seine Rücksichtnahme gedankt.

Sogar Peter hatte Amely inzwischen ein paarmal auf dem Boot besucht und den Jungs einen guten Tropfen mitgebracht. Das waren sehr schöne Abende gewesen, die Amely richtig genossen hatte. Dass Peter jetzt so entspannt war, tat ihrer Beziehung gut. Ohne den Erwartungsdruck fühlte Amely sich freier und hatte von sich aus auch zwei Nächte bei Peter übernachtet. Paul und Cliff hatten sich um Piper gekümmert und ihn ordentlich verwöhnt.

Die Idee, ganz oder wenigstens vorübergehend nach Edinburgh zurückzukehren, hatte Amely längst wieder fallen lassen. Sie würde es nicht übers Herz bringen, ihre Freunde derart vor den Kopf zu stoßen. Und sie wollte Peter nicht zumuten, pendeln zu müssen. Vor allem aber wollte sie gar nicht mehr weg aus Callwell. Alles, was sie wollte, war, endlich wieder in ihr Haus zu ziehen.

Sie war so neugierig, wie das Haus jetzt aussah. Aber Peter wollte sie unbedingt überraschen. Lediglich bei der Farbauswahl hatte er sie gefragt. Hoch und heilig hatte Amely ihm versprechen müssen, nicht hinzufahren und zu schauen. Dieses Versprechen einzuhalten war ihr nicht leichtgefallen, und es wurde mit jedem Tag schwieriger.

»So, da bin ich«, verkündete Chloe, die kurz nach hinten verschwunden war und ihre Jacke weggebracht hatte.

»Das ist schön. Und ich mache Feierabend? Es macht mir aber wirklich nichts aus hierzubleiben, Chloe. Meinetwegen musst du nicht übernehmen.«

Ihre Freundin grinste. »Doch, muss ich. Eigentlich müsste jeden Moment dein Handy klingeln. Es geht nämlich nicht um mich, sondern um dich.«

Und tatsächlich. Chloe hatte noch nicht ganz ausgesprochen, da signalisierte das Vibrieren ihres Telefons eine neue Nachricht.

Neugierig zog Amely das Telefon aus der Hosentasche und tippte auf das Display.

Hey, Amely. Guess what! Es ist so weit. Ab mit dir zum Hausboot. Pack deine Sachen, ruh dich ein bisschen aus, und mach dich schick. Um 16 Uhr hole ich dich ab. Oh, und iss nicht so viel.
Ich liebe dich und kann es kaum erwarten!
Peter <3

Amely klappte der Mund auf. Sie hob ihren Blick zu Chloe und senkte ihn wieder zum Telefon zurück.

»Iss nicht so viel? Das ist nicht sein Ernst, oder? Was will er mir denn damit sagen? Dass ich ein Vielfraß bin?« Sie wusste nicht, ob sie lachen oder empört schnauben sollte.

Chloe beugte sich zu Amely, um den Text zu lesen. Dann lachte sie. »Typisch Peter eben. Aber eigentlich will er damit das Gegenteil sagen. Wenn du ein Vielfraß wärst, könntest du essen, so viel du möchtest, du hättest später trotzdem noch Hunger. Aber da du eher das Gegenteil bist, sorgt er sich, dass du abends vielleicht keinen Hunger haben könntest, wenn du nachmittags zu viel isst. Und das wäre nun wirklich schade.«

»Und wieso soll ich meine Sachen packen, wenn er mit mir essen gehen möchte?« Jetzt war Amely komplett verwirrt.

»Du darfst später zwar alles essen, aber jetzt gerade musst du nicht alles wissen, meine Liebe. Tu einfach, worum er dich gebeten hat, und lass den Rest auf dich zukommen. Und jetzt ab mit dir. Du musst deine Sachen packen.«

***

Amelys Herz schlug im Galopp, während sie mit geschlossenen Augen neben Peter im Auto saß.

»Oh bitte, Peter, mach es doch nicht so spannend. Außerdem habe ich nichts im Magen, mir wird gleich schlecht, da hilft es nicht gerade, dass ich die Augen zuhabe. Reicht es nicht, wenn ich sie schließe, sobald wir auf den Parkplatz fahren?«

»Wir sind doch gleich da, Amely. Jetzt komm, mach mir die Freude und halte durch.«

»Was hast du eigentlich vor? Hast du was bei mir zu Hause gekocht? Oder gehen wir gleich noch essen? Ich weiß gerade wirklich nicht, ob ich noch mal wegmöchte, wenn ich gleich endlich mein Haus wiederhabe.«

»Ist es nicht toll, dass es schon wieder schneit?« Peter ließ Amelys Fragen einfach ins Leere laufen.

»Der Schnee erinnert mich an unser Abenteuer. Ist das nicht unglaublich, dass das schon wieder fast ein Jahr her ist?«

Weil sie ständig Gefahr lief, ihre Augen versehentlich zu öffnen, hielt Amely sich eine Hand davor.

»Das ist echt verrückt«, stimmte Peter ihr zu. »Und du weißt ja, was das heißt – unser Schneezauberbaby wird ein Jahr. Auf die Fete freue ich mich schon.«

»Ich überlege schon seit Tagen, was ich Sheona schenken könnte. Chloe zuckt nur mit den Schultern und sagt, dass ihre Kleine alles hat und eigentlich nichts braucht. Ach du meine Güte, Peter. Da fällt mir was ein. Halt bitte an.«

»Wir sind gleich da.«

»Ja, ich weiß, aber ich habe Angst, dass ich es in der Aufregung noch mal vergesse. Halte bitte kurz an.«

Amely spürte, wie der Wagen langsamer wurde. Sie öffnete die Augen. »Stell dir vor, als ich heute meine Sachen gepackt habe, fielen mir auch das Kleid und die Tasche von der Hochzeitsfeier in die Hände. Und was soll ich sagen? Ist dir eigentlich nicht aufgefallen, dass wir vor lauter Chaos Maighread und Joshua ihr Hochzeitsgeschenk gar nicht gegeben haben?«

»Wie?« Er runzelte die Stirn. »Ich dachte, du hast …«

Amely nickte. »Ganz genau. Du bist davon ausgegangen, dass das erledigt ist, und hast nicht mehr weiter darüber nachgedacht. Chloe und Scott ging es vermutlich ähnlich. Und ich habe das vor lauter Aufregung total vergessen. Erst heute, als ich in die Handtasche geschaut habe, fiel es mir ein.«

»Na, dann sollten wir das schleunigst nachholen. Oder wir heben es auf und schenken es ihnen zur Silberhochzeit.«

»Peter!« Amely lachte. »Du bist echt unmöglich.«

»Und genau deswegen liebst du mich, oder etwa nicht?«

»Nicht nur deswegen«, räumte sie ein.

»Dann wäre das ja geklärt. Und jetzt hopp. Augen zu!«

Er trat aufs Gaspedal, und keine zwei Minuten später parkte er das Auto und half Amely beim Aussteigen. Er legte den Arm um sie und führte sie.

»Darf ich nicht erst von außen gucken?«

»Du darfst jetzt aufhören herumzuzappeln und mit mir eintreten. Achtung, Stufe.«

Hätte Peter sie nicht gehalten, wäre Amely gestolpert. Aber mit ihm an ihrer Seite war sie sicher.

Peter blieb stehen. Er drehte Amely ein wenig. Sie hörte, wie er tief Luft holte. »Augen auf!«

Sie blinzelte in das helle Licht und brauchte einen Moment, um sich zu orientieren.

Da tönten auch schon Stimmen im Chor. »Herzlich willkommen zu Hause!«

Amely blieb die Luft weg. Sie fand keine Worte und ließ sich von allen umarmen. Maighread und Joshua waren da, Chloe, Scott und Sheona, Paul und Cliff, das Granny-Kleeblatt und sogar Jason und Vivian.

Die Räume waren schon weihnachtlich geschmückt mit viel Tannengrün – in ein paar Tagen war bereits der erste Advent. Das Esszimmer hatten ihre Freunde zusätzlich auch noch mit Luftballons und Luftschlangen dekoriert.

Aus der Küche zogen köstliche Duftschwaden in Amelys Nase, die sich mit dem Tannenduft vermischten, der das Haus erfüllte.

Sie konnte noch immer nicht sprechen, aber sie weinte Glückstränen. Ihr Zuhause. Alles fühlte sich so vertraut an und wirkte doch frisch und neu.

»Lass mich alles sehen, bitte!«

»Geht ihr, wir halten hier die Stellung«, sagte Maighread und hob ihr Glas.

Peter führte Amely zuerst ins Schlafzimmer. Amely sprang mit einem Satz auf das neue Boxspringbett. Sie erkannte auf den ersten Blick, dass es genau das Modell war, das sie Peter im Katalog gezeigt hatte. Der weiß lasierte Kleiderschrank, die Kommode, der kleine Frisiertisch mit Spiegel, auf dem sogar eine Bürste bereitlag, die genauso aussah wie ihre frühere.

»Du bist verrückt«, hauchte Amely und zog Peter in die Arme. Sie küsste ihn innig und drückte ihn fest an sich. »Danke, Peter. Ich weiß gar nicht …«

»Aber ich«, unterbrach er sie. »Fühl dich wohl hier und sei glücklich, Amely. Das ist der Dank, den ich mir wünsche.«

Amely nickte.

Sie gingen vom Schlafzimmer weiter, im oberen Stock war sonst nicht viel verändert worden. Es war nur alles geputzt und gestrichen.

Dann stiegen sie die Treppe hinunter und traten in die Küche.

»Wow!« Amely schlug sich die Hände vor den Mund, der ihr vor lauter Staunen weit offen stand.

Sie erinnerte sich, dass sie sich früher einmal – bevor das mit dem Feuer passiert war – mit Peter über Traumküchen unterhalten hatte. Da hatte sie ihm von einer blau-weißen Bauernküche erzählt, die sie sich irgendwann einmal leisten wollte. Ein bisschen romantisch verspielt, aber technisch auf dem neuesten Stand mit Induktionsherd, Backofen und Dampfgarer, einem riesigen Doppelkühlschrank und einer richtig guten Eismaschine. Sie hatte gelacht und zugegeben, dass das für einen Singlehaushalt ein bisschen überzogen war. Aber andererseits … wenn sie so eine Küche hätte, würde sie garantiert mindestens einmal die Woche jemanden zum Essen einladen, gemeinsam mit Freunden kochen und Partys feiern, die in der Küche endeten – denn das waren bekanntlich die besten.

Peter hatte sich jedes Detail gemerkt und ihren Traum wahr werden lassen.

Amely umarmte ihn stürmisch, drückte ihm einen Kuss auf die Lippen und sah ihm tief in die Augen. »Peter, du bist der beste Mann, den ich mir hätte wünschen können.« Dann machte ihr Herz einen Purzelbaum, und sie ließ sich von dem Überschwang ihrer Gefühle mitreißen. »Willst du mich heiraten?«

Peter riss die Augen auf und wurde blass. Er öffnete den Mund, kam aber nicht dazu, etwas zu sagen, da in der Sekunde Eilidh hereingestürmt kam.

»Achtung, ihr zwei, macht mal Platz, es geht los. Oder

noch besser, komm her, Peter. Fass mit an. Ich möchte die Vorspeise servieren.« Eilidh zupfte an seinem Ärmel und sah zu Amely. »Ab mit dir, rüber ins Esszimmer, zu deinen Gästen«, schnarrte sie.

Peter, noch immer blass um die Nase, zuckte entschuldigend mit den Schultern. Amely war überrumpelt von sich selbst und ging wortlos ins Esszimmer, genau wie Eilidh befohlen hatte.

Hatte sie ihn das gerade wirklich gefragt? Sie konnte es nicht fassen.

»Willkommen zurück in deinem Zuhause«, sagte Peter noch einmal, sobald alle um den großen Tisch herumsaßen und die Vorspeise vor sich hatten. Eilidh hatte Kleinigkeiten aus Blätterteig gezaubert und einen Salat aus Wildkräutern und Nüssen dazu gereicht.

»Ich kann euch gar nicht sagen, wie glücklich ich bin«, ergriff nun Amely das Wort. Sie hatte sich wieder einigermaßen im Griff. »Aber nun esst und lasst uns das Leben und meine Heimkehr feiern.«

Paul ging um den Tisch herum und schoss ein paar Fotos, erst dann nahm er neben Cliff Platz. Alle wünschten sich guten Appetit und ließen es sich schmecken.

»Sehr köstlich, Eilidh. Vielen Dank«, sagte Amely, nachdem sie das erste Blätterteigteilchen gekostet hatte.

»Ein Toast auf Eilidh, die beste Köchin Schottlands.« Peter hob sein Weinglas und grinste Eilidh an.

»Olle Quasselbirne«, brummte die, genau wie Amely es erwartet hatte.

Die Unterhaltung bei Tisch ging munter hin und her. Jeder

plauderte mit jedem und tausendundein Themen schwirrten durch den Raum.

Nachdem sie die Vorspeisenteller abgeräumt hatten, verkündete Joshua, dass er nun draußen grillen würde. Der verrückte Kerl ließ sich auch vom Schneetreiben nicht abhalten. Eilidh wollte sich um die Beilagen kümmern.

Doch bevor sie davonstürmen konnten, stand Peter auf. »Stopp. Bitte, seid so lieb und setzt euch noch mal. Wir haben noch ein paar Sachen zu besprechen, und ich finde, das würde jetzt gerade ganz gut passen.« Er sah zu Amely und nickte ihr zu. »Fängst du an, Amely?«

Sie musste kurz überlegen. »Ach je, das hätte ich fast schon wieder vergessen.« Sie lachte über sich selbst. »Maighread, Joshua, nachdem euer Hochzeitsfest so abrupt unterbrochen wurde, habe ich komplett vergessen, dass wir – also Chloe, Scott, Peter und ich – ein Hochzeitsgeschenk für euch haben. Die anderen dachten vermutlich, ich hätte es euch längst überreicht, und ich habe es heute in meiner Handtasche gefunden.«

»Was? Ihr seid ja verrückt.« Maighread hob abwehrend die Hände. »Joshua und ich haben ganz wunderbare Geschenke von euch bekommen. Die zauberhaft schönen Blumengestecke, den Whisky und Peters Einsatz als Barmann. Eure Hilfe bei der Vorbereitung. Ganz ehrlich, wir sind reich beschenkt.«

»Das ist doch fein. Und jetzt nehmt ihr dieses Geschenk noch dazu, und alle sind glücklich.« Sie überreichte einen Umschlag, den Joshua entgegennahm.

»Aufmachen!«, rief Peter. »Hopp, hopp.«

Er klatschte in die Hände, was Sheona, die gerade auf

Scotts Arm war, mit begeistertem Kieksen beantwortete. Sie klatschte mit einer Hand ihrem Papa ins Gesicht und hatte Spaß.

»Ihr seid ja verrückt«, kam es gleich darauf von Joshua und Maighread. »Ist das euer Ernst?«

»Alles schon gebucht und bezahlt. Ihr müsst nur noch im Mai eure Koffer packen«, erklärte Chloe.

Die Freunde grinsten sich zufrieden an. Sie hatten für Maighread und Joshua zwei Wochen Amrum gebucht.

»Danke schön. Von Herzen.« Maighread und Joshua gingen reihum und bedankten sich bei jedem persönlich.

»Da wir gerade so schön dabei sind«, meldete sich Chloe zu Wort. »Ich habe auch noch etwas zu verkünden. Allerdings kein Geschenk«, warnte sie und zwinkerte Amely zu. »Amely, du warst mir in den letzten Wochen eine große Hilfe im Kräuterladen. Danke schön.«

»Wann immer du mich brauchst, Chloe. Ihr alle habt so unendlich viel für mich getan, dagegen ist das bisschen Verkaufen im Laden ein Klacks.«

Chloe machte ein bekümmertes Gesicht. »Leider wird das künftig so nicht mehr funktionieren. Es geht nicht.«

»Was? Wieso denn? Habe ich etwas falsch gemacht?« Amely überlegte fieberhaft. Hatte sie falsch abgerechnet? Etwas vergessen oder nicht ordentlich gearbeitet?

»Hör sofort auf zu grübeln, Amely. Es geht so nicht mehr, weil ich gern möchte, dass du Teilhaberin wirst und wir den Laden künftig gemeinsam schmeißen. So hättest du ein weiteres Standbein und ich Entlastung, um mehr Zeit für Sheona zu haben. Was meinst du? Kommt das für dich infrage?«

»Ernsthaft? Chloe, das ist doch dein Traum.«

»Lass uns doch zusammen träumen.« Chloe breitete die Arme aus. Mehr brauchte es nicht. Amely sprang auf und war schon bei ihr.

»Danke, Chloe. Danke, danke, danke!«

»Wenn das so weitergeht, ist die Kohle verglüht, bis ihr endlich mit all eurem Gerede zu Ende seid«, grummelte Eilidh und wischte sich mit einem Taschentuch die Tränen weg.

»Keine Angst, Eilidh. Gleich können wir grillen, und nach dem Essen wird gesungen. Aber alles zu seiner Zeit. Eine Sache gibt es vorher noch zu besprechen.« Peter stand auf und zog Amely sanft zu sich.

»Was kommt denn jetzt noch?«, fragte sie und fühlte sich von dem vielen Glück schon richtiggehend beschwipst. »Ein neues Alpaka?«, ulkte sie.

Und dann verschlug es ihr zum wiederholten Mal an diesem Abend die Sprache, denn plötzlich kniete Peter vor ihr. Er hielt ihre Hand und sah zu ihr auf.

»Amely Stringer. Du bist die wunderbarste Frau, die ich je das Glück hatte, kennenlernen zu dürfen. Du bist klug, wunderschön und hast genug Humor, um es mit mir auszuhalten. Kurz: Du bist perfekt. Und deshalb frage ich dich jetzt: Amely, möchtest du meine Frau werden?«

In Amelys Ohren rauschte es.

Peter zog ein kleines Kästchen hervor, öffnete es und hielt es ihr hin. Darin lag der schönste Ring, den sie je gesehen hatte. Im Augenwinkel sah sie Paul, der mit der Kamera um sie herumging. Und Vivian stand auf.

Mit zitternder Hand zog Amely Peter auf die Beine. »Ja«, sagte sie. »Ja, natürlich möchte ich dich heiraten.«

Unter dem Applaus ihrer Freunde sank sie in Peters Arme und küsste ihn.

Vivian hatte ihre Geige geholt und begann zu spielen. Die Melodie von *Perfect* erfüllte den Raum.

Maighreads Strickanleitungen

Hast du Lust bekommen, Teil der »Der kleine Strickladen Strick-Community« zu sein? Dann nichts wie ran an die Nadeln.

Tutorials zu besonderen Mustern, Tipps und Tricks und die ein oder andere Plauderei findest du auf dem YouTube-Kanal: *www.youtube.com/derkleinestrickladen*

Dort zeige ich auch Bilder zu den Anleitungen. Ansonsten sind die Bilder breit gestreut im Netz. Auf meiner Facebook-Autorenseite, in der Facebook-Gruppe »Der kleine Strickladen – mit Susanne Oswald« oder auf Instagram unter #derkleineStrickladen.

Wenn du etwas von mir gestrickt hast, freue ich mich sehr, wenn auch du in den sozialen Netzwerken Bilder dazu postest. #derkleineStrickladen

Tweed Love-Poncho

GRÖSSE
Einheitsgröße

FORM
Asymmetrisch

MATERIAL für einen dicken, herrlich warmen Poncho

- Der kleine Strickladen, Tweed Love 2 (LL 60 m/50 g) in Beige (Farbe 1) 600 g und Orange (Farbe 2) 100 g
- Rundstricknadel 6,0–7,0 mm
- Hilfsnadel (je nach Technik. Zwei und vier Maschen lassen sich mit und ohne Hilfsnadel überkreuzen)
- 6 MM

ALTERNATIVMATERIAL für die etwas dünnere Variante

- Lana Grossa Country Tweed (LL 90 m/50 g) in 09-Nougat meliert 400 g und 02-Beige meliert 100 g
- Rundstricknadel 6,0 mm, 100–120 cm lang
- Hilfsnadel (je nach Technik. Zwei und vier Maschen lassen sich mit und ohne Hilfsnadel überkreuzen)
- 6 MM

MASCHENPROBE
Der kleine Strickladen, Tweed Love 2: Glatt rechts sind 12 M und 17 R = 10 × 10 cm
Lana Grossa Country Tweed: Glatt rechts sind 15 M und 20 R = 10 × 10 cm

Muster

Zopf A

Es sind nur die Hinreihen gezeichnet, in den Rückreihen die Maschen stricken, wie sie erscheinen.

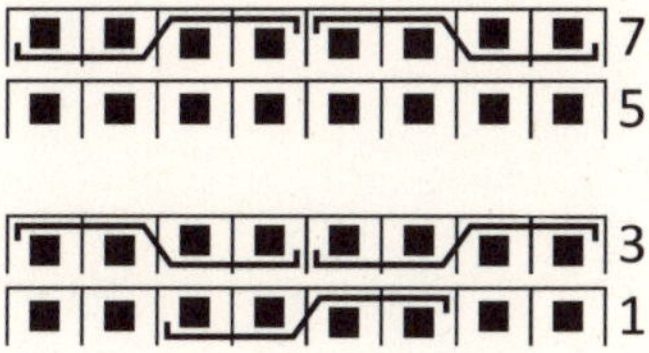

Rapport = 8 Maschen

 = 2 Maschen auf einer Hilfsnadel vor die Arbeit legen, 2 Maschen rechts stricken, 2 Maschen von der Hilfsnadel rechts stricken

 = 2 Maschen auf einer Hilfsnadel hinter die Arbeit legen, 2 Maschen rechts stricken, 2 Maschen von der Hilfsnadel rechts stricken

Zopf B

Es sind nur die Hinreihen gezeichnet, in den Rückreihen die Maschen stricken, wie sie erscheinen.

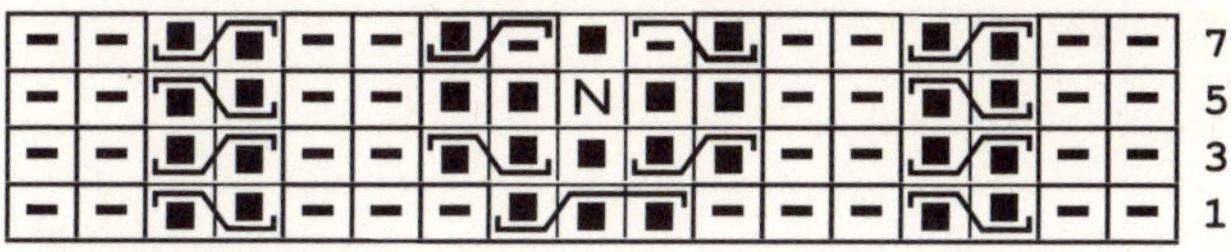

Rapport 17 M

 = 1 Masche auf der Hilfsnadel hinter die Arbeit legen, 1 M rechts, die Masche der Hilfsnadel rechts

 = 1 Masche auf der Hilfsnadel vor die Arbeit legen, 1 M rechts, die Masche der Hilfsnadel rechts

 = 1 Masche auf der Hilfsnadel vor die Arbeit legen, 1 Masche links, die Masche der Hilfsnadel rechts

 = 1 Masche auf der Hilfsnadel hinter die Arbeit legen, 1 Masche rechts, die Masche der Hilfsnadel links

 = 1 Masche links

 = 1 Masche rechts

 = 2 Maschen auf einer Hilfsnadel vor die Arbeit legen, 2 Maschen rechts stricken, 2 Maschen von der Hilfsnadel rechts stricken

 = 2 Maschen auf einer Hilfsnadel hinter die Arbeit legen, 2 Maschen rechts stricken, 2 Maschen von der Hilfsnadel rechts stricken

 = 1 Noppe: Aus der folgenden Masche 5 Maschen herausstricken (1 Masche rechts, 1 Masche rechts verschränkt im Wechsel), dann nacheinander die 4., 3., 2. und 1. Masche über die 5. Masche ziehen.

Perlmuster

1. R: *1 M rechts, 1 M links*, von * zu * stets wiederholen.
2. R: Gegensätzlich arbeiten

RM:

1. M rechts, Fd. vor der Arbeit, letzte M wie zum Linksstricken abh

Jetzt geht es los:
Teil 1:
Farbe Nougat meliert
68 M elastisch anschlagen

Musteraufteilung
RM, 4 M Perlmuster, Zopf A, Zopf B, Zopf A, Zopf B, Zopf A, 4 M Perlmuster, RM
192 Reihen (24 x Mustersatz Zopf A und B stricken)
Dann in Reihe 193 alle M abketten.

Teil 2:
Farbe Beige meliert
68 M elastisch anschlagen
50 Reihen im Perlmuster stricken.
Farbe Nougat meliert
51. R glatt rechts, ab R 52 wieder im Perlmuster bis Reihe 192.
Dann in R. 193 alle M abketten.
Fäden vernähen und die beiden Teile baden und spannen.
Jetzt die kurze Seite (Anfang) von Teil 2 rechts am Beginn der langen Seite von Teil 1 annähen. Danach die kurze Seite (Ende) von Teil 1 links am Ende der langen Seite von Teil 2 annähen.
Aus der restlichen Wolle können Quasten gearbeitet und an den Spitzen des Ponchos angebracht werden.
Dieser Poncho hält nicht nur warm, er ist ganz sicher auch ein Hingucker.

Comfort me-Stola

GRÖSSE
70 x 180 cm

FORM
Rechteck

MATERIAL
- Der kleine Strickladen, Cozy Dream Lace (LL 210 m/25 g) in 14-4110 Blassfliederblau (Farbe 1) 50 g und 06_058 Nebel
- Rundstricknadel 4,5–5,0 mm
- 10 MM

ALTERNATIVMATERIAL
- Lana Grossa, Silkhair (LL 210 m/25 g) in 181-Rost (Farbe 1) 50 g und 176 Goldgelb (Farbe 2) 50 g
- Rundstricknadel 4,5–5,0 mm
- 10 MM

MASCHENPROBE
Glatt rechts sind 16 M und 24 R = 10 × 10 cm

Muster 1

Es sind nur die Hinreihen gezeichnet, in den Rückreihen die Maschen stricken, wie sie erscheinen.

–	–	–	■	1

Muster 2

Es sind nur die Hinreihen gezeichnet, in den Rückreihen alle M und U links.

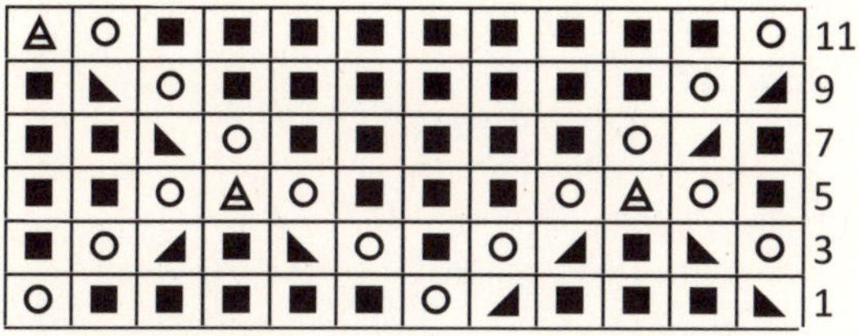

Rapport 12 M

Zeichenerklärung

△ = 3 Maschen rechts überzogen zusammenstricken: 1 Masche wie zum Rechtsstricken abheben, 2 Maschen rechts zusammenstricken und die abgehobene Masche überziehen

◢ = 2 Maschen rechts zusammenstricken

◣ = 2 Maschen rechts überzogen zusammenstricken: 1 Masche wie zum Rechtsstricken abheben, die nächste Masche rechts stricken und die abgehobene Masche überziehen

− = 1 Masche links

■ = 1 Masche rechts

○ = 1 Umschlag

Jetzt geht es los:

Farbe 1

120 M elastisch anschlagen

30 Reihen Muster 1

Farbe 2

96 Reihen 6 M kraus rechts, 9 x Muster 2, 6 M kraus rechts

Farbe 1 und Farbe 2 (alle 2 Reihen im Wechsel)
72 Reihen 6 M kraus rechts, 108 M glatt rechts, 6 M kraus rechts
Farbe 1 (die letzte Rückreihe Farbe 2)
96 Reihen 6 M kraus rechts, 9 x Muster 2, 6 M kraus rechts
Farbe 2
30 Reihen Muster 1
Alle M elastisch abketten und die Fäden vernähen.
Die Stola baden und spannen.
Mit diesem Hauch von Nichts über den Schultern bekommt euer Outfit eine besondere Note. Natürlich könnt ihr die Stola auch einfach als Schal um den Hals legen.

Filzbeutel/Projekttasche

GRÖSSE

Ungefilzt:

Durchmesser 40 cm und Höhe 50 cm

Gefilzt:

Durchmesser 25 cm und Höhe 33 cm

FORM

Rund mit einem Kordelzug

MATERIAL

- Schachenmayr, Wash+Filz-it! (LL 50 m/50 g) 450 g in 42-Jeans (Farbe 1) und 50 g in 44-Powder (Farbe 2)
- Rundstricknadel 8,0 mm, 40 cm und 80 cm (oder für Magic Loop nur 80 cm)
- Nadelspiel 8,0 mm
- Häkelnadel 7,0 mm
- 1 MM
- optional: Taschengurt und Befestigungsschnallen

MASCHENPROBE

Glatt rechts sind 11 M und 16 R = 10 × 10 cm

Muster

Querzopf (Lettischer Zopf)

1. Rd: 1 M rechts Farbe 1, 1 M rechts Farbe 2

2. Rd: 1 M links Farbe 1, 1 M links Farbe 2, dabei beide Fäden

vor die Arbeit legen und vorn mitführen. Beim Fadenwechsel den Faden der jetzt zu strickenden Masche immer unter dem Faden der gerade gestrickten Masche hindurchführen.
3. Rd: 1 M links Farbe 1, 1 M links Farbe 2, dabei beide Fäden vor die Arbeit legen und vorn mitführen. Beim Fadenwechsel den Faden der jetzt zu strickenden Masche immer über den Faden der gerade gestrickten Masche darüberführen.

Achtung! Die Fäden verdrehen dabei – entweder man nimmt immer gleich das Knäuel unter oder über den Faden mit, oder man dreht alle paar Maschen die Verwicklung wieder auf.

Jetzt geht es los:
Farbe 1
8 Maschen durch einen magischen Ring häkeln und sie wie beim Tunesischhäkeln auf der Nadel sammeln. Anschließend die Maschen auf eine lange Rundstricknadel (für das Stricken mit der Magic-Loop-Methode) oder auf ein Nadelspiel verteilen und den magischen Ring enger ziehen.
Alternativ können auch 8 M mit der Stricknadel angeschlagen und zur Rd geschlossen werden.
Den Rd-Beginn mit einem MM markieren.

Tipp
Zu dem Anschlag durch den magischen Ring findest du ein Tutorial auf dem YouTube-Kanal »Der kleine Strickladen«.

Jetzt für den Boden nach folgendem Schema arbeiten:
1. Rd: jede M kfb (16 M)
2. Rd: alle M rechts

3. Rd: *1 M rechts, 1 M kfb* wdh. bis Rd-Ende (24 M)
4. Rd: alle M rechts
5. Rd: *2 M rechts, 1 M kfb* wdh. bis Rd-Ende (32 M)
6. Rd: alle M rechts
So weiter, in jeder zweiten Rd 8 M zunehmen, bis Rd 29 (128 M)
30. Rd: alle M rechts
31. Rd: alle M links
Farbe 1 und Farbe 2
32.–34. Rd: einen Querzopf (Muster 1) arbeiten
Farbe 1
35.–39. Rd: alle M rechts
Farbe 1 und Farbe 2
40.–42. Rd: einen Querzopf (Muster 1) arbeiten
Farbe 1
43.–47. Rd: alle M rechts
Farbe 1 und Farbe 2
48.–50. Rd: einen Querzopf (Muster 1) arbeiten
Farbe 1
51.–100. Rd: alle M rechts
101. Rd: 1 M rechts, *2 M rechts, die erste der gerade gestrickten M über die zweite ziehen, 1 M rechts, die vorherige M überziehen – noch zweimal wdh. (4 M abgekettet), 11 M rechts* von *-* wdh. bis Rundenende – bei der letzten Wiederholung sind es am Ende nur noch 10 M rechts.
102. Rd: *1 M rechts verschränkt, 4 M aufschlingen, 1 M rechts verschränkt, 10 M rechts* von *-* wdh. bis Rundenende.
103. Rd: Alle M rechts, jeweils die M vor und nach den aufgeschlungenen Maschen rechts verschränkt stricken.

104.–111. Rd: alle M rechts
112. Rd: Alle M elastisch abketten

Kordel
Farbe 1 und 2
4 M mit doppeltem Faden anschlagen.
Die M wieder nach rechts an das andere Ende der Nadel schieben. Den doppelten Faden hinten an den Maschen vorbei an den Anfang führen und 4 M rechts stricken.
Die Maschen wieder zurückschieben, an das andere Ende der Nadel. Den doppelten Faden hinten an den Maschen vorbei an den Anfang führen und erneut 4 M rechts stricken.
Den doppelten Faden, den du immer hinten an den Maschen vorbeiführst, möglichst straff halten. Wenn du zwischendurch die Kordel ein bisschen in die Länge ziehst, streckt es sich schön.

Hinweis
Am einfachsten geht es mit zwei Kurznadeln eines Nadelspiels, du kannst aber auch eine (möglichst kurze) Rundstricknadel verwenden. Nach einigen Wiederholungen siehst du, wie die Kordel sich zusammenrollt.

So oft wiederholen, bis deine Kordel etwa einen Meter lang ist.
Die 4 M abketten und Fäden vernähen.
Aus Farbe 1 Fransen an die Kordelenden knoten. Nicht zu fest anziehen, durch das Filzen verfestigt es sich automatisch.

Die losen Fäden locker vernähen, dann die Tasche samt Kordel in die Waschmaschine geben und bei 40 Grad waschen. Falls die Tasche beim ersten Durchlauf nicht vollständig verfilzt ist, den Waschgang noch einmal bei 40 Grad wiederholen. Sollte das auch noch nicht das gewünschte Ergebnis zeigen, kann die Temperatur in einem dritten Durchlauf auf 60 Grad erhöht werden.

Die noch feuchte Tasche und auch die Kordel nach dem Waschen in Form ziehen. Wenn man den Beutel während des Trocknens ausstopft oder über einen Eimer zieht, kommt die Form am besten raus.

Zum Schluss noch die Kordel durch die Löcher fädeln und fertig.

Den Beutel kannst du als Projektbeutel für deine Stricksachen verwenden oder, wenn du einen Taschengurt befestigst, auch prima als Handtasche.

Personenregister

Maighread Robertson

Auf der Suche nach ihren Wurzeln hat sie in Callwell nicht nur ihre Großmutter, sondern auch die Liebe ihres Lebens gefunden. Doch das Schicksal sorgt immer wieder dafür, dass es nicht zu beschaulich wird.

Maighread betreibt den kleinen Strickladen »Wolle & Zeit« und ist selbst leidenschaftliche Strickerin und absolut wollverrückt. Sich gegenseitig zu helfen und füreinander da zu sein, ist für sie so selbstverständlich, wie zwei rechts, zwei links zu stricken.

Ihre Familiengeschichte ist außergewöhnlich, ihr Vater ist gleichzeitig der Adoptivvater ihrer großen Liebe Joshua und damit auch ihr Schwiegervater.

Joshua McLoughlin

Joshua wurde adoptiert, was er aber erst als Erwachsener erfahren hat. Seine leiblichen Eltern kennt er bisher nicht. Er hat Callwell Castle samt den Ländereien von seinem Adoptivvater John übernommen.

Anfangs war sein Schwerpunkt die Schafzucht, inzwischen gibt es auf Callwell Castle auch wieder eine Pferdezucht. Joshua ist Umweltschutzbeauftragter, es ist ihm wichtig, Verantwortung zu übernehmen.

Amely Stringer
Sie hat nach dem Tod ihrer Mutter ihre Zelte in Edinburgh abgebrochen und ist nach Callwell gezogen. Amely ist nicht nur eine begnadete Wollfärberin, sie strickt auch, spinnt Schaf- und Alpakawolle und interessiert sich für alles Handwerkliche rund um das Thema Wolle. Auf ihrer Farm baut sie sich gerade eine Alpakazucht auf.
Sie und Chloes Cousin Peter sind ein Liebespaar.

Peter McDurmann
Er betreibt die Whiskydestillerie in Callwell und ist Chloes Cousin. Außerhalb seiner Rolle als seriöser Geschäftsmann ist er ein Spaßvogel, der für jeden Quatsch zu haben ist. Er, Joshua und auch Scott treten alljährlich bei den Highland Games gegeneinander an.
In Amely hat er die große Liebe gefunden.

Paul Connahan
Der gebürtige Ire und seit vielen Jahren Wahl-Schotte ist ein erfolgreicher Fotograf. Seine Bilder werden weltweit gefeiert. Paul lebt die meiste Zeit auf einem Hausboot – er hat mehrere, die an verschiedenen Standorten liegen. Mit Amely verbindet ihn seit vielen Jahren eine wunderbare Freundschaft.

Chloe Baxter
Die studierte Psychologin liebt Kräuter. Sie hat ihren Beruf aufgegeben, um sich ganz ihrer Leidenschaft zu widmen. In ihrem Laden »Chloes Kräuterträume« gibt es neben Tees auch Seifen, Badezusätze, Salben und passende Accessoires. Chloe ist mit dem Arzt Scott liiert. Die beiden haben eine ge-

meinsame Tochter, Sheona. Heiraten möchte Chloe nicht, sie findet, ein persönliches Ja zueinander braucht keine offizielle Bestätigung. Sehr zum Bedauern von Scott, der so gern mehr wäre als nur ihr Freund und Partner.

Scott McBrayer

Der Arzt ist in Callwell aufgewachsen und war zwischendurch eine Weile weg. Nach einer Zeit im Krankenhaus in Glasgow betreibt Scott jetzt eine Praxis in Callwell. Chloe und Töchterchen Sheona bedeuten ihm alles.

Sheona

Das kleine Mädchen ist Chloes und Scotts Tochter und der Sonnenschein für den gesamten Freundeskreis.

Eilidh

Sie ist die Haushälterin auf Callwell Castle und kennt Joshua seit seiner Geburt. Ein Umstand, an den sie ihn bei passender und unpassender Gelegenheit gern erinnert. Eilidh liebt es, Menschen zu umsorgen – doch wehe, sie erheben Widerspruch gegen ihre Anordnungen oder greifen nicht mit dem erwarteten Appetit zu. Dann kehrt sie den Feldwebel hervor. Doch egal, wie burschikos und ruppig sie hin und wieder scheinen mag, sie hat ihr Herz am rechten Fleck und würde für die Menschen, die ihr wichtig sind, ihren letzten Kuchenkrümel geben.

Elisabeth

Maighreads Großmutter wusste bis zu Maighreads Auftauchen in Callwell nicht, dass sie eine Enkeltochter hat. Nach dem Bruch mit ihrer Tochter und dem Tod ihres geliebten Mannes Bob hatte sie ihren Lebensmut verloren. Doch ihre Enkeltochter blieb beharrlich und ließ sich zum großen Glück für beide nicht einfach wegschicken.

Gwendolyn
Chloes Großmutter ist nach dem Tod ihres Mannes zu Chloe nach Callwell gezogen. Hier am Loch Lomond konnte sie die Trauer um ihren Mann überwinden und sich ein neues Leben aufbauen. In Eilidh und Elisabeth fand sie neue Freundinnen. Die drei sind das Granny-Kleeblatt.

John
Joshuas Adoptivvater hatte, nachdem seine erste Liebe Lindsay ihn Hals über Kopf verlassen hatte, eine neue Liebe gefunden und mit seiner Frau glückliche Jahre erlebt. Am Sterbebett hatte er ihr versprochen, das Geheimnis um die Adoption nie preiszugeben. Doch dann musste er diese Verpflichtung durch dieses Versprechen gegen das Glück seiner Kinder abwägen.

Lindsay
Sie hat sich und ihre Tochter Maighread allein durch das Leben gebracht. Doch wahres Glück hat sie nie gefunden. Erst als Maighread das Geheimnis um ihre Herkunft aufdeckte und ihre Mutter zwang, sich der Vergangenheit zu stellen, konnten die Wunden heilen und die alte Liebe neu entflammen. Sie und ihre erste Liebe John sind wieder zusammen. Verlorene Zeit lässt sich nicht aufholen, aber Lindsay ist entschlossen, die kommende Zeit mit einem Leben voller Glück

zu füllen. Sie und John reisen sehr viel und sind nur selten auf Stippvisite in Callwell.

Jason

Nach dem Tod seiner Frau und seiner Tochter konnte Jason nicht einfach weitermachen, als wäre nichts geschehen. Er hat sein gewohntes Leben über Bord geworfen und tief in den Highlands in einem abgelegenen Pub neu angefangen. Doch seine Freunde Maighread und Joshua lassen es nicht zu, dass er sich komplett von der Welt zurückzieht. Jasons Sträuben hilft ihm da nur wenig.

Vivian

Die Musikerin ist ein Freigeist. Ihre Kindheit hat sie im Zirkus ihres Vaters verbracht. Balancieren und Geigespielen waren ihre Skills. Die Geige ist ihr geblieben. Vivian liebt es, mit Konventionen zu brechen und ihr eigenes Ding durchzuziehen. Dass sie dabei Menschen vor den Kopf stößt, ist quasi unvermeidlich. Doch als sie Jason trifft, sehen sie gegenseitig in die tiefen Abgründe ihrer Seelen – das verändert sie beide.

Sully

Der Tierarzt lebt und arbeitet in Callwell. Kerry, seine Komondor-Mischlingshündin, sorgte in einem unbewachten Moment dafür, dass es im Frühjahr in Sullys Haus Hundenachwuchs gab. Was für ein Glück, dass ihr Sohn Piper Amely um die Pfote wickeln konnte und bei ihr ein gutes Zuhause fand. Eine Hündin konnte Sully zu einem befreundeten Schäfer vermitteln, den zweiten Rüden, Ansley, hat er selbst behalten. Sully ist Junggeselle. Nicht nur Maighread, auch das Granny-Kleeblatt versucht, ihn bei jeder Gelegenheit unter die Haube zu bringen.

Ewan

Pferdewirt, Joshuas Mitarbeiter, verantwortlich für die Betreuung der Pferde und Stallungen auf Callwell Castle. Zwischen ihm und Sully besteht eine besondere Verbindung.

James

Brennmeister und langjähriger Mitarbeiter in Peters Destillerie. Als Peters rechte Hand ist er beinahe unersetzlich.

Dorothy

Peters Sekretärin.

Owen Strummings

Neuer Mitarbeiter in der Destillerie.

Tierische Gesellschaft

Molly

Maighreads Herzenshund. Ein Border-Collie-Mischling.

Bonny und Lennox

Die beiden Border Collies sind Joshuas treue Begleiter.

Amelys Hund Piper

Ein Mischling aus Komondor, Deerhound und Labrador. Schon im Welpenalter hat er eine enorme Größe. Das hellbraune Fell wächst in verfilzten Schnüren, die aussehen wie Dreadlocks.

Amelys Hühnerhaufen

Louisa, Miss Pimpelton, Sweetie, Lexi und Charlie.

Die Alpakas der Stringer-Farm

Finni, Mary Poppins, Penny, Dawn und ihr Cria Sunrise.

Joel und Maggie

Amelys Katzen. Zwei Tigerkätzchen, die ihr Leben auf der Stringer-Farm genießen und es sich gut gehen lassen. Am liebsten liegen sie vor dem Haus in der Sonne oder in der Scheune im Heu.

Jumper

Maighreads Pferd. Jumper ist ein sanfter Riese mit Humor.

Shine

Joshuas Lieblingsstute. Ein elegantes Tier mit ordentlich Feuer.

Chelsy

Peters Clydesdale-Stute hat einiges durchgemacht. Peter hat sie aus einer schlechten Haltung gerettet, und sie dankt es ihm mit immer stärker werdendem Vertrauen. Anfangs war sie bei den Ausritten immer sehr nervös, was zu einem für Peter folgeträchtigen Unfall geführt hat. Doch ohne sein gebrochenes Bein hätte er Amely vielleicht nie dazu gebracht, bei ihm zu bleiben. Deshalb ist er Chelsy von Herzen dankbar.

Savanna und Angel

Die Pferde von Chloe und Scott, die ebenfalls in den Stallungen von Callwell Castle leben.

Ge-DANKE-n zum Schluss

Und wieder einmal bin ich am Ende einer Geschichte angekommen und kann es kaum fassen. Gerade habe ich noch mit Amely gelitten und Peters Aufregung hautnah gespürt, und schon heißt es wieder Abschied nehmen.

Mein Trost – ich weiß, es ist nur ein »Auf Wiedersehen«, kein »Leb wohl«, denn es wird einen weiteren Strickladen-Band geben.

Ich glaube, ich habe noch nie ein Buch geschrieben, auf das sich, bereits bevor der erste Buchstabe getippt war, so viele Leserinnen und Leser gefreut haben. Ihr seid die Besten! Eure Begeisterung trägt mich und gibt mir immer wieder Kraft und Schreibenergie. Dafür danke ich euch von ganzem Herzen.

Meine Freundin Emma war wieder einmal die beste Testleserin, die ich mir wünschen könnte. Sie nimmt sich immer Zeit und gibt mir wertvolles Feedback. Danke, liebe Emma. *knuffel*

Das Rezept für Chloes Wintertee *Sonne an einem kalten Wintertag* findet ihr neben vielen Anleitungen und weiteren Rezepten in Maighreads Winter-Strickbuch, das im August 2024 beim frechverlag erschienen ist.

Die Strickladen-Wolle wird unter der Marke »Der kleine Strickladen« von der Kremke Handelsgesellschaft mbH vertrieben. Ihr bekommt sie im Onlineshop *www.soul-wool.*

com/shop/de oder fragt gern euren Wollhändler oder eure Wollhändlerin danach.

Sehr herzlich danke ich meinen Teststrickerinnen für ihren Einsatz. Andrea, Ines, Michaele und Saskia sind immer bereit, mir beim Entwirren meiner diversen Knoten im Kopf zu helfen. Ich bin so froh, dass es euch gibt.

Meine Agentin Beate ist seit vielen Jahren an meiner Seite. Sie springt ein, wenn ich vor lauter Leben keine Schreibzeit finde, und nimmt mir vieles ab, um Freiräume zu schaffen. Danke, Beate, dass du mir den Rücken freihältst und mich anspornst, wenn ich es brauche. Du bist mir eine großartige Hilfe und noch viel mehr.

Dann gibt es da noch die vielen tollen Menschen im Verlag und im Außenlektorat, die immer ein offenes Ohr haben und mich unterstützen.

Und natürlich nicht zu vergessen mein Mann Bernd. Wir beide gehen unseren Weg schon viele Jahre gemeinsam, und ich empfinde tiefe Dankbarkeit, dass wir uns haben.

Wenn ich eine Datei öffne und mit dem Schreiben einer neuen Geschichte beginne, scheint mir das immer eine riesengroße Aufgabe zu sein. So viele Seiten gilt es mit Leben, Liebe und Leidenschaft zu füllen. Und immer ist da die Frage: Werde ich es schaffen, eine Geschichte zu schreiben, die ihren Weg in eure Herzen findet? Der Richtungsweiser für mich ist dabei mein eigenes Herz. Ich schreibe die Geschichte und spüre ihrer Wirkung auf mich nach. Denn nur was ich selbst liebe, möchte ich an euch weitergeben.

Wenn ihr auf der Suche nach weiteren Informationen seid, ein Cover oder Autorenbild für eine Veranstaltung braucht oder die Reihenfolge der Romane wissen wollt, dann schaut gern auf *www.derkleinestrickladen.de*.

Jetzt ist es Zeit für mich, loszulassen. Ich wünsche euch eine wunderbare Lesezeit und viel Spaß beim Stricken.

Eure Susanne